EL MALEFICIO
de un
GAVILÁN

BIENVENIDO PONCE

BALBOA.PRESS

A DIVISION OF HAY HOUSE

Puede hacer pedidos de libros de Balboa Press en
librerías o poniéndose en contacto con:

Balboa Press
A Division of Hay House
1663 Liberty Drive
Bloomington, IN 47403
www.balboapress.com
844-682-1282

Información sobre impresión disponible en la última página.

ISBN: 978-1-9822-5853-5 (tapa blanda)
ISBN: 978-1-9822-5854-2 (libro electrónico)

Fecha de revisión de Balboa Press: 11/05/2020

PRÓLOGO

EL ARDIENTE SOL calentaba los Canelos (árbol de la canela) y la suave brisa los acariciaba llevando el olor de la Canela por toda Bahía Chica. Ya habían transcurrido casi ocho años de la segunda tragedia ocurrida en "La Casa Vieja", pero para los moradores de Bahía Chica el paso de aquel horrible Huracán había sido una bendición para ellos, por qué según ellos dicen al romperse el amarre Gitano una buena parte de la fortuna de la familia Fontana, se usó para arreglar el Pueblo, y ayudar a los habitantes de Bahía Chica. Pero aquel temido Huracán no pudo arrancar la duda que quedo sembrada entre sus pobladores, y que hoy en día toda Bahía chica lo repite y sigue esperando años tras años que algún día "Aracely Urueta" regrese a Bahía Chica buscando el Corazón de su Gavilán.

AMIGO JUAN AHORA con los arreglos qué le has hecho a tu Cantina ya podemos disfrutar mejor de la naturaleza del rio. ¿Y dónde está Raquel? Se fue con tu esposa a ver la Modista. Jacinta, y Raquel se están probando unos vestidos nuevos importados del Norte. Ellas quieren lucir muy bien en la fiesta de mañana sábado en la inauguración del nuevo Puente que cruza el rio. ¿Y tú Florencio ya terminaron la nueva construcción que estás haciendo en la fábrica de las Especias? Todavía no he terminado, me hacen falta algunos trabajadores, y me parece que voy a tener que ir a Puerto Nuevo a contratarlos. ¿No te has dado cuenta Juan, que la poca Juventud que hay en Bahía Chica no les gusta trabajar fuerte como antes nosotros lo hacíamos? Usted me perdona Don Florencio, pero yo estoy de acuerdo con ellos. Es verdad que el trabajo fuerte levanta el espíritu, pero también es cierto que destruye el cuerpo. Si hoy en día yo tuviera mi juventud me convertía en un rebelde sin causa, y mi cuerpo solamente se lo daba aquella que pagara bien. Yo no sé porque hablas así, si la fortuna de mi familia dejo rica a Raquel que es tu esposa. Don Florencio a mí me parece que tú no te das cuenta la edad que yo tengo, y la edad que tiene tu sobrina Raquel. Juan no te quejes tanto de la edad que tienes ahora, mira que bastante que gozaste tu juventud. Fíjate que de vez en cuando te sale un joven de la Selva, y te dice "Mi mamá me dice que usted es mi papá". Y tú Juan no puedes negarlo que son hijos tuyos. Los muy condenados casi todos se parecen a ti, hasta en la forma que tú hablas, y también en los gestos que tú haces cuando sonríes. Como dicen hijo de tigre sale pintado. Perdóname Juan que yo te hable así, pero me parece que tu resentimiento es que te enamoraste de una mujer demasiado joven para ti y ahora la vida te está pasando la cuenta. Don Florencio, lo que sucede es que tu sobrina Raquel no es una mujer reservada. Por sus venas corre la sangre de los Gitanos, y cada vez que tiene una oportunidad me tira en la cara que el hombre que ella quiere es el Gavilán. ¿Diga Usted Don Florencio, por qué el capitán Domingo no se casó con Sauri, si ya le había propuesto matrimonio, por qué se arrepintieron los dos en casarse? Por favor Juan déjame tranquilo con tú constante preguntas. Don Florencio por favor dígame la verdad ahora que todavía estamos vivos. Está bien Juan. Ya puedo ver que tú quieres saber por qué mi hijo Domingo y mi sobrina Sauri no llegaron a casarse. Sucedió que Sauri un día antes de la boda le pidió a mi hijo domingo que le jurara por "La Virgen del Camino" que ella era la única mujer que quería en su vida. Y mi hijo no puede mentirle a la Virgen. Y le dijo a Sauri que su verdadero Amor es Aracely. ¡Por Dios, Don Florencio! ¿Es que el Capitán Domingo todavía no quiere reconocer que esa mujer mato a Aquarina y a Girasol? Él lo sabe. Pero dime tu quien conoce el Corazón de un Gavilán. Mira que hay mujeres hermosas en Bahía Chica que desean casarse con él.

PERO MI HIJO tiene un Corazón terco igual que el mío. Yo tuve la suerte que Jacinta aparece en mi vida y con sus encantos de mujer con mucha experiencia calmo los dolores que sentía mi Corazón Gitano. Don Florencio no pierdas tu fe, lo más probable es que al Capitán Domingo le suceda lo mismo y aparezca una mujer que él quiera solamente para él. Mi hijo todavía esta joven, pero tiene que casarse rápido. Don Florencio en todos estos años yo siempre he deseado que tu hijo se case pronto, pero yo tengo mi motivo. ¿Y cuál es el tuyo? Pero Juan, es que tú no piensas como yo de lo que puede suceder. "Y si ella volviera a Bahía Chica". Don Florencio cayese la boca, y no digas tonterías. Esa Víbora no puede regresar a Bahía Chica, por qué aquí hay mucha gente que la odia a muerte. Buen día. Buen día tenga usted Don Leonardo, usted por aquí tan temprano. Perdóname Juan que los interrumpa, pero siempre alcance a oír algo de la conversación tan animada que ustedes dos tienen. Pero si ustedes me permiten opinar. Por favor Leonardo le concedo la palabra. Pero primero tome un trago de Aguardiente. Muchas gracias Don Florencio. Yo les digo a ustedes dos que en esta Comarca todavía quedan hombres que tienen muchas monedas de Oro, y también algunos hombres con muy buena posición en el gobierno que le gustaría volver a ver Aracely Urueta de Fontana, aunque sea una vez más ante de morir. Y yo estoy seguro que pagarían cualquier precio por lograrlo. Ella fue muy complaciente con todos ellos. Perdónenme ustedes dos, pero yo no creo que si el Capitán Domingo llegara a casarse eso no va ser impedimento alguno para que la malvada de Aracely no regrese a Bahía Chica. ¡Que no se les olvide que no hay pruebas que la acusen que ella cometió los horrendos crímenes! También es muy importantes que nosotros recordemos que toda la familia Gitana (Fontana) y los pobladores de Bahía Chica, llegamos a un acuerdo vil, y pecaminoso. Es verdad que el Oro es el metal que más valor tiene en el mundo, pero el Oro también tiene la fuerza de corromper el Amor propio de cualquier hombre. Amigos todas las noches cuando me acuesto a dormir me siento sucio, y siento en todo mi cuerpo que la maldición Gitana de la familia "Fontana Arrieta" nos tiene a todos en un amarre Gitano que no podemos vivir tranquilos. Amigo Don Florencio, ya yo estoy convencido que los únicos que pueden romper esta Brujería Gitana es Aracely, y el Gavilán. Amigo Leonardo, usted que es un hombre muy educado en letras dígame. ¿Por qué todo lo malo que sucede en este pueblo siempre toda la culpa cae en mi familia? Don Florencio tu familia Gitana fue una de varias familias que llegaron primero a estas tierras selváticas, y sin ninguna educación. Y ya es muy tarde para preguntar a tus padres, y a tus Abuelos que clase de Amarre Gitano ellos hicieron con el mal. El amarre fue tan fuerte que les permitió almacenar tanto Oro, y tuvieron el poder de fundar a Bahía Chica. ¿Es que no te das cuenta Florencio?

TUS ANTEPASADOS SE lo gozaron todo. Las Fiestas, Las Mujeres, La buena Vida, y a nosotros lo único que nos dejaron fue "El Oro todo embarrado de Sangre Humana" y un amarre Gitano que todavía no sabemos cómo resolver. Dios permita que Aracely regrese muy pronto a Bahía Chica. Yo estoy completamente seguro que ella tiene la solución para terminar con este Embrujo Gitano. Pero amigo Leonardo no se le olvide que si Aracely regresa se podría derramar sangre de alguno de nosotros. ¡Y que importa eso! No se te olvide Don Florencio que lo más probable la única forma de limpiar nuestros pecados es con sangre humana. Pues la mía no va ser, por qué yo nunca he matado a ningún ser humano. No se te olvide Juan que tú también cogiste muchas monedas de Oro. Pero no tenemos razón alguna para ponernos nerviosos, después de todo ninguno de nosotros sabe si Aracely va a regresar. Y si regresa ya encontraremos la forma de que no corra la sangre, y mucho menos la de nosotros. Señor Juan, señor Juan. Pacho ya te he dicho que delante de los presentes para ti y para todos en Bahía Chica yo soy el Señor Alcalde Usted perdone señor Juan, pero le traigo un Telegrama que le llegó de la Capital. A ver dámelo y regresa pronto a la oficina no sea que se roben los equipos de Telégrafo. Mire usted Don Leonardo, y dígame lo que dice. Pero juan todavía

Raquel no te ha enseñado a leer. Si. Ella ha tratado, pero para mí no es tan fácil para aprender. Ya firmado las escrituras. Y también el recibo de venta. Punto. Todo se hiso con un notario en la Corte. Punto. Llego a Bahía Chica el sábado. Punto. Cordialmente Danilo Malverde. ¿Dime Juan, cual es la casa que acabas de vender a este señor? Don Florencio la propiedad no es mía era de la Alcaldía, nadie en Bahía Chica la quiso porque perteneció a los padres de Aracely. Es una casona que necesita muchos arreglos, pero en uno de los viajes que Raquel estuvo en Puerto Nuevo conoció a este señor el cual se ofreció en comprarla y él tiene planes de transformarla en un Palacio. Esa es la casa que está en la orilla del Mar. Pero Juan. Antes de entregarle la casa tenemos que saber quién es ese Danilo Malverde. ¿Leonardo no le parece que debe de ser así? Don Florencio si ya las escrituras, y todos los papeles pertinentes pasaron por la Corte de registro. Este señor es ya el dueño de esa propiedad. Pero si queremos conocerlo esperemos hasta mañana sábado. ¿Amigo Juan, y donde usted piensa hospedar a ese señor? Porque el Hotel de la Plaza todavía está en construcción. Mi esposa Raquel se ofreció hospedarlo en nuestra casa hasta que el terminara los arreglos de su propiedad. Tú me perdonas Juan, pero a mí me parece que mi sobrina Raquel ya conoce a este hombre desde mucho tiempo. Ese apellido Malverde me suena en mi cabeza. Tan pronto tenga tiempo voy a registrar los libros viejos de mi familia. Si ustedes quieren yo puedo preguntarle a Raquel. No Juan. Primero deja que Don Florencio y yo hagamos nuestra averiguación.

NO QUEREMOS QUE Raquel y tu entren en ninguna discusión. Leonardo tiene mucha razón, no apresuremos ningún acontecimiento puede ser que este tal Danilo Malverde, es una persona decente, y muy educada. de cualquiera manera mañana es un día muy especial para Bahía Chica, y los pobres, también los ricos vamos a festejar nuestro nuevo Puente que cruza el rio del indio. Yo espero que mi hijo mañana este de regreso. Pescar en el Mar no es lo mismo como el rio. Usted Don Florencio ahora no tiene por qué preocuparse el Capitán Domingo tiene un barco más grande que tiene que dejarlo en el Mar, porque no puede navegar en el rio. Juan a lo mejor será que como padre que soy siempre me preocupo demasiado por él. Sin embargó no me gusta el nombre que le puso al barco. Pues a mí me parece que "CORAZÓN GAVILÁN" es un nombre bien apropiado para un Barco Pesquero. ¿Y a usted señor Leonardo le parece, o no le parece que es un nombre correcto? Amigo Juan a mí me parece que ese nombre es muy machista. No olvidemos que años atrás las mujeres de Bahía Chica llamaban al Capitán Domingo el Gavilán, y eso enfurecía a la malvada de Aracely. Por favor amigo Leonardo no vuelva a mencionar su nombre mire que esa mujer solamente tiene cerebro, ojos y oídos para el gavilán y se puede presentar aquí en bahía Chica cuando uno menos la espera. Y si Sauri se entera que usted desea que Aracely regrese yo creo que eso no le va a gustar ni un poquito. ¡¡Yo si quiero que Aracely regrese a Bahía Chica!! Raquel. Jacinta tan pronto regresaron. Mira Juan si esa condenada de Aracely se presenta aquí ese mito que le han creado se le acaba en un segundo, y así veremos si el Gavilán se queda con la mujer que un día llena de celos mato a su propia madre. Y si Sauri regresa con el Gavilán. Por favor Jacinta, no digas eso mira que Sauri ya tuvo su oportunidad de retenerlo pariéndole un hijo, pero la muy sentimental lo único que quería es vengarse de él y la pobre no se dio cuenta que al hombre Gavilán no se le puede dar caza retándolo. ¿Raquel y tú sabes cómo se caza un hombre Gavilán? ¡Claro que si amiga Jacinta! Raquel cállate la boca. Juan ya te he dicho un montón de veces que no me mandes a callar delante de los presentes. No quiero, así que déjame tranquila. Un silencio profundo quedo suspendido en el aire, y Don Florencio tomo otra vez la palabra]]]. Por favor es mejor no discutir, y hablemos de otro tema más apropiado. Usted perdone tío Florencio en mi forma de comportarme con Juan, pero entre juan y yo todo ha terminado. Para mí aquellos tiempos de mujer esclavizada ya están pasando desde ahora en adelante Juan en su Cantina, y yo en mi casa. Tengo derecho de ser feliz con el hombre que yo quiero. Raquel puedo hacerle una pregunta. Diga usted señor Leonardo. ¿Con esa actitud de mujer liberada como tu pretendes conquistar el Corazón del gavilán? Usted no tenga ningún pendiente, porque lo va a ver con sus propios ojos cuando vea al Gavilán viviendo conmigo en mi casa.

AMIGA RAQUEL, COMO hombre que soy y como Corregidor que fui una vez de esta Comarca, tuve muchas oportunidades de conocer a muchas Damas enamoradas de su hombre elegido, y le puedo asegurar que lo que usted siente por el Capitán Domingo no es Amor. Usted lo que siente es rencor y despecho por qué Aracely lo convirtió en un Gavilán, y sientes envidia de Sauri porque ella con sus encantos femeninos si pudo llevar al Gavilán a su cama, y tú este es el día que no has podido hacerlo. Usted Leonardo no tiene ningún derecho de hablarme así. Acaso fue mi culpa que en aquellos tiempos mis padres me vendieran como una Esclava, y que el difunto Pedro sabiendo que yo soy su hija lo permitiera. Si Leonardo yo sé muy bien que por mis venas corre la sangre de los Gitanos, y si tengo que matar por el Amor del Gavilán lo hago, total si mis abuelos, y mis antepasados mataron también, no importa que hoy yo lo haga si lo llevo en la sangre Gitano que corre por mis venas. Y si usted tiene dudas pregúntele a mi tío Florencio si yo soy su sobrina. Y yo te digo Raquel que el Gavilán nunca te ha querido, por qué si él hubiese puesto sus ojos en ti, ya tu fueras una víctima más del Gavilán. Te aconsejo que no lo intentes, por qué en Bahía Chica vas a tener mucha competencia. Y yo no creo que tú puedas ganarle a tu hermana Sauri. Señor

Leonardo lo odio, lo odio porque usted es la única persona que siempre me lleva la contraria. Me voy para mi casa. Jacinta nos vemos mañana temprano, no se te olvide en venir. Con una leve sonrisa en la cara, y con un gesto cordial el señor Leonardo trato de despedirse de Raquel, pero la rebelde Raquel no lo volvió a mirar y rápidamente se subió en su carro y cogió por la calle principal}}}. Amigo Juan, Don Florencio yo me retiro a mi humilde casita. Señora Jacinta si Dios lo permite nos vemos mañana. Señor Leonardo no se preocupe usted por el enojo de Raquel, yo estoy segura que mañana ella no se acuerda de esta pequeña discusión. Muchas gracias Jacinta por su consejo. Florencio yo me voy para el aposento, quiero descansar. Ve tu adelante mi Amor que yo quiero tomarme otro trago de Aguardiente con Juan. Muchas gracias Don Florencio por quedarse esta noche en la Cantina. Últimamente esta soledad me está golpeando demasiado fuerte. Y yo no sé mañana que piensa hacer Raquel. Juan yo te aseguro que mi hijo quiere a Raquel como un hermano quiere a su propia hermana. No te ciegues, que tus celos no te dejan ver la verdadera realidad de tu problema con Raquel. Don Florencio usted me tiene un poco confundido. Y yo te digo que tú no te has dado cuenta que nuestro amigo Leonardo, y mi sobrina Raquel se gustan mucho. ¿Don Florencio está usted seguro de lo que me dice? Menos tú, hasta un ciego se da cuenta de que esos dos están enamorados. Lo que sucede que el señor Leonardo te respeta como hombre, y como amigo que eres de él. En eso si es verdad el señor Leonardo es todo un caballero. Yo lo admiro por su educación personal, Don Florencio lo que le voy a decir le pido de favor que quede entre nosotros dos. Y yo le juro Juan que lo que usted me diga en secreto mi boca es una tumba. Don Florencio si de verdad Raquel y el señor Leonardo algún día deciden unir sus vidas, yo nunca me opondré, más estoy dispuesto ayudarlos en cualquiera situación que se presente. Mi amigo Juan, si usted hace eso yo estoy seguro que se ha ganado el paraíso. Juan tu eres un hombre de muy buenos sentimientos. Es que yo he comprendido que ya no puedo seguir luchando contra el tiempo. Mi edad ya es muy avanzada y Raquel tiene mucha razón en buscarse un hombre más joven que yo qué saque de Bahía Chica a conocer un poco el mundo. Y ya podemos ver que Leonardo conoce mucho a las mujeres, y él tiene el poder para hacer que Raquel se olvide del Capitán Domingo. Juan tomemos otra copa de Aguardiente, no sé porque esta noche siento más frio que nunca y me estoy acordando de María la cocinera, siempre decía que cuando uno siente mucho escalofrío va a suceder una de dos cosas, o la muerte está cerca de uno, o la muerte ya viene en camino. Don Florencio por favor, no se olvide de que usted es un Gitano y no hable más en esa forma mire que esta noche no vamos a poder dormir. En serio Juan, si Aracely algún día se presenta en bahía Chica alguien tiene que morir. Como dice nuestro amigo Leonardo la única forma de limpiar nuestro pecado es con sangre humana. Sin esperar por Juan, Don Florencio agarra con mucha furia la botella de Aguardiente y llena las dos copas]]]. ¿Juan haces mucho tiempo que no vas a la Casa Vieja? Si Don Florencio, es que no me gusta ir a ese lugar embrujado. Y yo te digo Juan que esa es la casa de los espíritus de mis Abuelos, de mis Padres, y de mi hermano. Solamente Sauri se atreve a vivir en la casa vieja. Desde lejos se puede oír los gritos, y la música de los Gitanos, pero cuando uno está cerca de la casa vieja solamente se oye un silencio eterno como si fuese un maleficio Gitano. Dame otra copa

Juan, por qué hoy si te puedo decir con certeza que los pobladores de Bahía Chica tienen el maleficio de mi familia Gitana. Por favor Don Florencio, yo que he pensado vivir mi vejez tranquilamente y ahora usted me dice todo esto. ¿Pues dígame usted como uno puede defenderse de algo que no conocemos y tampoco podemos ver con nuestros ojos? Por favor sírvame otra copa que yo también tengo escalofrío y no sé por qué. Juan tu nunca sabes nada, pero no hace mucho yo me encontraba en el jardín de mi casa durmiendo la siesta cuando vi a los espíritus de Aquarina, y Crisol. Entonces Crisol me dice estamos aquí con ustedes por qué ella va a volver. Fue un frio tan intenso que sentí que corriendo entre en mi casa, y mi esposa Jacinta me dice. Pero Florencio, ya te he prohibido trabajar en el Jardín, mira que sudado estás vete a bañar. Fue tanto el miedo que sentí, que no le dije nada a Jacinta, y me encerré en el baño. Juan si ella volviera a Bahía Chica, quiero ser yo quien la mate con un puñal Gitano. Por favor Don Florencio, mire que en Bahía Chicas muchos sabemos el comportamiento, y los crímenes que ha cometido Aracely, pero por qué matarla con un puñal Gitano. ¿Es que acaso usted sabe algo que yo no sé? Juan no me hagas tantas preguntas que yo no estoy en posesión de responderte, pero si te digo que el amarre Gitano que le preparo mi papá para Aracely Urueta va seguir una tras otra en generación para toda la vida. ¿Entonces tu papá es el único culpable de este amarre Gitano? En parte lo es. Resulto ser que cuando los padres de Aracely se mudaron para Bahía Chica mi hermano Pedro, y mi papá en una mañana vieron a la jovencita Aracely bañándose en el rio completamente desnuda, y los dos se enamoraron de ella sin saber que la verdadera madre de Aracely, era la negra María. Mi papá enseguida se la compró a la familia, pero la diabla de Aracely después que mi hermano Pedro, y mi papá la trajeron para la casa le exigió a mi papá que la única forma de ella acostarse con ellos dos mi papá tenía que hacerle un amarre Gitano para que mi hijo Domingo la quiera para toda su vida. Don Florencio usted me está dando a entender que la única forma de acabar con ese amarre que preparo su difunto papá tiene que ser con un "Puñal Gitano". Entonces no hay ningún problema porque donde quiera venden puñales que dicen ser Gitanos. Juan entiéndeme tiene que ser el puñal de un Patriarca de familia que lo ordena hacer solamente para él y es preparado por su padrino personal. ¿Y usted tiene ese puñal? Si. Cuando murió mi padre, el puñal siempre queda en manos del hijo mayor. Cuando murió mi hermano Pedro yo cogí el puñal y lo tengo guardado en un cofre. Usted Don Florencio me tiene un poco confundido. ¿Supongamos que Aracely muere en otra forma y no por el puñal, ahí con su muerte termina el amarre? No. Por qué el Maleficio (brujería Gitana) sigue con mi hijo, y con el hijo de Sauri. Cuando un Patriarca de una familia de Gitanos prepara un Maleficio, siempre pone como intermediario su "Puñal Gitano". Solamente el Puñal de otro Patriarca puede ser usado. Pero si mi hijo Domingo y Aracely llegaran a morir el mismo año, el mismo día, y a la misma hora se terminaba el Maleficio para siempre por que los tres protagonistas estarían muertos, mi padre, mi hijo, y la malvada de Aracely. ¿Y dónde usted tiene ese Cofre? El cofre lo deje escondido en uno de los muchos cuartos que tiene la Casa Vieja, y yo solamente sé dónde está porque una vez Aracely juro que el Gavilán es de ella solamente, de lo contrario ella lo mataba. Pero esa mujer es una egoísta en potencia con la virtud de matar. ¿Don Florencio que edad tiene Aracely ahora mismo? Yo le pongo unos cuarenta y dos años de edad. ¿Y tu hijo que edad tiene? Mi hijo tiene treinta y cinco, más o menos que la misma edad de Raquel, y Sauri. Pero Flor es dos años más vieja. Sera capaz esa mujer de seguir insistiendo. Amigo Juan Aracely es una mujer muy belicosa para el sexo, y mientras el Maleficio siga latiendo en su Corazón, siempre andará buscando el Gavilán como si ella fuese la única dueña, y ya hemos comprobado que por el Amor del Gavilán ella mata, si tiene que hacerlo. Don Florencio muchas veces yo mismo me he preguntado qué es lo que las mujeres ven en tu hijo Domingo. Que no tenga otro hombre de la misma edad. Toda esta pasión de las mujeres por un hombre es un juego. Juan dame otro trago, por qué lá carisma qué tiene hoy mi hijo en algún momento la puede perder, mira que los años siempre nos caen arriba y él no se va a mantener eterno joven. ¿Y si el maléfico de tu papá lo preparo eterno joven para la Diabla de Aracely? Eso sería horrible para el Gavilán, por qué solamente la muerte lo puede separar de su presa. Don Florencio eso es mentiras mire que nosotros solamente estamos haciendo deducciones, mire que domingo, el Amor, y Aracely no pueden ser eterno. Todo en esta vida siempre le llega la muerte en el momento indicado por el Altísimo. Juan ya es muy tarde para buscar una solución, en el Maleficio (embrujo) Gitano no puede haber separación en vida, solamente la muerte los puede separar. Y yo no quiero que mi hijo muera en manos de esa Diabla. Por eso si ella regresa yo la voy a matar con el "Puñal Gitano". Usted ni nadie puede matarla públicamente porque la ley lo llevaría a la Horca. Tenemos que hacerlo en la misma forma como ella mato a Crisol, y Aquarina. Tenemos que matarla cuando ella este a sola, y sin testigo que nadie sepa quien la mato. ¿Estamos de acuerdo? Si. Y no podemos fallar, ni tener misericordia por ella. Florencio, me parece que has bebido lo suficiente por esta noche vamos a dormir que mañana vamos a tener un día muy agitado con tantas fiestas. Como usted ordene querida Jacinta. Hermano Juan, si el Altísimo lo permite nos vemos mañana al amanecer. Don Florencio duerma usted tranquilo que yo también me voy a dormir con lo que queda de esta botella. La suave y mansa tranquilidad reinaba en la Cantina de Juan, y en toda Bahía Chica solamente se podía oír el aullido de un perro callejero, pero cómo dice el dicho donde hay oscuridad, la luz del día siempre es más dominante. Los golpes que el joven Pacho daba en la puerta principal de la Cantina, hicieron que Jacinta se despertara y corriera abrir la puerta {{{. ¿Pacho que escandalo es este? Doña Jacinta mire que son más de las diez de la mañana y el alcalde Juan tiene que hacer algunos preparativos para las fiestas. ¡Hay Dios mío tan tarde es y yo todavía no me he vestido adecuadamente! Espera un momento que voy a despertar a ese par de borrachos que se han quedado dormido. Como toda ama de casa Jacinta despertó al par de borracho, y se dirige hacia el baño. Mientras que Juan se acerca a la puerta y le pregunta a Pacho {{{. ¿Y tú qué haces aquí a estas horas? Pero alcalde Juan, mire que hoy tenemos que Bautizar el nuevo puente. ¡Hay caramba si ya es de día vamos! No así no puede ir usted, tiene que vestirse como un alcalde mire que el señor Cura lo está esperando en el Puente.

más mi hermano Roberto me acaba de informar que tres camiones llenos de materiales se están acercando poco a poco al nuevo puente. Sin decir más nada, Juan corrió hacia el patio y metió su cabeza dentro de un cubó lleno de agua, se fue a cambiarse de vestimenta, y al poco rato ya vestido de alcalde le dice a Pacho {{{. Nosotros nos vamos en mi camioneta. Mejor esperemos por doña Jacinta y Don Florencio, y así nos vamos todos juntos en el Jeep, que es mejor mire que su camioneta está muy vieja. Tú me obedeces y si sucede algo le echamos la culpa a Jacinta por levantarnos tan tarde. Aprende de mi Pacho a las mujeres siempre hay que echarle la culpa de todo. Bueno si usted lo dice que es el alcalde Juan, de bahía Chica. De poquito a poquito y disparando gases por el mofle la camioneta de juan llego hasta la entrada del nuevo puente, donde los pobladores, y el joven Cura impacientemente lo esperan con toda la comitiva {{{. Usted perdone padre Aurelio. Y usted señor alcalde no me diga nada y fíjese que desde ahora usted tiene que ser más puntual para sus eventos. Ya toda su familia está aquí, y usted es el último que llega. Arréglese la corbata para que usted salga bonito en la foto. ¿Y cómo se va a llamar el puente señor alcalde? El puente de Bahía Chica. No. El Puente fontana, es mejor nombre. Dijo el Capitán Domingo}}}. ¡De ninguna manera lo pueden llamar así, ese nombre está muy usado en esta comarca! Todos los presentes se quedaron en silencio al oír la exclamación de Sauri, y al ver como Domingo se le acerca {{{. ¿Querida Sauri, tú que nombre quieres para el puente? Ninguno. Yo creo que tío Florencio es el más indicado para decidir cómo se ha de llamar el nuevo puente. Diga usted tío Florencio. Por favor Don Florencio diga usted un nombre rápido que los ánimos se están calentando entre su familia. Tranquilo Juan, que no va a suceder nada. Padre Aurelio, nómbrelo como el Puente Del Indio Todos exclamaron de alegría, y por la cara de Sauri paso una sonrisa de triunfo, mientras que el señor cura con un jarro de agua en su mano derecha hacia su oración de bautizo, el

Alcalde Juan estrellaba una botella de champán y anunciaba que oficialmente por el nuevo puente del indio se podía transitar. Y levantando su voz para que todos lo pudieran oír el alcalde Juan los invito a su Cantina a tomar Aguardiente}}}. ¿Doña Sauri, donde esta Yanyi? Marino no me llames doña (señora) que yo no me he casado. Es verdad que tengo un hijo de ocho años de edad, pero estoy soltera. Como usted ordene señorita Sauri. Puedes ver que así suena mejor. Yanyi se va a demorar un poco, ella esta con la modista. Así que no te queda otra que esperar a que ella venga. Marino te dije que no te enamores de yanyi, tú eres muy viejo esa Gitana te va a volver loco de Amor. Fíjate como el Razo Ortega se alejó de ella. Señorita Sauri yo pienso que esa gitana ya me amarro. Ya puedo verlo, te volviste estúpido como tu Capitán. Pero mi Capitán Domingo quiere mucho a su hijo, y también a la señorita Sauri.

ESO ES LO que quiere el Gavilán que ustedes crean, pero es mentira porque él a mí no me quiere. Como toda ave de rapiña que nunca olvida su presa, tu capitán nunca se olvida de Aracely. ¿A que menciona su nombre en el barco cada vez que tiene oportunidad? Marino no te quedes en silenció y contéstame. Marino, Marino. Mande usted mi Capitán. Marino ve y lleva comida y licor a la tripulación, y le dices que después de las ocho de la noche no quiero ninguna mujer en el barco. Ve. Apúrate. Enseguida mi Capitán. Y tú Sauri cuando quieras saber algo de mi pregúntamelo personalmente. Domingo lo que es a mí no te permito que me alces la voz. Y lo único que me interesa saber de ti es si ya hiciste tu testamento a nombre de nuestro hijo "Cirio Fontana Fontana". Pregúntaselo al señor Leonardo que él está encargado de todos los bienes de la familia. Y deja de molestar a mi tripulación con preguntas de mujer celosa. Desgraciado ya puedo darme cuenta que de verdad te crees que eres un gavilán, cuando en realidad lo único que eres un pollo faldero. Ya me imagino como has de sufrir solamente pensando que la Diabla de Aracely este en los brazos de otro hombre. Para que tu sufrimiento sea mayor desde este instante te notifico que tengo intenciones de ponerle a Cirio un Padrastro, pero no te preocupes mucho qué tiene que ser un hombre mejor que tú, y educado de la Capital. Por favor hijos míos lo mejor que pueden hacer es resolver sus problemas personales afuera miren que hoy la cantina está llena de personas de negocios. Usted perdone tío Florencio, pero yo no tengo nada más de que hablar con su hijo. Con una actitud de presumida Sauri agarro de un brazo al primer joven que pasaba por su lado y le pidió que le brindara una copa. Mientras que como siempre Yanyi se presentaba bien vestida con un vestido muy llamativo. ¿Capitán dónde está la niña Sauri? Mírala, allí en la barra bebiendo con un hombre. ¡¡Y a mí no me preguntes más por ella, que Sauri no es una Oveja y yo no soy su pastor!! Muy enojado el Capitán Domingo pidió una botella de Aguardiente, y salió de la cantina dejando a la Gitanita Yanyi con la boca abierta {{{. Pero que mal genio hoy se carga el Gavilán, mejor me acerco donde esta Sauri…. Hola mi niña. Huy pero que tigre tienes a tu lado. Me lo presentas. El joven es. Mi señorita, Felipe Manino a sus pies. Huy que educado es el joven. Yo soy Yanyi solamente para usted. ¿Señorita Yanyi que usted desea tomar? Yo no bebo licor, prefiero un refresco. Entonces acompáñeme hasta la Alameda que un Kiosco lo podemos conseguir. En un estilo elegante el joven Felipe le ofrece su brazo a Yanyi que rápidamente lo agarra y se pega al joven bajo la mirada intrigante de Sauri que le dice {{{. ¿Y Marino qué? Mi niña la luz de adelante alumbra más y mejor. Esto nada más le sucede a Sauri, que otra cosa me puede pasar hoy. Mientras que Sauri contaba sus desgracias en lo que va del día, un señor bien vestido se le acerca a Don Florencio y le dice {{{. ¿Amigo Florencio como está usted de salud?

SEÑOR MANINO ESTOY muy bien, pero he oído decir que después que usted regreso de Europa sus negocios han prosperado. Amigo Florencio no me puedo quejar, desde que mi hijo Felipe regreso él se ha hecho a cargo de toda la administración de mis almacenes. ¡Pero mire usted a mi hijo Felipe escoltando a su sobrina! Verdad que hacen una pareja muy bonita. ¡Yanyi! Dios lo coja confesado. ¿Don Florencio que fue lo que usted dijo? Digo que sí. Que mi sobrina Yanyi, y su hijo Felipe hacen una perfecta pareja. Don Florencio ahora que mi hijo regreso de Francia yo le prometí ayudarlo a conseguir una muchacha de muy buena familia para que se case. Así que Don Florencio, a mí me parece que su sobrina Yanyi es la mujer indicada para mi hijo Felipe. ¿Está usted seguro señor Manino? Si. Y yo espero su bendición como Patriarca que ahora es usted de su familia. Usted me dice qué es lo que usted pide por su bendición. Señor Manino, un miembro de mi familia le hará saber el día en que usted puede visitarme. Es un grande honor para mi amigo Florencio. Ahora voy a ver dónde se encuentra mi esposa. Amigo Manino todas las damas se encuentran en la Alameda hablando del clima, así que usted y yo mejor nos tomamos un par de copas, que en este momento a mí me hacen falta. Venga vamos a buscar el alcalde Juan para que nos haga compañía. Señor Don Florencio. Por favor Pacho mira que mi amigo, y yo queremos darnos unos tragos. Es que quiero decirle una cosa y el alcalde Juan no me hace caso. ¿Haber que es lo que tú quieres decirme? Ahora mismo llegaron tres camiones llenos de materiales de construcción, y también un carro color negro muy bonito. Y el chofer está preguntando por su sobrina Raquel. ¿Y este señor te dijo como se llama él? Es un tipo raro, pero me dijo que su gracia es Danilo Malverde. Mira pacho, tu busca a mi sobrina que de seguro tiene que estar paseando por la Alameda con el señor Leonardo. No te preocupes por Juan, que mi amigo Manino, y yo sabemos dónde está. Obedeciendo a Don Florencio, el joven Pacho encontró enseguida a Raquel, y al señor Leonardo {{{. Perdone usted doña, pero un señor que no es de la selva, y tampoco de Bahía Chica se encuentra frente a la Cantina y me ha preguntado por usted. Caramba Pacho, y como se llama ese monstruo de hombre. El tipo es muy elegante, y habla muy rápido y me dijo dígale a la señora Raquel que Danilo Malverde procura su presencia. Rápido Pacho, ve y dile a mi amigo que ya voy a verlo. Si señora yo se lo digo. Vamos Leonardo que te voy a presentar a mi amigo. Por favor Raquel. Primero tienes que decirme quien es ese tal Malverde. Ese tal es un amigo de infancia, y me parece que es el único amigo verdadero que tengo, por qué aquí en Bahía Chica no conozco a ningún hombre que yo pueda decir que es mi amigo. ¿Y yo que soy para ti? Leonardo dame tu mano porque tú no eres mi amigo, tú eres mi Amor, tú eres el hombre con quien yo quiero pasar el resto de mi vida.

CON LA FELICIDAD reflejada en la cara el señor Leonardo se dejó llevar por Raquel sin protestar, y Raquel tan pronto se dio cuenta que el visitante en realidad es su amigo lo abrazo y lo beso en la mejillas y Danilo Malverde muy feliz la separa un poco y mirando a Leonardo le dice a Raquel muy seriamente {{{. Así que este es el hombre que tengo que matar. ¿Y porque usted quiere matarme? Porque si usted no hace feliz a mi hermana Raquel, entonces se las va a tener que ver conmigo. Por qué yo quiero mucho a mi amiga, y hermana Raquel. ¿Qué le parece? Me parece que usted y yo podemos ser buenos cuñados. Caramba Raquelita yo creo que ahora si escogiste un hombre de verdad. Mucho gusto en conocerlo señor Leonardo Ballestero. ¿Ya puedo ver que usted ya me conoce por mi nombre? Las pocas veces que Raquelita y yo nos hemos visto usted siempre está metido en nuestra conversación. Mire mi nombre es Danilo Malverde, graduado como Ingeniero militar. Aunque ya no pertenezco al ejercitó. Naturalmente ahora soy un ingeniero civil. Bueno Raquel tienes que indicarme donde se encuentra la casa. Es muy fácil sigue por esta calle hasta el final, ahí está el Mar y el muelle. Haces una izquierda y la primera casa que encuentres es la que era dé los Urueta. Señor Danilo. Por favor Leonardo, no me llame señor por qué yo no tengo su edad. Es que es muy pronto para llamarlo Danilo a secas. ¿Yo lo que quiero preguntarle si usted tiene pensado mudarse para Bahía Chica? La verdad Leonardo que mudarme para este pueblo todavía no está en mi agenda, pero yo nunca sé que es lo que me repara la vida en el futuro. Esta casa yo la compre para rentársela a una señora muy acaudalada de la Republica Rumana. Ella me dijo que le buscara un lugar tranquilo para ella descansar un poco de las fiestas que siempre patrocina la Alta Sociedad de Europa. Y qué mejor para descansar que este pueblo que parece ser olvidado por la humanidad. ¡Yo no cambio a Bahía Chica por ninguna Metrópoli del mundo! Todos miraron hacia la derecha donde sentado en un pequeño muro se encontraba el Capitán Domingo {{{. Si usted piensa así de Bahía Chica yo le sugiero que sería mejor que usted no se quede a vivir aquí. Y que ahora mismo se largue y no regrese más. Por favor Domingo tú no tienes ningún poder para botar a mi amigo de estas tierras. Él ha comprado la casa que era de los Urueta. Usted no puede comprar esa casa por qué no está para vender. ¡Maldito Gavilán! ¿Si tanto Amor le tienes a esa propiedad por qué no la compraste? A lo mejor esa casa te trae recuerdo muy dulce de quien fue su dueña, o todavía te queda alguna esperanza de que ella regrese a Bahía Chica. Raquelita es mejor que yo me quede en mi propiedad. No quiero estar en el medio de asuntos personales de familia. En fin yo tengo todos los documentos legales que esa propiedad es mía. Y no te preocupes donde vamos a dormir, mis empleados y yo estamos muy bien equipados para todos. Y usted Leonardo puede pasar por mi propiedad, cuando usted quiera.

MUCHAS GRACIAS DANILO. Tan pronto usted valla avanzando en su trabajo le prometo que le hare una visita. Vamos muchachos que la casa está a la orilla del Mar. Tan pronto Danilo Malverde y sus trabajadores se alejaron, el Capitán Domingo se acercó a Raquel y muy sonriente le insinúa a Raquel {{{. Me está muy raro que defiendas con tanta insistencia a este desconocido. A menos que tengas algún interés muy especial. Cállate Domingo. Mira que Danilo es mi único amigo en este mundo. No se te olvide prima que todavía tú le debes obediencia a Juan. Maldito Gavilán vete a cazar a otros Mares por qué tu presa querida ya no está por aquí, se te escapo de tus garras. Y quiero que sepas que yo no le debo ninguna obligación a Juan. Hace años que la esclavitud se acabó en nuestro país. Yo soy una mujer libre para casarme cuando yo quiera, y si lo dudas pregúntaselo a mi hermanita Sauri, que te pario un hijo y yo estoy segura que ese es el aguijón que tu Amada Aracely lleva clavado en su Corazón porque siempre tuvo miedo de parirte un hijo. La pobre su papá un Gitano puro, y su mamá una negra pura de raza. ¿Yo te pregunto que tú vas hacer el día que ella regrese a Bahía Chica? Desde ahora te digo que no pienso hacer nada. No hay pruebas que la culpen de ningún crimen. Don Pedro la acuso de ser ella quien mato a tu mamá

(Aquarina) y también mato a la mamá de Sauri (Crisol). Si es verdad, pero ella lo negó y los dos se acusaron mutuamente. Desgraciado la tuviste en tus brazos y dejaste que se fuera. ¿Qué clase de Gavilán eres tú? No tuviste lo que Dios le da a uno para matarla. ¡Cobarde! Raquel yo no soy eso que tú piensas, pero en ese momento yo hice lo que mi padre me pidió, que no la matara y que la dejara irse. Si mi tío Florencio te pidió eso es porque él sabe que la Diabla de Aracely es una Bruja integrada de Gitanos con africano, y la única forma de eliminar su maleficio es con el puñal de un Patriarca Gitano. Yo no sé cuál es tu constante sufrimiento si lo más probable es que Aracely nunca más regrese a Bahía Chica. Yo sé que va a regresar, por qué ese tipo de mujer como es ella nunca quieren perder a su hombre. ¿Es que en algún momento ella te ha robado a tu hombre? La pregunta del Gavilán tomo por sorpresa a Raquel que respirando profundamente le contesta con mucha rabia {{{. ¡¡Nunca!! Y si lo hubiera hecho no estuviera viva, por qué yo si la hubiera matado. Mira Raquel, yo no la mate porque nunca hubo una prueba sólida que pudiéramos decir si ella es la culpable, pero sin embargo yo creo que mi tío Pedro realmente las mato para vengarse porque Aracely continuadamente le gritaba en la caro que ella me había hecho hombre. ¿Y qué motivo tuvo Don Pedro para matar a mi madre? Todos los presentes cambiaron sus miradas hacia Sauri, qué desde la puerta de la cantina y en forma desafiante le hacia la misma pregunta de siempre {{{. Sauri a mi tu no me grites, mira que ya te he dicho muchas veces que tu mamá murió por accidente, por ser un testigo ocular igual que Ismael.

YA QUE USTEDES dos odian Aracely a muerte, por qué no la buscan y la matan y de esa forma ella muerta, ustedes no tienen por qué sufrir más. ¿Por qué ustedes dos quieren que yo me convierta en un criminal? Si. Y lo grito delante de todos los presentes. Aracely fue mi primer Amor, con Aracely tuve mi primer sexo, y también con Aracely tuve mi primer sufrimiento al ver como mi Abuelo y mi tío Pedro la compraron a sus padres y la convirtieron en una esclava sexual solamente para ellos dos. ¡Y yo sin poder hacer nada para evitarlo no me quedo otro remedio que morderme el Corazón, y guardar silencio! El pobre Gavilán tiene el Corazón herido. Sauri para ya de llamarme Gavilán. Tú eres la única culpable por haberme puesto ese sobre nombre. ¿Qué es lo que yo te he hecho para merecer ese nombre? Maldito Gavilán tienes la memoria muy flaca. O ya se te olvido cuantas promesas de Amor me hacías a la orilla del rio. Estas diciendo mentiras. Eras tú la que venias a mi casa como una Loba Salvaje a comerme como si yo fuera tu festín favorito, y siempre me hablabas de tu sufrimiento porque tío Pedro nunca quiso reconocerte como su hija legitima, tampoco reconoció a Raquel. Pero hay algo que yo siempre me he preguntado, y ahora les pregunto. ¿Qué ustedes dos hacían siempre metida en la tribu del viejo Casimiro? Yo me acuerdo que siempre Aracely me decía échale el ojo que esas dos son aprendices de Brujas. Caramba Gavilán sabes cómo defenderte. Ahora para ti, mi hermana Raquel y yo somos Lobas Salvajes y Brujas. Es una lástima que el viejo Casimiro ya murió, pero de todas formas Gavilán prepara tu Corazón para el día en que Aracely regrese a Bahía Chica. ¿Es una amenaza de Lobas Salvajes, o de Brujas? Tómalo como tú quieras, pero cuando llegue ese momento tu Corazón de Gavilán va a sangrar por Amor. Y pregúntamelo a mí que yo sé que eso duele. Querida Sauri hay veces que ustedes expresan su dolor en una forma muy rara. Ustedes dos piden que se haga justicia, pero sienten deseo de vengarse con una envidia profunda derrotista por no poder llegar a la cima (cumbre) deseada. Yo me atrevo a llamar lo que ustedes dos sienten por Aracely "Celos de Mujer". ¡Maldito presumido no te alabes tanto! ¿Es que acaso te crees que eres el único hombre que hay en Bahía Chica? Sauri yo soy el hombre que Aracely, Raquel y tú me hicieron, y por nombre me llaman Gavilán así que no se sorprendan cada vez que vean qué una presa caen en mis garras, por qué me la voy a comer todita yo solo. Domingo no tengas ningún pendiente que mi hermana Sauri, y yo podemos darnos cuenta que todo lo que has dicho es una declaración de guerra, y que tú nunca vas estar de nuestro lado cuando la malvada de Aracely regrese a Bahía Chica. Me das lastima por qué te han convertido en un Gavilán faldero. Mi hermana Sauri y yo vamos entrar a la cantina y con dos Copas de Sidra vamos a brindar que por fin nos hemos liberado de las garras del Gavilán, y oficialmente desde este momento tu eres nuestro enemigo.

AMIGO JUAN, YA viste, y oíste la verdadera herencia que me dejaron mis padres, y mi hermano Pedro. Es verdad lo que siempre se ha dicho. Que el Dinero, y la Lujuria corrompen la familia. Florencio hay algo en ese tipo que no me convence. ¿Pero a quien tú te refieres? Ese tal Danilo Malverde que es amigo de Raquel, no cabe duda que es Gitano de nacimiento. ¿Florencio usted no se dio cuenta que todos los trabajadores que él trajo son Gitanos de raza? Pero Juan cómo es posible tan borracho que nos encontramos y yo no me di cuenta, y usted sí. Mire Juan ya viene otra vez el señor Manino, este si está más borracho que nosotros dos. ¿Por favor Manino donde estaba usted? Estaba conversando con mi futura hija. Es una muchacha muy encantadora, y muy comunicativa. Por fin usted y yo estamos de acuerdo en algo. Pero tomemos una copa de Aguardiente, total si ya casi somos familia. Ya la tarde estaba en Bahía Chica, y Sauri acompañada de Raquel esperaban que Yanyi terminara de despedirse de él joven Felipe Manino{{{. ¿Qué te pasa Sauri, te veo muy pensativa? Ha de ser que la señora Jacinta me dijo que tío Florencio quiere ver a Yanyi mañana en su casa. ¿Y te dijo para que quiere ver a Yanyi? Si. El señor Manino quiere casar a su hijo Felipe con Yanyi, y ya le dijo a mi tío Florencio que el próximo sábado viene a pedir su bendición para su hijo, ya que se supone que mi tío Florencio quedo como Patriarca de la familia. ¿Y qué van a decir los Abuelitos de Yanyi? Nada. Todo este acuerdo de familia queda entre Gitanos. Y nadie puede meterse en este acuerdo matrimonial. Te das cuenta Sauri, ni tú tampoco yo, no tuvimos la suerte de que nos casaran con un hombre joven, bien parecido y rico. Y Yanyi tiene la suerte que muchas mujeres siempre hemos deseados. Raquel tú no te puedes quejar de tu suerte. Juan puso sus ojos en ti y a su lado nunca te falto nada, a pesar de que tú lo has engañado cuantas veces se te ha presentado la oportunidad, y ahora ya sabemos que el señor Leonardo está interesado en tener una relación formal contigo. ¿Es que acaso no te gusta el hombre? Lo que sucede que yo nunca he logrado tener lo que deseo, siempre tengo que conformarme con lo que se presente. ¡O lo tomas o lo dejas! Fíjate tú, deseaste a Domingo y lo lograste se lo quitaste Aracely, y también te diste el gusto de parirle un hijo. Raquel en esa forma de pensar te puede llevar al lado oscuro de la vida, ten mucho cuidado con lo que piensas y haces. Para ti es fácil en darme consejos por qué tú solamente pides y la vida te lo da todo en tus manos, pero yo tengo que trabajarlo y es una lucha constante para yo lograr algo, pero en fin de todo hermana no me hagas caso tú no tienes la culpa de mi mala suerte. Déjate de lamentaciones por qué tú sabes muy bien que el Gavilán nunca te ha querido como mujer para él y yo aunque le parí un hijo eso no fue suficiente para que él se olvidara de Aracely, y yo estoy segura que su Amor por ella es eterno. ¡Mentiras!

TÚ SABES QUE entre ellos dos hay un Maleficio. Raquel déjate de insinuaciones que tú y yo solamente sabemos lo que toda Bahía Chica comenta, pero en la realidad no tenemos pruebas de tal cosa, y si hubo algún Maleficio yo estoy segura que el único que lo sabe es tío Florencio, y si él lo ha hablado, o se lo ha dicho a alguien so pena que será castigado. Por qué el Maleficio entre Gitanos es algo muy sagrado. ¿Entonces tú me quieres decir que tu no crees que Aracely mato a tu mamá, y también a Crisol? Mira Raquel ya han pasado demasiados años de aquel crimen que sucedió en "La casa Vieja" y solamente hay tres versiones de aquel hecho. Una la que dijo nuestro padre Pedro, dos la que hablo Aracely en su propia defensa, y tres la que tú siempre has dicho. Y en todos estos años he llegado a la conclusión de que ustedes tres han mentido para beneficio propio, y que solamente hay un criminal. ¿Tú no has de pensar que yo? ¡Si lo he pensado un montón de veces! Pero no tengo ningún testimonio. Si es verdad que fuiste tú, de mí no tengas miedo porque yo no te voy a matar, pero hermanita si me voy a dar el gusto de verte colgando en la horca. Pero Sauri, que horror que tu estés pensando todo eso de mí. Mira que yo soy tu hermana. Si eso es verdad, pero tu madre te vendió por beneficio propio y se fue para Europa a vivir su vejez. Mi madre nunca me abandono, y la mataron injustamente por ser india, o por celos por qué ella era mi madre. Y mi papá Pedro, y Aracely, y tu Raquel son los únicos que saben que paso ese día. El desgraciado de Pedro ya está muerto, Ismael ya está muerto, solamente Aracely y tú saben la verdad y me temo que las dos prefieren llevarse ese crimen a la tumba, y no enfrentarse con el Verdugo. A menos que mi tío Florencio sepa la verdad y no pueda hablar por secreto de confesión. Raquel tu eres mi hermana, pero yo me acuerdo muy bien que tú te arrodillabas y gritabas que Domingo tenía que ser tulló algún día, mujeres como tú nunca olvidan, tampoco perdonan cuando le hacen un agravio. Yo sé que tú nunca vas a perdonar Aracely por ser la dueña del Gavilán, igual a mí nunca me has perdonado porqué supe seducir al Gavilán, y con mí encanto de mujer me lo comí como una Loba hambrienta y tuve la osadía de parirle un hijo. Tú no me has agredido por qué tío Florencio no te lo ha permitido. Querida hermana Raquel tú cuando te enojas te ciegas y no puedes ver la realidad de las cosas, yo soy todo lo contrario a ti. Cuando yo me enojo por qué mi presa está en la boca de mi contraria yo no me ciego, más bien yo miro como está el ambiente y espero con paciencia que estén enojados y como una Loba astuta lo separé de su lado y me lo comí todito. ¡Que no me quiere, eso no me molesto en nada por qué yo ya lo sabía! Pero fue mío por un tiempo corto, y yo logre lo que quería. Sauri cállate la boca y no me retes porque soy capaz de todo. ¿No sé por qué a estas alturas me vienes a decir todas estas cosas? Te lo digo para que no interfieras en la vida de Yanyi.

TÚ SABES QUE yo quiero a Yanyi como una hermanita menor, y no quiero que por tus envidias de mujer fracasada interrumpas su felicidad. ¿Me entiendes? Si Sauri te entiendo muy bien. Ya sé que por defender a esa gitanilla eres capaz de convertirte en mi enemiga. Querida hermana Raquel, no te sorprenda si en el futuro me convierta en algo más que tu enemiga. Es mi consejo que aproveches la oportunidad que te quiere dar el señor Leonardo y cásate con él, apúrate por qué se puede decepcionar de ti. Muchas gracias Sauri. Tus consejos de Bruja india los tomare muy en serio. Ya me di cuenta que me cambiaste por Yanyi. Hace años que me di cuenta que tú nunca has querido a Domingo. Aquel día en la Casa Vieja no te importo nada que los soldados mataran a Ismael, y yo estoy segura que fuiste tú la que le dijiste a Leonardo donde la familia Arrieta guardaba su Fortuna. Fue muy conveniente para ti que nuestro padre muriera esa misma noche, total ya a ti no te importaba si Aracely quedaba viva o si alguien la mataba a ti lo único que te interesaba era la parte que te correspondía del Oro que estaba guardado, y también te saliste con la tuya quedándote con la Casa vieja, pero quiero que sepas que mientras yo viva esa Hacienda seguirá siendo mía también porque yo sí que soy pura de raza de Gitanos. Y tú eres solamente una mestiza que con ayuda del señor Leonardo te pusiste el apellido Fontana con intenciones de quedarte con todo. No te quedaste con la empacadora de especias porque Jacinta no te lo permitió. ¿Si tanto quieres la Hacienda Por qué no te mudas para la Casa Vieja? Con ojos enfurecidos Raquel miraba con desdén a su hermana Sauri}}}. ¡Estás loca! Toda Bahía Chica sabe que la Casa Vieja tiene un Maleficio. ¡Mentiras no tiene nada! Lo único que tiene la Casa Vieja son todos los muertos que reclaman que se les haga Justicia, y el que mata siempre vuelve al lugar del crimen. ¿Cómo te atreves en mi propia cara insinuarme que yo soy una criminal? Hermana, acompañada te atreves hacer cualquier cosa, pero sola eres una cobarde. Siempre le tuviste miedo Aracely, pero como toda Bruja de la oscuridad que eres tú. Yo presiento que tú estás planeando algo para completar tu venganza. Sauri para ya de mirarme mi aura que mi futuro está bien claro. Mira ya viene tu hermanita menor lo mejor que pueden hacer las dos es irse para su guarida de muertos. No sufras más que ya nos vamos, la próxima vez que vea al señor Leonardo le diré que te entregue la parte que te corresponde de las ganancias que ha tenido la Hacienda en estos últimos años. Y no tengas ningún pendiente que no te voy a robar ni una moneda de Oro que te pertenezca. ¿Niña Sauri ya nos vamos tan pronto? Si Yanyi, sube al Jeep mira que ya empieza a oscurecer. Si Yanyi es mejor que obedezca a tu querida hermana no se te olvide que desde que Aracely se fue ahora ella es la patrona de la Hacienda. Sin preguntar más nada rápidamente Yanyi subió al Jeep mientras que Raquel con su acostumbrada sonrisa las despedía}}}. ¿Pero niña Sauri que fue lo que sucedió entre ustedes dos que yo presiento que el fuego ya está ardiendo? Tenía que suceder algún día de lo que tú y yo siempre hemos hablado. Pero niña Sauri tú me prometiste que nunca le reclamarías nada a tu hermana Raquel. Pero Yanyi yo no soy la culpable, ella fue la que empezó todo reclamando que yo la había cambiado por ti, y que yo soy una mestiza Bruja. Entonces ella ya me tiene odio. Yo no diría tantos, pero si te tiene envidia porque Felipe puso sus ojos en ti. ¡Echa, pero es que el chico todavía no se me ha declarado y ya me lo están envidiando! Es que el señor Manino el papá de Felipe, le hiso saber a tío Florencio que el próximo sábado viene a pedir tu mano en matrimonio para su hijo. Echa niña Sauri todo va muy rápido sin yo enterarme. Déjate de cuento Yanyi que tú muy bien sabes que esto tendría que suceder en algún momento. Tú estás bajo la tutela de tío Florencio y como él es el Patriarca de la familia él puede tomar esa decisión y casarte con el joven Felipe. ¿Y mis parientes que van a decir? No pueden decir mucho tus padres murieron en la selva, y tu Abuelo ya murió, y tu Abuelita ya perdió la memoria. Lo único que puede pedir tío Florencio por prenda es algunas monedas de Oro para dársela a la persona que cuida a tu Abuelita, y eso no es ningún problema para el señor Manino que es un viejo Acaudalado. ¿Y qué hago con Marino? Olvídalo, ningún hombre de Mar se casa joven. Y tú tienes la suerte que Felipe es un hombre joven, rico, y bien parecido. ¿Por eso es que tu hermana Raquel ya le había echado un ojo? Si y es mejor que te mantengas lejos de Raquel porque ella hace cosas que no le han de gustar a la Virgen del Camino. ¡A tu hermana por ser Bruja mala la van a castigar! Es mejor que no te preocupes por Raquel, y te dediques a cuidar a tu futuro marido. Mira que todavía no lo tienes en tu techo. Así que tan pronto el señor Manino traiga la prenda que le pida tío Florencio, tu queda prendida en un juramento sagrado y si tú fallas a la promesa que va a dar mi tío él tiene la potestad para matarte y de esa forma el limpia su palabra. ¿Y si el joven Felipe es el que se arrepiente? Entonces el señor Manino tiene que hacer lo que mi tío Florencio le pida para honrar la falta de incumplimiento del matrimonio pactado. ¿Y por qué tiene que ser así? lo es por qué tu naciste Gitana. Así que pregúntaselo a tu Virgen del Camino. Lo único que yo le voy a pedir a mi futuro esposo es que nos quedemos en Bahía Chica. Yo no creo que eso suceda porque sus negocios están en Puerto Nuevo. Y no se te olvide que Felipe es hijo único, y yo estoy segura que el señor Manino no va a querer separarse de su hijo querido sin embargo si tú te pones inteligente y le das dos nietos a ese viejo tenlo por seguro que te va a querer mucho más que a una hija. Y te va a complacer en casi todo lo que tú le pidas. ¿Y ahora porque te has quedado callada? Perdóname Sauri, lo que me sucede es que anoche me desperté muy asustada por la revelación que me dieron. ¿Me lo vas a decir que soñaste? Si Yo soñé que me encontraba en una fiesta, pero yo no conocía a ninguno de los presentes y cada vez que yo miraba a sus caras y todos me sonreían. Yo me senté en una silla frente a una mesa de madera, de pronto el mesero trajo dos copas llena de Vino Tinto y las puso sobre la mesa cuando yo estire mi brazo tratando de alcanzar una de las Copas las dos Copas se rompieron y todo el vino se derramo sobre la mesa y yo miraba aquel vino que corría sobre la mesa como si fuera sangre entonces se me acerco un viejito y me puso una de sus manos en mi hombro y me dio una Rosa Blanca, y me dijo así "Mi niña tu eres muy Vidente tienes que decir la verdad" yo quise como hablarle al viejito pero desperté en ese instante. ¿Y qué tú puedes deducir de esa revelación? Primero que a mí me llevaron a ese lugar qué si existe, pero a ninguno de esos hombres yo conozco, el viejito que se me acerco es un espíritu mensajero, las dos Copas que se rompieron significa que un Maleficio Gitano se rompió, y el vino derramado significa la sangre de las personas que van a morir. ¿Y por qué ese viejito te escogió a ti, y no a mí, o a otra persona? Por qué yo voy a ser la única que no voy a estar presente el día en que todo esto suceda. Yanyi ya te voy entendiendo. A ti te lo dicen para que tú lo hables y lo digas, no para que tú lo veas so pena de castigarte si no obedeces. Eso quiere decir que el día que todo eso suceda tú no puedes estar aquí por qué tú puedes perder tu vida, y ellos te lo advierten porque no quieren que te suceda nada. ¿Entonces tú tienes que decírselo a tío Florencio para que este pendiente? Yo no puedo decírselo, pero tú sí. ¿Por qué tú no, y yo sí, ya me confundiste? Porque yo puedo hablarlo, pero no tengo el poder tampoco el permiso para evitar lo que va ocurrir cuando llegue ese día indicado. Tú si vas a estar presente. Mañana se lo digo a Raquel. ¿Pero Yanyi porque se lo vas a decir a Raquel? Porque ella va estar presente ese día. Dios mío. Entonces tú me quieres decir que a todas las personas que tú se lo digas, son las que van estar presente ese día. Y también van estar presentes todos los hombres que yo vi en mi revelación. Yanyi yo te prometo que solamente se lo voy a decir a tío Florencio. Niña Sauri has escogido muy bien, porque salvándose tío Florencio yo puedo casarme sin ningún problema. Solamente hay una cosa y que es un misterio para muchos no para ti, no para mí. Mi Boda tiene que celebrarse en la "Casa Vieja" ¡No eso no Yanyi! Si por qué mi Boda va ser un día sábado, antes del día Domingo de lo que va a suceder para ese entonces yo estaré muy lejos de aquí. Súbitamente Sauri detiene el Jeep, frente a la Casa Vieja, y gritándole a Yanyi le seguía repitiéndole}}}. No puede ser, yo no creo que

Aracely se atreva a volver a la Casa Vieja. ¡Y por qué no va a volver, si ya tú dudas que ella haya matado a tu mamá, y desde el momento que tú empezaste a dudar espiritualmente tú le abriste el camino para su regreso a la Casa Vieja! Mi niña Sauri tu solamente quieres saber la verdad, Pero tu hermana Raquel solamente quiere su Venganza. Mi niña Sauri no le lleves la contraria a lo espiritual, mira que ellos solamente obedecen las órdenes del "Altísimo" y aunque tú eres mayor de edad que yo, pero a ti te falta mucho que aprender de lo espiritual. ¿Dime la verdad Yanyi, ya tú sabes quién mato a mi madre? No lo sé. ¡No me mientas! Niña Sauri ya te dije la verdad, yo no sé, pero sí sé que solamente hay cinco personas que están vivas y lo saben. Dime quienes son esas personas. Niña Sauri es mejor que te calmes un poco de lo contrario nunca vas a llegar a ser una Bruja Blanca. Ven vamos a sentarnos en esta mecedora que lo más seguro es que tus antepasados se sentaban alegremente en algunos de ellos. Suavemente la joven Gitana le pasaba un pañuelo por la frente a Sauri, y trataba de calmarla}}}. Mi niña Sauri yo te voy a decir quiénes son los que saben la verdad, aunque de nada te va a valer, por qué cuando tú se lo preguntes los cinco se van a negar a decírtelo. Empecemos por Tío Florencio, el Gavilán, el señor Leonardo, Raquel, y Aracely. ¿Y por qué el señor Leonardo lo sabe? Por favor niña Sauri, despeja tu mente un poco. A ti se te olvida que el señor Leonardo fue corregidor de esta comarca, y lo más probable que tío Florencio se lo dijo como un secreto Gitano, so pena de muerte si el señor Leonardo lo dice a otra persona. Niña Sauri en aquellos tiempos del crimen toda tu familia Gitana lo sabían menos tú. Y por el Maleficio, la joven Aracely la convirtieron en la verdugo de la familia, pero a todos tus tíos, y tía les combino eso ya que ellos deseaban que sus padres se murieran por qué los viejos nunca quisieron repartir la fortuna entre sus hijos y familia, pero la familia de Gitanos nunca pudieron imaginar qué Aracely se casara con Don Pedro, y se convirtiera en la peor pesadilla de toda la familia Fontana Arrieta. ¿Yanyi, pero quien te dijo toda esa historia? Tu Abuelo y el mío eran muy amigos y entre los dos se decían secretos, y aunque yo era una niña mí Abuelo siempre me tenía como su confidente ya que yo era la única nieta que él estaba criando, y tú no tienes idea cuantas cosas yo aprendí con mi Abuelo. Ya me lo imagino porque a tu Abuelo le gustaba mucho el chisme, y eso tú lo aprendiste de tu Abuelo. Niña Sauri lo que en este mundo tu no mastica otro lo saborea por lo pronto desde mañana vamos arreglar la Casa Vieja para que la vean un poco más bonita, y tenemos que hacer la lista de todas las personas que vamos a invitar a mi boda. ¿Cuál es tu apuro, es que acaso tú pretendes casarte enseguida? Si. Lo espiritual me dio 21 días para casarme por lo tanto tengo que obedecerlo. Si en ese tiempo yo no me caso entonces tío Florencio tiene que buscarme un marido de conveniencia no de obligación, y si no lo hace entonces tío Florencio tiene la obligación de mantenerme para siempre cosa que ningún Patriarca quiere hacer. ¡Esas son costumbres estúpidas! Niña Sauri hace un rato tu misma me lo dijiste. "Quien me mando Mira Yanyi lo mejor que podemos hacer ahora es bañarnos, y acostarnos a dormir que mañana tú tienes que hablar con tío Florencio. Yo todavía no puedo irme a dormir, la noche esta joven y tengo que hacer algunas cosas. Como tú quieras Yanyi. Mujeres como tu son Brujas de nacimiento. Con la caída de la noche y la Luna llena alumbrando la Casa Vieja parecía una joven desposada esperando a su hombre}}}. ¿Qué haces Jacinta? Florencio estoy limpiando la casa, y acomodando los muebles en buena posición. Me parece que en estos días vamos a tener muchas visitas. Por favor mujer no digas eso que ya nosotros dos no estamos para pasar tantas malas noches. Mira este hombre quejándose de las fiestas muy bien que Juan y tú siempre terminan borrachos, y ahora vamos agregarle tu futuro pariente porque anoche vimos que le gusta mucho el Aguardiente. Tremendo trio vas a formar. ¿Por qué las esposas siempre le echan la culpa al marido? Porque después de la fiesta yo tengo la obligación de cuidarte. La amorosa discusión fue interrumpida por la presencia de la sirvienta}}}. Señora ya está servido el desayuno del señor Florencio, y también puse al lado de la copa dos calmantes como usted me dijo. También acaban de llegar las sobrinas del señor Florencio. Gracias Emilda, pero di a mis sobrinas que esperen en la sala porque su tío esta desayunando. Si señora, con su permiso. ¿Florencio a que han venido tus sobrinas aquí, y tan temprano en la mañana? No lo sé mujer, pero vamos a ver qué es lo que quieren. ¿Es que no vas a desayunar primero? No. La curiosidad por saber es algo que me mata. Sin pensarlo mucho Don Florencio salió de la habitación y se dirigió hacia la sala seguida por Jacinta}}}. Yanyi vuelve a poner el Jarrón donde estaba. Pero tía, yo creo que al lado de la chimenea se ve mejor. De ninguna manera, vuelve a ponerlo en el mismo lugar que estaba. ¡Pero que a esta niña no se le quita la mala costumbre de querer ordenar en casa ajena! Mire usted tía Jacinta si esta es su casa es mía también. Pero mi niña grandota ganándote el Corazón de todo el mundo vas a tener mucho problema con tu futuro esposo. Con mucha ternura la tía Jacinta abrazo y beso las mejillas de Yanyi, haciendo que Don Florencio protestara}}}. Ya está bueno de tantos cariñitos.

¿Digan que hacen ustedes tan temprano en mi casa? Mire usted mi tío, no se ponga celoso que yo también lo quiero mucho. Por favor Yanyi, dime que es lo que quieren. Yo vine a decirle que usted tiene 21 días para casarme. ¡Pero eso es muy poco tiempo! todavía yo tengo que notificar a los parientes que te quedan vivos. Y yo tengo que mandar hacer las cartas de invitación porque yo quiero que tu boda sea la más linda de la comarca. Yanyi yo quiero que te cases como Dios manda, mis hijas no tuvieron esa oportunidad por estar siempre pendiente del que dirán, y por estar siempre metidas en las fiestas de la alta Sociedad se han vuelto un par de viejas chismosas. Yanyi yo quiero lo mejor para ti, hija nunca cambies tu forma de ser feliz.

MUCHAS GRACIAS MI tía, yo siento en mi Corazón que usted me quiere mucho. ¡Por favor Jacinta, mira que yo estoy aquí y soy el hombre de esta casa! Miren muchachas mejor terminen de hablar con su tío porque se está volviendo en un viejo celoso. Haber ustedes dos pónganse de pie. Y tú Yanyi tienes algo más que decirme. Si tío. Que lo espiritual quiere que la boda sea en "La Casa Vieja". No eso no puede ser, esa casa necesita muchos arreglos. Cállate Jacinta, por qué tú ni yo tampoco sabemos el porqué de todas estas cosas. Mire tío Florencio la niña Sauri le va a decir una revelación que me dieron. Jacinta puedes retirarte. No tío si yo de todas formas se lo voy a decir. Entonces que se quede. Está visto lo que es hoy ustedes se han confabulado en llevarme la contraria. Mire tío Florencio esto es lo que esta Gitana loca me dijo de la revelación que ella tuvo. Con toda tranquilidad Sauri le dijo a Don Florencio, y a la señora Jacinta todos los por menores, y resalto la posibilidad de que Aracely estuviera presente ese día}}}. Es mejor no mencionar el nombre de esa mujer no sabemos si ella sigue viva, o ya está muerta. Tío Florencio, la malvada de Aracely está viva, y va a venir a mi boda. ¡Cállate Yanyi o soy capaz de pedirle permiso al Altísimo para cortarte tu lengua! Tenemos que tratar de ser un poco más reservado en mencionar su nombre, a lo mejor algún visitante la conozca y de esa forma nos damos cuenta donde ella se encuentra. Hoy mismo mandare un hombre a decirle tus parientes la misiva. Y después hablare por teléfono con tu futuro suegro. ¿Y que usted le va a pedir al señor Manino por mi cuerpo? Le voy a pedir 33 monedas de Oro, y que la boda se celebre en la Casa Vieja. Yanyi y yo personalmente iremos a Puerto Nuevo, y te voy a comprar el traje de novia más lindo recién traído de Paris. Gracias tía. Y yo voy a renovar la Casa Vieja. Y yo voy a pagar por toda la Bebida que se consuma. Joven Domingo usted aquí. La llegada del joven Domingo hiso que todos menos Yanyi se quedaran en silencio mientras que Domingo felicitaba a Yanyi abrazándola fuertemente}}}. Tú no tienes por qué pagar nada en esa boda que no es la tuya. Ese va a ser mi regalo de boda para mi hermanita que va a ser la novia más bonita de todo el país, además tú no puedes prohibirme nada, no te debo nada. ¡Tú no eres Gitana como lo somos nosotros! Maldito Gavilán, esas son las palabras favoritas de Aracely. Tío Florencio aquí tiene la contesta a su presentimiento, su propio hijo sabe que la maldita de Aracely está viva y de seguro que la va a traer a la boda agarrados de la mano. Si se presenta la ocasión eso mismo que tú dices es lo que voy hacer. Va a ser mi única venganza de ti por no dejarme ver a mi hijo cuando yo quiero. Sauri tienes mucha suerte conmigo por qué si yo fuera otro tipo de Gitano ya te hubiera enterrado un puñal en tu pecho para que me respete por lo que soy un hombre Gitano. Ahora con todo el respeto voy para mi cuarto a descansar un poco. Y a usted papá yo sé que Aracely está viva por otras personas.

TE HAGO SABER Sauri, mi hijo se comporta en esa forma y tú tienes la culpa. Tío Florencio no me eche toda la culpa, por qué su hijo es un Gavilán que vuela con una Ala herida que solamente el Amor de su presa solamente se la puede curar. Y yo no soy su presa querida porque no soy Gitana. Es mejor que por un tiempo olvidemos los problemas familiares y no olvidemos que yo me quiero casar. Yo estoy de acuerdo con lo que dice Yanyi. Jacinta tú y Yanyi son muy buenas compinche. Florencio lo mejor que tú puedes hacer en este momento es ir a desayunar, y nosotras las mujeres nos encargamos de los arreglos de la boda. Mejor voy a ver a Juan por qué ustedes tres tienen hoy planeado hacerme la vida imposible. Mira querido Florencio, lo bueno que pueden hacer Juan y tú, es irse para Puerto Nuevo por tres días de esa forma le hacen compañía al señor Manino. Imilda búscame el Sombrero que me acaban de echar de mi casa. Si señor Florencio. Imilda también búscale las medicinas que se toma. Si señora Jacinta. Pero Tía Jacinta. No te preocupes Yanyi, que tu tío, y Juan son compinche en la bebida y me parece que con el señor Manino quieren formar un trio. Empecemos hacer los planes primero tu Sauri, tienes que buscar quien sepa cómo arreglarte la Casa Vieja Yo tengo una idea. Por favor Yanyi di lo que sea. La niña Sauri puede ir y hablar con el tipo ese que está arreglando la casa que era de la familia Urueta. No lo creo, a mí me parece que ese tipo está muy ocupado. Pero niña Sauri no pierdes nada con preguntarle. Yo estoy de acuerdo con Yanyi, no pierdes nada con preguntarle y si dice que si todas tenemos dinero para pagarle por su trabajo. Está bien después del almuerzo voy hablar con ese señor. ¿De qué te ríes Yanyi? Que ese hombre de señor no tiene nada, tremenda pinta tiene el tipo. ¡Yanyi contrólate, desde ahora en adelante mucho control con lo que dices! Perdóname tía. Ya puedo darme cuenta que tengo que estar pendiente de ti. Así que desde hoy olvídate de la casa Vieja, te quedas a vivir con nosotros tengo que enseñarte buenos modales y costumbres, no puedo correr el riesgo que tú me eches a perder tu boda. Pero tía. No hay peros que valga. Imilda. Ordene usted señora. Que arreglen la habitación que colinda con la mía, la señorita Yanyi se queda a vivir con nosotros. Si señora enseguida. Y nosotras nos vamos almorzar lo que tu tío no quiso. Con una sonrisa en su cara, Sauri se burlaba de Yanyi y le sacaba la lengua mientras que la tía pedía a las dos que tuvieran un poco de Juicio. Pasado la hora del almuerzo, Sauri guio su Jeep hacia el Mar buscando la casa que una vez vivió Aracely Urueta}}}. Buenas tarde señor. Buenas tardes señora. Señorita si no le es alguna molestia. Usted perdone señorita. ¿A qué se debe su visita? Ando buscando al señor Danilo Malverde. El patrón está en la orilla del Mar pintando. ¿Y qué es lo que pinta tú patrón? El patrón hace milagros con las mujeres cuando las pinta. Venga conmigo qué yo la llevo hasta donde él está.

NO SEÑOR, NO se moleste que yo conozco muy bien el camino. Usted lo que tiene que hacer es cuidarme el Jeep. ¡Señorita nosotros no somos Rateros! Una nunca sabe, yo a usted no lo conozco y tampoco sé quién es su patrón. Yo soy Riwaldi Luna para servirle a usted y a la Virgen. Usted es Gitano igual que su patrón. ¿Se me nota mucho que lo soy? Sin volver a contestarle a Riwaldi, la joven Sauri se dirigió hacia la orilla del Mar, dejando al Gitano hablando solo}}}. El patrón Danilo va a pasar mucho trabajo con esta Loba, ya puedo ver que la tipa no es nada fácil. Buenas tardes señor pintor. Muy buenas tarde tenga usted señorita, Yo soy Danilo Malverde a sus pies. ¿A qué se debe el honor de su visita? Cuando usted me suelte la mano se lo digo. Muy sonriente el joven Danilo suavemente suelta la mano derecha de Sauri--. Perdone usted, pero es una costumbre de mis antepasados besarle la mano a una Dama. Me parece que sus antes pasados ya no viven en nuestros tiempos. Por lo que le pido que mantenga su distancia. Solamente vine a pedirle que me hiciera un trabajo en mi casa, y yo le pago bien. No. ¿Por qué no? Señorita usted puede ser una cachorra de Loba muy hermosa, pero también puede ser una Diabla. ¡Gitano insolente como te atreves llamarme Loba! Es que usted no me ha dicho su nombre, tampoco me ha saludado con cortesía, y además quiere que yo la ayude. Por favor retírese de mi presencia. Sauri mantuvo silencio por un minuto y acercándose a Danilo le dice suavemente}}}. Usted perdone mi forma de expresarme, ya puedo darme cuenta que usted es un Gitano educado, y que no es igual como los que hay por aquí. Señorita no es malo ser Gitano y pobre, malo es ser Gitano y rico. Yo siempre he buscado la forma de mantenerme neutral en la vida. Usted perdone, pero mi nombre es Sauri Fontana. Por su nombre hubiéramos empezado por su apellido es muy mencionado por estos lares. Ahora que ya nos presentamos formalmente le concedo la palabra. Yo tengo una hermana que se va a casar, y me urge arreglar la casa lo más pronto posible. Y a su hermana le dieron 21 días para casarse. ¿Cómo usted sabe eso? Señorita Sauri, no se le olvide que yo también soy Gitano, y por regla general los números pares traen mala suerte por qué no tienen salida en la vida o tienes que empezar por el número nones del uno hasta el nueve. Es usted una persona rara, primero me pareció un atrevido, ahora una persona educada. Señorita Sauri si usted me da la oportunidad de darme a conocer como usted siempre ha soñado conocer a su hombre, le juro por la Virgen que nunca se va arrepentir de haber puesto sus Ojos en su más humilde servidor. Ya las manos de Danilo tenían sujeta la cintura de Sauri y la acercaba más a su cuerpo mientras que le hablaba dulcemente}}}. Yo estoy seguro que su jardinero no supo apreciar la belleza de tus Ojos, tampoco vio el Almíbar que brota de tus labios. Los labios de Danilo se unieron en un segundo a los de Sauri en un beso apasionado, pero de pronto Sauri lo empuja hacia un lado}}}.

¡¡COMO USTED SE atreve a besarme!! Su cuerpo me pidió que la besara. Mentiras. Usted es un cuentista, es más usted es un ladrón, me acaba de robar un beso sin yo darle permiso. Señorita Sauri, su más fiel servidor estoy dispuesto devolverle el beso que le he robado. Solamente usted póngame una penitencia, pero no me condene con su ausencia por qué usted es la "Luna Llena" que siempre he buscado para que alumbre mi Corazón. Por favor levántese, no se arrodille mire que ya me siento mal. Mire allá lejos viene una persona, y no quiero que lo vean arrodillado frente a mí. De aquí no me levanto hasta que me prometa que no está enojada conmigo porque yo le robe un beso. Usted Danilo no es solamente un "Ladrón de Besos También es un Terco". Está bien se lo prometo que no estoy enojada con usted. Pero póngase de pie mire que esa persona ya se acerca a nosotros. Yo espero que usted no hable en ningún lugar que usted se atrevió a besarme. Pero señorita Sauri porque usted no quiere reconocer que usted disfruto de ese beso que nos dimos. ¡Yo no tengo que reconocer nada! señorita Sauri me permite usted hacerle una pregunta. Por favor Danilo, hable usted rápido. ¿No le gusto en la forma que nos besamos? No. Entonces yo beso malísimo. Si. Está comprobado que la mujer está hecha de un Si, y de un No. Peor son ustedes que están hecho de "Promesas Incumplidas". Señorita Sauri yo no tengo la culpa que usted sea de esas personas que adelanta el futuro sin haberlo vivido. ¡Cómo es posible! Ahora resulta que usted también es un Gitano vidente. Como es posible qué habiendo tantos trabajadores en esta comarca, y yo haya venido a verlo a usted. ¡Ladrón! Debido a su enojo y sin decir más nada, Sauri empezó a caminar de frente hacia la persona que se acercaba a ellos dos}}}. Caramba Sauri que bien te cae el nombre de Loba hambrienta, así te llamo el Gavilán. Hermanita ya puedo ver que eres rápida y que no pierdes ninguna oportunidad. Raquel tranquilízate, que no es lo que tú estás pensando. ¿Hermanita según tú que se supone que yo crea cuando lo estoy viendo con mis propios Ojos? Para que te voy a explicar si no me vas a creer. Hermanita no te esfuerce mucho en darme alguna explicación, pero yo estoy segura que toda Bahía Chica se van a enterar que Sauri estuvo de visita en la playa y en compañía de mi mejor amigo. Ya no me importa todo lo que hables de mí, por qué yo tengo mi conciencia tranquila de que yo no he molestado a tu amigo, pero yo me pregunto qué trama tú te traes con ese ladrón. A ti no te importa, y quiero que sepas que mi amigo Danilo no es un ladrón. ¡Ha pregúntale a tu amigo que fue lo que me robo sin yo poder defenderme! Tú amigo es igual qué un Pulpo que tiene sus brazos demasiado largos y no puede mantenerlos tranquilos. Sauri siguió caminando hacia la casa dejando a su hermana Raquel muy intrigada, y que rápidamente se arrima donde se encontraba el joven Danilo}}}. ¿Qué Diablo le hiciste a mi hermana que está muy enojada contigo?

MIRA RAQUEL LO mejor que puedes hacer es saludarme primero, y no me hables en ese tono de voz sabes muy bien que no me gusta que me traten en esa forma. Perdona es que mi hermana me puso muy irritada y está diciendo que tú eres un ladrón, y que tienes los brazos como un Pulpo. ¿Te dijo todo eso de mí? Sí. Y solamente ella sabe lo que está pensando de ti en este momento. Es arisca la Loba, pero me gusta que sean así. Eso que dices no es cierto porque a ti no te puede gustar esa estúpida que se cree mejor que yo. Raquel tú a mí no me engañas. Tú le tienes envidia a tu hermana por qué Sauri es más sexual, y mucho más bonita que tú. ¡Danilo! En mi propia cara me estás diciendo que yo soy fea. Yo no te he dicho tal cosa. Raquel tu eres bonita en tu estilo de mujer, pero Sauri tiene algo más que a ti te falta, y eso que ella tiene es sexualidad femenina que hay ciertas mujeres que no tienen. Danilo te odio por qué eres muy educado para ofender a las mujeres. Ahora resulta ser que te has enamorado de esa Loba mestiza que ni ella misma sabe si es india o Gitana. Mira Raquel yo soy una persona que no me afecta en nada mis antepasados, ha de ser que soy muy rebelde y será por eso que cuando me gusta una mujer no me importa si ella es de la alta sociedad, o si son del montón que cuando nacen ya traen la música por dentro y son divina de naturaleza. ¡Y tu hermana es así, una loba que es capaz de matar un Gavilán en su guarida! Me voy. Ya puedo ver que mi hermana también a ti, te volvió un idiota. Esperas Raquel no te vaya tan rápido. ¿O es que no quieres saber qué es lo que quiere tu hermana de mí? Dándose un poco de importancia Raquel se quedó mirando hacia el Mar mientras que Danilo muy sonriente le decía}}}. Tu hermanita quiere que le arregle la casa donde ella vive. Ahora si estoy segura que Sauri se volvió loca. La Casa Vieja no tiene ningún arreglo que tú le puedas hacer. En el mundo todas las construcciones tienen arreglo. Algunas se les quitas algo, y a otras se le añade algo, pero se pueden arreglar. Ya puedo ver que seriamente estás pensando en ayudarla. Danilo tú no puedes abandonarme ahora que estamos a punto de lograr lo que me prometiste. Raquel tu siempre vas a ser mi amiga, y ya yo te cumplí con lo prometido y no quiero estar envuelto en tu estúpida venganza. Cuando tú vivías con tú tía en Puerto Nuevo los dos fuimos juntos al mismo Colegio y cuando una compañera de clase te presentaba su novio a ti te daba un coraje de envidia que llegabas hasta el punto de enojarte contigo misma. Si amiga si tú no te sientes suficiente mujer para quitarle Aracely su hombre entonces déjalo tranquilos. Mira que un Gavilán herido es capaz de matarte si tú le tocas su presa más querida. Si. Yo sé que Aracely es una mujer muy hermosa sin embargo Sauri le pario un hijo a su querido Domingo, le dijo a toda Bahía Chica que ese macho es un Gavilán. Raquel no lo pongo en duda que haya sido así como tú dices. Pero sucedió en otros tiempos, y si este Gavilán no se quedó con Sauri,

ES POR QUÉ todavía quiere Aracely. Él no la quiere. Ella fue quien mato la madre de Sauri, y la de Domingo. ¿Te acuerdas que yo te lo dije? Si me acuerdo, pero de eso ya han pasado demasiados años de lo sucedido, y las declaraciones de los testigos son dudosas. En ese crimen hay una ficha perdida y la corrupción por el Oro no permite que la verdad salga a la luz, por qué el que no mato, ni tampoco se embarro las manos de sangre, ese es tan culpable como él que mato y se embarro sus manos de sangre. Danilo si tú eres tan inteligente y ya sabes quién es el culpable, si tienes pruebas dilo, habla no te quedes callado. Amiga Raquel yo no vine a Bahía Chica a resolver ningún crimen, y quiero regresar a España vivo. Ya hice todo lo que me pediste. Te Busque Aracely, me costó trabajo convencerla que regresara a Bahía Chica por su gran Amor. Ahora te estoy arreglando tu casa la que compraste con tu propio dinero y la pusiste a mi nombre con alguna mala intención de la cual yo me arrepiento haberte ayudado. Tan pronto la Boda de tu hermana se termine yo me voy enseguida. Danilo tu estas confundido yo no tengo ninguna hermana que se va a casar. Es que Sauri quiere arreglar su casa porque su hermana tiene 21 días para casarse. No puede ser que esa gitanita tenga tanta suerte si ayer conoció a ese hombre. Yo no sé a quién tú te refieres, pero me imagino que ha de ser una muchacha más bonita que tú. ¡Cállate y para ya de llamarme fea! Tú vas a ver que también las feas tienen derecho a ser deseadas por hombres con más inteligencia que tú. Apúrate en poner esta casa bonita y lárgate de Bahía Chica. Amiga Raquel acuérdate que está escrito que no hay "Profeta en su propia tierra". Y tú aquí en Bahía Chica no vas a encontrar quien te quiera lo mejor que puedes hacer es mudarte para otro pueblo donde nadie te conozca, y que tampoco sepan que eres una Bruja sin votos, por qué los perdiste el día que te enamoraste de un hombre ajeno y que nunca será tuyo. ¡Estúpido, por eso te odio! Te odio, te odio. Me voy de tu lado porque hoy no se puede hablar contigo. Estás insoportable. Sin hablar más nada Raquel se devolvió para el mismo lugar de donde vino, camino hacia los muelles donde se encontraba Anclado el barco del Capitán Domingo. Antes de que la tarde muriera en las garras de la noche ya todos los pobladores de Bahía Chica sabían que la Gitana Yanyi y el Joven Felipe tienen 21 días para contraer matrimonio, y como todavía no saben dónde se va a celebrar la boda las murmuraciones se multiplicaron en cada casa de toda la comarca.}}} ¿Me mando a llamar señorita Sauri? Si Daniro. Quiero que busques a todos los trabajadores de la Hacienda, quiero que todos trabajen aquí en los Jardines de la Casa Vieja, y quiero que limpien todo el camino que da al Puente del indio, y que recojan toda la basura ya usted sabe que la niña Yanyi está comprometida en casorio y tenemos que arreglar, y poner muy bonita la Casa Vieja. Si señorita Sauri, todo se va hacer como usted lo pide.

SEÑORITA SAURI. ¿QUÉ quieres Marlina, es que le sucede algo a mi hijo Cirio? No señorita Sauri, es que en frente de la casa hay cinco hombres preguntando por usted, y uno de ellos el más viejo me dijo que ellos vienen a trabajar en la casa. Ven Marlina vamos a ver quiénes son ellos. ¡Señor Luna, que sorpresa usted por aquí! ¿A qué se debe su visita? Buen día tenga usted señorita Sauri. Nos encontramos aquí para ponernos a sus órdenes referente al arreglo de su vivienda. Muchachos bajen del camión y se ponen a trabajar rápido. Espere si todavía yo no le he dicho sí. Señorita Sauri no tiene usted que hablar, con la felicidad que puso usted en su cara es suficiente. ¿Es que ese ladrón siempre ha logrado lo que pretende? Si usted se refiere a Danilo, conmigo lo único que él ha logrado son los castigó que yo le daba cuando era un muchacho y no me obedecía. ¿Es que acaso Danilo es su hijo? No lo es. Porque yo solamente soy su tío, y padre de crianza. Para hacerle la historia más corta mi hermano mayor de edad y su esposa murieron en una guerra de familia Gitana. Mi sobrino Danilo salvo su vida porque esa malograda noche se encontraba visitando un amigo de Colegio. Con ayuda de la familia de su amigo, ellos lo reconocieron como hijo y le dieron su nombre de familia Malverde. Como a los dos años después de la tragedia ellos se comunicaron conmigo, y me mandaron a Danilo en un Barco hasta Puerto Nuevo. Pasado unos años después que Danilo había terminado los estudios de Bachiller, se presentó en mi casa un Abogado para informarle a Danilo que los señores Malverde habían enfermado de fiebre de Tifo, y que con el tiempo habían muerto, pero que en el testamento le habían dejado parte de la fortuna a él, y a su amigo hermano. Danilo rápidamente se fue hacia Europa, y pasado varios años después regreso a Puerto Nuevo, pero ya graduado de Ingeniero y con mucho Oro en su bolsa. ¿Y nunca se ha casado? No que él me haya dicho. ¿Y cómo él conoció a mi hermana Raquel? Cuando su hermana Raquel vivió con su tía en Puerto Nuevo, Danilo y ella estudiaban en el mismo Colegio, y se hicieron muy buenos amigos y eso yo lo puedo testificar. Por favor señor Luna. Perdóneme si le estoy haciendo muchas preguntas. Señorita Sauri, primero la note muy interesada en saber algo de la vida sentimental de Danilo, pero de pronto yo estoy sintiendo que usted me está interrogando y eso no se vale. ¿Sea sincera conmigo que es lo que usted quiere saber de Danilo y Raquel? Yo lo que quiero saber si usted cree que la amistad de mi hermana con Danilo es tan suficiente unida para que mi hermana Raquel le confiara un secreto de familia a Danilo. Yo le contesto que sí, pero si le aseguro qué si ese secreto se lo dijo la señorita Raquel bajo el Juramento Gitano, usted nunca lo va a saber de la boca de Danilo. Si, ya yo sé cuál es el castigo Gitano si uno rompe la promesa. Venga usted señor Luna, y sentémonos aquí en el Jardín. ¿Señorita Sauri, que es lo que usted pretende de mi persona, hable y sea sincera conmigo?

SEÑOR LUNA. EN la familia de mi padre han ocurrido dos grandes tragedias. Señorita Sauri yo estoy enterado solamente de lo que habla la gente. Una de las personas que murieron fue mi madre y la mamá del papá de mi hijo Cirio. Pero mi hermana Raquel sabe toda la verdad de lo sucedido y en todos estos años se ha negado hablar. Si su hermana hiso el Juramento Gitano nunca lo va a decir so pena de muerte. ¿Pero usted piensa que su hermana es una de las protagonistas de lo sucedido? No lo creo, o no quiero pensar que ella se haya embarrado las manos de sangre. Mi hermana y yo antes fuimos tan unidas, pero últimamente la noto muy agresiva conmigo, y también con mi hijo Cirio. Señorita Sauri yo soy Gitano de nacimiento, pero no soy vidente como lo son otros de mi raza, pero puedo deducir que entre sus familiares ya difuntos quedo un Maleficio que no se ha roto y que todavía en estos tiempos entre ustedes hay una o más personas que siguen alimentando ese Embrujo. ¡Señor Luna, yo no soy esa persona! A mí me gusta hacer mis cosas a la luz del día. De esa forma le muestro al Altísimo que yo no tengo nada que ocultar. Entonces señorita Sauri si no es usted, usted piensa que su hermana Raquel le está dando vida a este Maleficio con el propósito de alguna satisfacción personal. Podríamos decir una Venganza. Señor Luna ya puedo darme cuenta que usted sabe mucho más, que lo que yo pueda imaginarme de usted. Señorita Sauri, lo único que yo sé de usted es que una pariente en su familia la utilizo a usted para cambiarle el nombre al padre de su hijo. Y yo sé todo esto porque ella misma me lo dijo el día que llego a Puerto Nuevo, huyendo del Maleficio de su familia, y también del Huracán que los azotaba en esos días. Trate usted de recordar quien de su familia estaba presente en el momento que por primera vez que usted dijo que el papá de su hijo es un Gavilán. De ese momento si me acuerdo estábamos paseando aquí en el Jardín, Aracely la esposa de mi tío Pedro, y Carmín mi prima, pero Aracely no pudo haber sido por qué ella no sabe nada de Brujería. ¡¡Carmín, si tuvo que haber sido Carmín!! En esos tiempos ella era una joven principiante del hechizo Gitano. Señorita Sauri yo me acuerdo que al siguiente día de haber pasado aquel Huracán la señorita Carmín llego a los muelles de Puerto Nuevo acompañada de un hombre que se llamaba Marino, este hombre la dejó sola y se regresó en un Barco pesquero. Yo me compadecí de ella, y mi esposa y yo la tuvimos en la casa por un largo tiempo hasta que se presentó en mi casa un Abogado de nombre Leonardo Ballesteros y le dijo que su mamá al morir le había dejado como herencia una fortuna en monedas de Oro, y una finca en la Selva. Su prima Carmín hoy en día es una de las mujeres más acaudalada de Puerto Nuevo, y tiene una experiencia en leer las Cartas gitanas, y también las manos. En agradecimiento por lo que mi esposa y yo hicimos por ella, Carmín nos compró una hermosa casa, y dice que nosotros somos sus padres queridos.

YO SÉ QUE Carmín era una muchacha de buenos sentimientos. ¿Pero por qué lo hiso? Según me dijo ella era muy joven, y siempre le gusto su primo Domingo, pero ese día la señora Aracely le puso mucha presión hasta que la convenció de que ella tenía mucho poder para controlarte. Cuando se dio de cuenta que ella había logrado hacer una cosa de la oscuridad le dio mucho miedo, pero en ese momento ella no sabía cómo romper la petición. Señorita Sauri, su prima Carmín sabe que yo estoy aquí en la Casa Vieja, y le pide perdón por todo el mal que pudo haberle causado por culpa de su poca experiencia. Buen día Sauri. ¿Gavilán que haces hoy aquí en la Casa Vieja? No se te olvide querida Sauri que esta casa también es mía. O tienes la memoria flaca y no te acuerdas que aquí vive mi hijo, además mi papá (Florencio) me pidió que te ayudara en los arreglos de la casa. Gavilán aquí tú no haces falta, el señor es el encargado de hacer todos los arreglos pertinentes de la Casa Vieja. Señor como usted puede ver la forma agresiva de Sauri, no me ha permitido presentarme con su persona. Capitán Domingo Fontana a sus órdenes. Muchas gracias Capitán. Mi nombre es Riwaldi Luna, y me dedico a restaurar Casas Viejas como esta. Eso quiere decir que usted ya no le tiene miedo a las casas que dicen las gentes y que están habitadas por los espíritus. Por favor Capitán Domingo un espíritu malévolo siempre se aleja de una persona que se mantenga siempre positiva en su personalidad. Yo sé quién soy, hago mis cosas a la luz del día, y las cosas que me convienen ocultar solamente lo sabe el Altísimo y yo. Ya puedo ver que usted es un Gitano positivo. Y usted también es un hombre positivo. Señor Luna voy a dar órdenes para que usted y sus hombres puedan Almorzar. Muchas gracias señorita. Querida Sauri hoy yo quiero comer pollo asado. ¿Gavilán cómo quieres el pollo con salsa Gitana o con salsa negra? A lo mejor te gusta comerlo crudo como acostumbra tu especie. Sin decir más nada Sauri dejo a los dos hombres solos y entro en la casa}}}. Usted se ha quedado callado, y muy pensativo Capitán Domingo. Es que hace casi dos años que Sauri mantiene un pare en su relación conmigo. Capitán ahora es que nos conocemos, pero si usted me permite darle un consejo. Claro que sí señor Luna, por favor hable usted. Mire Capitán es muy probable que la señorita Sauri a estas alturas ya se haya dado cuenta que en ningún momento ella estuvo enamorada de usted, y que fue su propio error parirle un hijo. Pero Capitán si usted quiere ayudarla y mitigar un poco la pena que ella siente cuando usted converse con Sauri, échese usted toda la culpa de lo que ella siente. Pero señor Luna. Nada, pero cuando usted este al lado de Sauri, no se comporte como un Gavilán porque ese nombre a usted ya no le llega. Frente a Sauri usted tiene que comportarse como una víctima que lo acepta todo, y que perdona todo. ¿Señor Luna quien es realmente usted? Por qué a mí me da la impresión que usted ya me conoce desde hace mucho tiempo.

YA LE DIJE que usted y yo es primera vez que nos vemos, pero si le aconsejo que si usted acepta con humildad las pruebas que hay en su camino su vida va ser bonita y placentera, pero si se porta como un Gavilán mucha gente pueden morir en sus garras, y su vida se va a convertir en un infierno solamente para complacer a una persona. ¿Y por qué a mí, porque tuvo que sucederme todo lo ocurrido y se me está cobrando por algo que no sé, o que no entiendo? Tu único error fue jurarle Amor Eterno a una mujer que ya estaba marcada por el Príncipe de la oscuridad, y sus sicarios sintieron celos por tu Amor, y fue tan fuerte la envidia que te la quitaron reclamando potestad sobre la materia. Pero el Amor de ustedes dos ya se había consumado frente al Altísimo, y lo que el Altísimo juzga nada ni nadie lo puede condenar. Entonces tu Ángel Guardián para salvarte le puso Alas a tu Amor para que volara lejos, y también le dio garras a tu Amor para que se defendiera, pero a tu eterno Amor se le está llegando el día en que no va a volar más y tiene que poner sus Garras sobre la tierra para defenderse de un Maleficio Gitano que tu propia familia te proporciono sin importarle las consecuencias por qué ellos ya estaban perdidos en la oscuridad. ¿Y quién es ese Ángel Guardián que me defendió, si es que se puede saber? Tu propia prima Carmín tan pronto se dio cuenta que la querían usar para hacerte daño le pidió al Altísimo protección para tu Alma y tu cuerpo, a cambio de que ella fuese castigada, pero su arrepentimiento fue tan sincero que fue perdonada. Y como su petición le salió del Alma el Altísimo la premio con algo más que pasa a ser un juramento que ella nunca puede romper. ¿Y para cuando va a terminar este sufrimiento? El día y la noche en que tú le digas a esa mujer que ella no es el plato favorito del Gavilán. Tan pronto se lo digas te alejas de ella para que no vuelvas a caer en pecado terrenal. ¿Y cómo yo sé quién es esa mujer? Usa tu instinto de Gavilán y vas a saber quién es tú presa favorita y la que no es. Acuérdate de esto que una quiere tu Corazón de Gavilán, la otra quiere tu cuerpo solamente. Las dos son malas, pero solamente una tiene el secreto del maleficio. Gavilán cuando llegue ese momento solamente tú puedes salvarte. Ahora con su permiso, pero tengo mucho trabajo qué terminar y empezar. El señor Luna se dirigió hacia la entrada de la casa y al pasar por algunos arbustos notó la presencia de Sauri, y sin hacer caso de su presencia siguió caminando hacia la casa dejando en el Corazón del Gavilán más preguntas sin respuestas que producían una angustia profunda en su Alma. Mientras que el Gavilán todavía vuela alto la Gitanita Yanyi y su madre adoptiva (Jacinta) preparaban todo lo indicado por el señor Cura de la iglesia}}}. Ya le dije señora Jacinta que ese traje de novia está muy escotado llévelo a la modistería para que le arreglen el escote. Mire usted padre Aurelio, que tal si le cubrimos el escote con una Mantilla blanca y larga. Doña Jacinta es mejor evitar caer en pecado.

ESTÁ MUY BIEN padre Aurelio, haremos lo que usted ordena ¡Y me hace el favor y le dice a su esposo Don Florencio que el día de la boda no quiero ningún borracho dentro de la Iglesia, especialmente él! Si señor así se lo digo. Vámonos Yanyi antes que el señor Cura nos quieras convertir en Monjas. ¿Tía Jacinta porque usted esta tan pensativa? Es que en estos días noto a tú tío Florencio muy pensativo y muy preocupado. Fíjate Yanyi que tu tío me dijo que yo buscara una casa en Puerto Nuevo para mudarnos, pero lo que más me preocupa es que me dijo que la cuenta de Banco que él tiene en Puerto Nuevo la va a poner a mi nombre. Tía Jacinta usted tranquila porque de todas las cosas que se supone que suceda un día domingo después de mi boda a mi tío Florencio no le va a pasar nada por qué ya la Virgen Del Camino le perdono toda su rebeldía que tuvo con el Altísimo y fue perdonado por qué a pesar de él saber quién mato a Crisol, con mucho dolor mantuvo silencio para salvar la vida de su hijo querido. Y la Virgencita del Camino lo premio con tu Amor que es eterno para los dos. ¿Pero Tía Jacinta, porque usted me mira así? Es que hace muchos años en Puerto Nuevo, la Gitana de los muelles me agarro mi mano y me dijo así. "Un día de estos en el futuro usted va a conocer una Chaman Gitana y la va a querer más que lo que usted quiere a sus propias hijas". Y usted le contesto suéltame la mano Gitana loca. ¿Dios mío y tu como sabes que yo le conteste así? Por qué esa Gitana tenía una niña a su lado. Si es verdad con ella había una niña de casi cinco años. ¡Esa niña soy yo! Hayy Yanyi mi niña si yo te quiero con toda mi Alma. Y yo tía Jacinta te quiero mucho, así como mi propia madre me dijo que te quisiera como una madre. Y yo te prometo por la Virgen del Camino, aunque Felipe sea mi marido tú siempre vas a ser mi madre querida. Las dos mujeres se abrazaron en un pacto eterno sin darse cuenta que un celaje las miraba con alegría, y complacencia}}}. Pero madre vamos que se nos está haciendo tarde y todavía tenemos que escoger el Ramo de Novia, y los zapatos blancos. Si vamos rápido porque seguro que Florencio ya ha de estar Almorzando solo. Mientras que Yanyi y Jacinta se conocían un poquito más en la Casa Vieja llegaba otro visitante}}}. Señorita Sauri acaba de llegar su hermana Raquel. ¿Marlina no puede ser Raquel, si ella me prometió que nunca más regresaría a la Casa Vieja? Y yo le digo que es ella. Ve y dile que entre, y que enseguida voy a verla. No hay necesidad de eso, ella misma entro en la casa. Y ahora está en el Jardín esperándola. ¿Y dónde está el señor Luna? Se encuentra trabajando en uno de los pasillos del ala derecha de la casa está renovando las habitaciones y está en una pelea con él mismo, pues yo veo a sus trabajadores lo más tranquilo trabajando sin decir nada. Él es el único que protesta. Es mejor que los dejemos tranquilos y vamos a ver a que ha venido mi hermana, porque de seguro es algo que quiere de mí. Y la única forma de saber es que ella me lo diga.

SEÑORITA SAURI YO siempre he oído decir que las Brujas negras, envidian la suerte de las Brujas blancas. Marlina tienes que tener mucho cuidado con tu lengua, mira que estas paredes parecen que tienen oídos. Y muy pronto vamos a tener Luna llena, y cada vez que tú oigas por la noche el aullido de la Loba eso quiere decir que algún Maleficio ha quedado al descubierto y que alguien va a morir. Y Marlina yo no quiero que nada te suceda, por qué tengo muchos planes contigo. Así que en estos días tú no sabes nada, tú nunca has visto nada, y tú solamente trabajas para mí cuidando a mi hijo. Como usted ordene señorita Sauri. Ven vamos que en cualquier momento tenemos que darle de Almorzar a los trabajadores. Hola Raquel. ¡Caramba Sauri por un momento pensé que no deseabas verme! Pues te equivocaste está Casa Vieja es tuya también. Y tienes todo el derecho de estar aquí. Hace un ratito que Domingo me dijo lo mismo. Así que los dos se pueden quedar con la casa y la Hacienda después que Yanyi se case con Felipe. Porque yo tengo pensado irme de una vez por toda de Bahía Chica. Mira Sauri te hago saber que yo no quiero nada de la Hacienda, y mucho menos de esta Casa Vieja, que si tú no te vas de aquí te va a caer encima. Yo solamente vine a recoger una Muñeca negra que una vez me regalo la negra María. Vas a tener que ir a la bodega que está en el Sótano, tío Florencio ordeno que todo se depositara en ese lugar. Si vas al Sótano vas a necesitar un foco de mano (linterna) todo está muy oscuro. Marlina ve a la cocina y traes un foco de mano para Raquel. Si señorita, enseguida. Ya puedo ver que te llevas muy bien con esa india gorda, la que fue amante de Pedro. Marlina fue otra víctima más de nuestro padre, y merece un poco de respeto y consideración ella nunca ha ido a un Colegio, por eso que el señor Leonardo le administra la pequeña parte que nuestro padre le lego de la fortuna. Marlina prefirió quedarse conmigo, y el Sargento se llevó a su hermana Yajaira para la Capital. Marlina me ayuda mucho con mi hijo Cirio, lo cuida como si fuese su hijo. A lo mejor Pedro le dijo algún secreto. No lo creo. ¿Y por qué no, si ellos fueron íntimos Amantes? Marlina no sabe nada, ya me lo hubiera dicho. Mira Sauri si ella no sabe nada entonces no hay motivo para que tú la proteja tanto. Raquel ya te dije que Marlina no sabe nada de todo lo sucedido aquí en la Casa Vieja. Y si yo la defiendo es por qué le he tomado un gran aprecio. ¿Acaso la quieres más que a mí? Fíjate que yo soy tu hermana. ¿Raquel a que has venido hoy a buscar bronca conmigo, o de verdad quieres la Muñeca negra? Solamente ella sabe a lo que ha venido hoy a la Casa Vieja. Y no te lo va a decir ¡¡Tu aquí!! ¿Sauri que hace este Chaman aquí en la Casa Vieja? El señor Luna es el encargado de los arreglos de la Casa Vieja. Sauri este no es ningún señor como tú piensas, este es un viejo Chaman (hechicero) enviado por Aracely para que nos haga un Maleficio. Y yo puedo ver que no hay necesidad de presentarlos. Ya ustedes dos se conocen.

MIRA SAURI YO voy al Sótano a buscar mi Muñeca negra, con este viejo loco no tengo nada de qué hablar. Muy enojada consigo misma Raquel salió del Jardín y entro por la puerta de la cocina encontrándose con Marlina que ya le traía el foco de mano (linterna)}}}. Dame el foco de mano, india gorda yo sé que tú sabes algo, pero tú de estúpida no tienes nada por alguna razón Pedro se enamoró de ti. No señorita Raquel. Yo no sé nada de lo que usted habla. Ahora con su permiso tengo que ver a la señorita Sauri. Maldita india gorda, corre donde está tu ama, pero muy pronto tu y yo nos vamos a encontrar a solas y me vas a tener que decir que secreto te confió el estúpido de tu Amante (Pedro). Señor Luna me parece que yo me merezco una aclaración de su parte. Mire usted señorita Sauri no se le olvide que solamente yo le puedo decir lo que se me está permitido. Podemos empezar diciéndome realmente a que se dedica usted. Señorita Sauri, yo siempre he sido un consejero espiritual entre mi raza de Gitanos, pero la gente nos pone un montón de nombres y títulos que usted no tiene ni idea con que nos comparan. Pero si le digo que yo conocí a su hermana Raquel por primera vez cuando ella asistía al mismo Colegio con Danilo. A pesar de su juventud a su hermana le gustaba mucho el ocultismo, y como vidente que soy enseguida me di cuenta que clase de corriente espiritual le gusta a tu hermana. Yo trate de separar a Danilo y alejarlo de ella, pero en ese entonces los seres oscuros que ayudaban a su hermana fueron más fuerte que los míos. Pero una tarde llego a mi casa una mujer joven y un poco complicada con sus pensamientos andaba buscando a su hermana Raquel para que la ayudara a destruir a sus suegros. Su hermana Raquel le aconsejo que lo mejor que ella podía hacer para que no la molestaran más nunca era envenenarlos. La tal joven de nombre Aracely mato a sus suegros siguiendo los consejos de una Bruja Negra Principiante (su hermana). Su hermana siempre me tuvo un odio inmenso porque su amiga Aracely siempre se acercaba a mí para pedirme consejos ya que se encontraba atada a su marido (Pedro) por un Maleficio de familia. Naturalmente que a su hermana le convenía que Aracely siguiera amarrada a Don Pedro por qué de esa forma el Capitán Domingo estaba a su disposición, pero Raquel nunca pensó que usted tuviera alguna inclinación espiritual y mucho menos pensó que usted se enamorara del Capitán Domingo hasta el punto de parirle un hijo. Aracely en su rebeldía con el Altísimo se convirtió en una mala mujer, pero tu descubriste algo en ella que te obligo no seguir insistiendo con el Capitán, porque tú te diste cuenta que el Amor de Aracely y Domingo es real y eterno. Señorita Sauri usted también se dio de cuenta que Raquel es una Bruja Negra, una envidiosa, y Vengativa. Usted sabe que todos nosotros tenemos una Prenda Animal que nos protege de nuestros enemigos por ejemplo yo tengo un Mono (mico). Su hermana Raquel tiene una Culebra, usted Sauri tiene una Loba Salvaje.

EL MALEFICIO (BRUJERÍA) que tiene su familia (Fontana-Arrieta) muy pronto va a quedar al descubierto, y para que usted se salve de cualquier percance es muy importante que usted, tampoco su hijo ésten presente ese día en Bahía Chica. Usted siempre ha pensado irse para la Isla de Cuba que está en el Mar Caribe. Tan pronto su hermana Yanyi se case usted recoja lo poquito que tiene de valor material, y cuando lleguen a esa Isla se cambian el nombre y apellido, y buscan un pueblito donde nadie los pueda encontrar. Es mi consejo que no le de mucha importancia a todo lo que ocurre a su alrededor, ya usted ha puesto a salvo el padre de su hijo el día en que usted en una forma muy inteligente le puso un Gavilán para que lo protegiera de los ataques de la Culebra, ahora es usted la que tiene que evitar que esa Culebra le propine una mordida fatal. Señorita Sauri no dude en lo que tiene pensado hacer, mire que de eso depende la salvación de su hijo, de usted y quizás de otra persona. Ahora me retiro porque no quiero seguir discutiendo con su hermana. Muchas gracias señor Luna. Voy a seguir sus consejos y desde hoy voy a empezar a guardar las pocas cosas que quiero llevarme, y yo estoy segura que usted me va ayudar a irme de una vez por todas. Téngalo por seguro señorita Sauri, que yo siempre estaré presente en toda la ayuda que usted necesite. Sin pronunciar una palabra más el señor Luna se alejó de Sauri, y pasado un rato apareció Raquel como siempre protestando}}}. Es increíble el polvo y la mugre que hay en esa bodega, debes de mandar a alguien que la limpie. La verdad Raquel que yo no sé porque te quejas tanto de La Casa Vieja cuando nuestros Abuelos y tíos vivieron en ella toda su vida hasta que murieron o los mataron, y según dicen ellos eran muy prepotente y agresivo, así como tú eres cuando no te agrada una persona. Sauri para tus caballos que muy inteligentemente me estas insultando. Ya puedo notar que parece que a ti se te olvida que en esta casa mugrosa mataron a tu mamá, y que la culpable todavía está viva y de seguro disfrutando la buena vida. A menos que no quieras saber más nada de lo sucedido, o que encontraste en mi amigo Danilo un nuevo Amor que te ha cambiado por completo tú forma de ver la vida. Por favor Raquel te pasas la vida imaginando cosas que no suceden a tu alrededor y esa es una de muchas razones por lo cual tu misma te complicas tu vida. Ha, ahora quieres negar que te gusto Danilo, muy bien que los vi cuando se besaban muy apasionadamente. Te digo Raquel que ese ladrón de besos no es mi tipo de hombre, a mí me gustan los hombres como el Gavilán, que sabe escoger su presa (mujer) y se la come todita como lo hiso conmigo. Sauri fuiste tú la que lo provocaste como una mujer cualquiera lo hace, pero él no te quiere. Raquel pensándolo bien es verdad lo que tú dices que el Gavilán no me quiere, pero me di el gustazo de tenerlo entre mis piernas. ¡¡Raquel no te atrevas a pegarme!! Si lo haces me voy a defender como una Loba que soy.

¿CÓMO PUDISTE HACERME eso cuando tú sabias muy bien que Domingo siempre ha sido el Amor de mi vida? Raquel tienes que comprenderlo de una vez por todas que Domingo nunca te ha querido como mujer, que él siempre te mira como una hermana, y que tú no le inspiras ningún deseo sexual. Maldita Loba. ¡Tu! Si tú, y Aracely siempre buscaron la forma para que Domingo nunca estuviera cerca de mí. Eso que tú estás diciendo es mentiras por qué tu tuviste la misma oportunidad de conquistar el Amor de Domingo, pero como tu practica de conquista es todo a la fuerza por eso nada te da resultado con ningún hombre. Ahora tienes una nueva oportunidad con el señor Leonardo, mira bien lo que haces por qué puede ser que esta sea tú última oportunidad para conquistar un hombre. Maldita Loba yo te voy a enseñar que de mi nadie se burla en mi propia cara como tú lo has hecho ahora. ¡Te lo juro Sauri para cuando tú y yo nos veamos lascara otra vez, para ese entonces no vas a ver "La Luna Llena"! Raquel no le tengo miedo a tus amenazas de Bruja negra. Si es verdad que somos hermanas, pero no se te olvide que somos de diferente Linaje Espiritual. Sin decir más nada Raquel se alejó de su hermana Sauri, y manejando el carro tomo por el camino que da hacia el Puente del Indio. Pasados un momento detuvo el carro al percatarse de la presencia del

Capitán Domingo en el camino y se dirigió hacia él}}}. Hola Gavilán. Hola Raquel, me extraña mucho que me llames así. Tú siempre me llamas Capitán Domingo. Es que acabo de hablar con Sauri y me dijo que por nombre a ti te gustaba más Gavilán, también me dijo que tu no la quieres como ella hubiera deseado. También me dijo que tiene pensado casarse y que se va de Bahía Chica. ¿Por qué te ríes, es que no me crees lo que te estoy diciendo? Perdóname Raquel, pero no te creo ni una palabra. Sauri es una persona que nunca habla lo que piensa, y tampoco dice lo que decide hacer. Bueno si tu no me crees es tu problema, pero si te digo que ayer me encontré a mi amigo Danilo y a Sauri besándose en la playa, y estaban muy felices por qué no les importo que yo los viera besarse. Mira Raquel yo no comprendo la razón que tú tienes para decirme todo esto, pero yo pienso que si Sauri ha decidido enamorarse por segunda vez ha de ser porque ya no me tiene en su lista de futuro esposo, pero te aseguro Raquel que eso no me preocupa en nada. Sauri también me dijo que tu Amor es Aracely. Eso tampoco me preocupa, a mí me lo dice cada vez que me ve. ¿Te gustaría volver a ver Aracely? La pregunta de Raquel hiso que el Capitán Domingo le pusiera un poco más de atención}}}. ¿Raquel a donde piensas llegar en esta conversación, dime que es lo que tú pretendes de mí? Mira Gavilán, como tú sabes que yo te quiero mucho, quiero ayudarte a que salgas de esa soledad por culpa de Aracely. Si te interesa yo sé de una persona que la conoce y sabe dónde ella vive solita pensando en ti. No te lo niego si me interesa saber dónde está Aracely. ¿Quién es esa persona que sabe dónde vive?

TRANQUILÍZATE UN POCO, no comas ansias que te lo voy a decir. ¿Por casualidad llegaste a ver el Chaman que Sauri tiene ahora en la Casa Vieja? Yo no he visto ningún Chaman el único que esta es el señor Luna que está encargado de arreglar la casa. A él me refiero. Ese es el tío de mí amigo Danilo. Yo lo conozco muy bien, él es un Brujo Viejo que lo más probable si Sauri se llegara a casar con mi amigo Danilo, ese Brujo pretenda quedarse no solamente con La Casa Vieja, también con la Hacienda. Ese Chaman conoce a tu querida Aracely, y también sabe dónde vive tu adorado tormento. Ahora con tu permiso, pero tengo que arreglar mi vestido para la gran boda. Dándole un suave beso en la mejilla del Gavilán, Raquel se despidió con una sonrisa malévola dejando al Capitán Domingo muy preocupado}}}. Vamos apúrense y terminen de recoger esa basura miren que ya es hora de Almorzar, y tenemos que regresar a La Casa Vieja. El Capitán Domingo llego a la Casa Vieja primero que los otros trabajadores y se dirigió directamente hacia la cocina donde se encontraba el señor Luna almorzando y le pregunta en una forma inquisitiva}}} ¿Es verdad que usted sabe dónde vive Aracely? Si. Yo sé dónde vive la señora Aracely Urueta de Fontana. ¿Por qué me lo pregunta? Quiero que me diga dónde es que ella vive. No se lo voy a decir. ¿Por qué no? Primero porque usted es un mal educado, en esa forma no se piden las cosas y mucho menos a una persona de edad. Y segundo por qué yo no quiero ser implicado en ninguna tragedia familiar con sus agravantes muy peligrosos. Así que mi Capitán yo le sugiero que se siente y vamos almorzar tranquilamente. Ahora si le digo que la señora Aracely dentro de pocos días va a regresar a bahía Chica, buscando su Corazón de Gavilán por qué ella se considera la única dueña. ¿Y cuándo va ser ese día? La última noche de Luna llena. Faltan muchos días para que llegue esa noche. Yo tengo que verla antes, tengo que decirle que Raquel quiere matarla. Es obvios si ya todos sabemos que Raquel siempre ha querido matarla desde el primer beso que Aracely te dio. ¡Tú te callas Sauri! De verdad que pareces una Loba, siempre metida en lo que no te importa. Mejor dedícate a criar a nuestro hijo, y déjate de andar besándote públicamente con el sobrino del señor Luna. ¡¡Maldita Bruja!! Ya Raquel te nublo el cerebro con sus mentiras. Pues quiero que sepas Gavilán, que yo tampoco tengo paciencia para esperar "La Última Noche De Luna Llena". Tan pronto la boda de Yanyi se termine yo me largo de esta casa que tiene más misterios que Matusalén, y nunca más vas a volver a ver a tu Loba tan odiosa, y tampoco a su hijo. Gavilán vete ahora mismo de esta casa, y si es posible no vuelvas a regresar. Pegando un brinco el Capitán rápidamente se puso de pie al ver que Sauri sujetaba con fuerza en su puño izquierdo un Cuchillo de cocina}}}. Si me voy. Con mucha razón tiene Raquel en decir que ustedes tres están planeando quedarse con la Hacienda de los Fontana.

MIRA GAVILÁN, TERMINA de irte y no sigas repitiendo las barbaridades que te ha dicho la Bruja de Raquel. Despacito y sin mucho apuro el Capitán Domingo se fue retirando hacia su carro, y manejando hacia Bahía Chica el mismo se hablaba y se contestaba}}}. Todo esto me está sucediendo por este desgraciado apodo que me ha puesto Sauri. Yo no soy ningún Gavilán, si yo tuviera Alas hace tiempo que estuviera al lado de Aracely. Maldito pueblo, que no hay nadie que la defienda. Todos dicen que ella es la única culpable de todos los crímenes que se han cometido en la Casa Vieja sin embargo ningún Corregidor la ha encontrado culpable y todos han dicho que los posibles criminales son bandoleros de la selva. Un día de estos la verdad de quienes son los criminales se va a saber y los pobladores de bahía Chica van a meterse la lengua por donde sale la peste. Todo esto pensaba, y se hablaba el Gavilán, mientras que Raquel llegaba a su casa ubicada en un Bosque cerca de la Alameda. Tan pronto trato de meter la Llave se dio cuenta que la puerta ya estaba abierta y sin pensarlo mucho entro rápidamente en la casa, topándose con Juan, en la modesta sala}}}. ¿Cómo le hiciste para entrar, y que haces aquí en mi casa? Cálmate mujer, mira que yo no soy un ladrón. Solamente vine a entregarte esta tarjeta de invitación a la Boda de Yanyi con el joven Felipe. La señora Jacinta me pidió de favor que te la entregara ya que ella te ve muy pocas veces. Cuando toque tu puerta me di cuenta que el Llavín estaba entre abierto solamente le di un empujoncito a la puerta para que abriera. Y como tú no tienes ningún sirviente entre y me senté en este viejo sillón. Has perdido tu tiempo yo no pienso ir a esa boda, ahora vengo de ver a Sauri y se lo dije. ¿Y qué traes en ese bolso tan grande? Nada que te importe Juan. Dámelo acá, pero Raquel no me empujes. Los dos forcejearon por el bolso, haciendo que todo su contenido callera al suelo}}}. Mira yo te ayudo a recogerlo todo. No Juan, es mejor que te vayas para tu Cantina. ¡Pero que Puñal tan lindo! Pero este es un puñal de un Patriarca. Dámelo que no es tuyo. Pero Raquel muy desesperada le arrebata el Puñal a Juan, y en forma amenazante se acerca a él}}}. Tú le robaste ese Puñal a Don Florencio. Maldito Juan, siempre metiéndote en las cosas que no son tuyas. Raquel ten mucho cuidado con ese Puñal, mira lo que piensas hacer. Voy hacer lo que debía haber hecho hace años cuando tú me compraste, y te diste el gusto violando mi cuerpo. Perdóname Raquel, mira que yo ya estoy arrepentido. Maldito para ti llego muy tarde tu arrepentimiento. Sin pensarlo Raquel le clavo dos veces el Puñal en el pecho haciendo que Juan callera en el piso sin vida}}}. Viejo apestoso ahora tengo que esperar que se haga de noche para enterrarte en el Bosque. Ahora tengo que llevarte para la cocina. Usando toda su fuerza Raquel arrastro el cuerpo de Juan hasta la puerta de la cocina, y de varios jalones lo dejo tirado en la parte de atrás de la casa en espera que callera la noche, pero la noche no se hiso esperar,

Y EN LA casa de Don Florencio ya son las nueve de la noche}}}. Ya te dije Jacinta, que hace tres días que estoy Cenando solo sin mi hija, y sin mi esposa. Esta noche quiero que los tres nos sentemos juntos a Cenar. Ya los comensales se habían sentado en su silla cuando se aproxima la sirvienta y le dice a Don Florencio}}}. Señor el joven Pacho está en la sala y dice que quiere hablar con usted, y que es muy urgente. ¡Pero que hace este muchacho aquí en mi casa a esta hora de la Cena! Echando la silla hacia un lado Don Florencio se fue a recibir el visitante}}}. ¿Pacho que haces a estas horas de la noche aquí en mi casa? Es que el señor Juan no aparece, y ya la gente del pueblo lo anda buscando y mire usted qué hora son. ¿Ya lo buscaron en la casa de "La Perdida"? Sí, pero las mujeres dicen que el señor Juan, hoy no ha ido a visitarlas. Y ya el señor Leonardo está en la Cantina. Jacinta queda suspendida la Cena tenemos que saber dónde se encuentra Juan. Yo también voy contigo para eso soy tu esposa. Jacinta ve a la habitación y tráeme mi Revolver, que a estas horas de la noche las calles de Bahía Chica son muy peligrosas para caminarlas. Los cuatros se acomodaron en el Jeep, y tomaron camino hacia la Cantina de Juan. Allí lo esperaba el señor Leonardo}}}. ¿Alguna noticia? Ninguna Don Florencio, y ya se está haciendo muy tarde para seguir buscándolo. Ya la gente se está retirando a sus hogares y muchos de ellos están prometiendo que mañana temprano regresan a buscarlo. Es mejor que cerremos bien la Cantina. Pacho vete para tu casa y mañana temprano regresas. Si Don Florencio como usted ordene. Nosotros vamos a donde Raquel a lo mejor lo encontramos en su casa. Ya voy abrir ya voy. ¿Tío Florencio que es lo que sucede que ustedes están aquí en mi casa tan tarde en la noche? Perdona Raquel, pero es que Juan, parece que está perdido y no lo encontramos por ningún lado, y pensamos que pudiera estar aquí en tu casa. Pero por favor entren miren que parece que quiere Llover. Los cuatros entraron, pero se quedaron de pie mirando a Raquel}}}. Por favor no me miren así que Juan y yo no hemos hecho nada desde que nos separamos, y de eso han pasado muchos años. Nadie contesto y siguieron mirando a Raquel}}}. Si. Juan estuvo aquí esta tarde, posiblemente eran cerca de las cuatro de la tarde. El solamente vino a traerme una tarjeta para la Boda de Yanyi. Me pregunto si yo me iba a casar con Leonardo, yo le contesté, qué Leonardo es una persona muy buena, pero que yo tenía que pensarlo por qué a mí me gusta mucho mi Libertad, sin embargo él hiso algo que ustedes no han hecho, él se sentó muy tranquilamente. Todos se volvieron a mirar y Don Florencio le contesto. Perdona otra vez Raquel, por nuestro mal comportamiento, pero tienes que comprender que andamos desesperados por encontrar a Juan. Yo comprendo muy bien Tío, pero Juan tan pronto se tomó el Café que le brinde se fue en su Camioneta. Bueno hija cierra bien las puertas, y ventanas que la noche está muy peligrosa.

YA AFUERA DE la casa el señor Leonardo le habla a Don Florencio}}}. Don Florencio yo lo sigo en mi carro hasta su casa, es muy importante que hablemos. Llegando a la casa de Don Florencio la Lluvia empezó a caer más fuerte, y saliendo de los carros corrieron hacia la casa tratando de no mojarse}}} Jacinta dile a la servidumbre que pongan un plato más en la mesa, y tu Yanyi busca una botella de Aguardiente. Si tío enseguida. Venga usted señor Leonardo vamos a sentarnos en el Comedor no quiero que la Sopa de Gallina se enfríe. Los cuatros arrimaron a la mesa, y los sirvientes empezaron a servir la Cena, después de servirse la primera copa de Aguardiente Don Florencio le pregunta al señor Leonardo}}}. ¿Qué es lo que usted tiene que decirme? Es referente a su sobrina Raquel. Hable usted hombre, mire que hace tiempo he estado esperando este momento nosotros sabemos el buen aprecio que usted le tiene a Raquel. Usted perdone Don Florencio, pero este no es el momento tampoco el tema de lo que yo le voy a decir. Usted perdóneme señor Leonardo, por ser tan imprudente. Pero hable, diga usted a que se refiere. Esta noche en casa de su sobrina Raquel pude darme cuenta que su sobrina nos mintió dos veces sobre el paradero de Juan. ¿Y en qué momento ella nos mintió? Primero dijo que después que Juan se tomó el Café se fue de la casa. Y Don Florencio, usted sabe muy bien que Juan no toma Café. ¡Caramba eso que usted dice es verdad, desde que yo conozco a Juan nunca ha tomado Café! ¿Qué otra cosa usted se dio cuenta? Otra mentira que ella dijo es. Se fue en su Camioneta. Y hace tiempo que Juan tiene su camioneta toda abandonada en el patio de la Cantina por qué tiene dañado el Motor. Don Florencio paro de tomar la Sopa y puso su plato a un lado. También eso que usted dice es cierto. ¿Señor Leonardo que es lo que usted se está imaginando en este momento? Yo me imagino que Raquel sabe dónde está Juan, pero no quiere decirlo. ¿Pero qué razón puede tener para mentir? Eso hay que averiguarlo. ¿Usted cree que ella pudo haberlo matado? También eso hay que averiguarlo, pero no podemos atestiguar eso sin ver el cuerpo del delito. Florencio en este momento no sabemos si Juan está vivo o muerto. Solamente hasta ahora podemos deducir sin echarle la culpa a nadie. Acuérdese que en nuestro sistema Judicial para encontrar a alguien culpable tenemos que tener pruebas materiales (el cuerpo del delito). Y dos testigos videntes (que hayan visto cometer el crimen). Señor Leonardo yo propongo registrar la casa de Raquel. No podemos hacerlo, por qué necesitamos una orden Judicial. Y sería una pérdida de tiempo Raquel no es una mujer estúpida para guardar en su casa la única prueba contundente que la llevaría directo a la Horca. ¡Sin embargo yo sé de alguien que nos puede ayudar a encontrar a Juan! Todos se quedaron en silencio mirando a Yanyi que había hablado}}} Pero necesito la aprobación de tío Florencio. Mira Yanyi yo no quiero más Brujería en mi familia.

POR DIOS FLORENCIO, deja que mi niña diga lo que tiene que proponer. Don Florencio yo estoy de acuerdo con su esposa Jacinta. Está bien señor Leonardo. Haber tu Yanyi habla rápido. Señor Leonardo yo digo que la única que puede encontrar a Juan es Sauri. Explícate un poco más Yanyi en que forma ella puede hacerlo. ¿Por favor señor Leonardo, y usted cree en eso? La verdad Don Florencio que desde que me mude a Bahía Chica mi cerebro se ha vuelto transparente a todo lo desconocido. Por favor señorita Yanyi siga hablando. Nosotros los videntes tenemos una prenda animal que nos defiende y que muchas veces usamos en nuestro trabajo espiritual. Yo como estoy en casorio no puedo ahora ayudarlos, pero Sauri sí. Ella tiene como prenda una Loba, qué si Sauri le ordena que busque a Juan, la Loba lo encuentra donde esté vivo o muerto. Pero ya es muy tarde para ir a la Casa Vieja. Mañana bien temprano podemos ir. De ninguna manera vamos a prestarnos para hacer tal cosa. Usted me perdona Don Florencio, pero yo si voy a ir a ver a Sauri. Florencio mañana temprano vamos los cuatros a la Casa Vieja: Pero Jacinta te noto muy cambiada. Amorcito tú eres mi esposo y yo no quiero separarme nunca de ti. Dime que si vamos los cuatros a la Casa Vieja. Yo no sé por qué siempre te digo que si para todo lo que me pides. Yanyi tú me has echado algo para que yo obedezca a Jacinta ahora que ella parece que fuera tu mamá. Epa yo no. Que me castigue la Virgen del Camino. Señor Leonardo esta noche usted se queda a dormir aquí en mi casa. Es muy tarde y ese camino está muy peligroso para manejar, además está noche está Lloviendo demasiado fuerte. Le diré a la servidumbre que preparen su habitación. Ustedes terminen de Cenar que mañana temprano vamos todos para la Casa Vieja. Toda la noche se la paso Lloviendo dejando todos los caminos de Bahía Chica lleno de Lodo (fango), pero a las seis de la mañana los cuatros se acomodaron en el Jeep de Florencio y tomaron camino hacia el Puente del indio rumbo a la Casa Vieja}}}. Señorita Sauri despiértese, que bien temprano tiene visitas. ¿Por Dios Marlina quien puede ser a esta hora? Es su tío Florencio y su comitiva que quieren hablar con usted. Esto es el colmo, tan mal que hablan de la Casa Vieja y siempre vienen a parar aquí. Ven Marlina, vamos a ver qué es lo que quieren ahora. Buen día tengan todos. Perdonen mi vestimenta, pero su presencia tan temprano aquí me ha tomado de sorpresa que no he tenido tiempo de arreglarme. Hija perdona que hemos venido tan temprano. Tía Jacinta conmigo no hay problema, pero también me sorprende que Yanyi esté aquí cuando debería estar haciendo planes de casorio. Mi niña Sauri lo que sucede es que desde ayer Juan está perdido y no hemos podido encontrarlo. Lo siento mucho, pero Juan no está aquí en la Casa Vieja. Ayer las personas que vinieron ellos son el Gavilán, el señor Luna y sus trabajadores que están arreglando la Casa Vieja. Señorita Sauri se le olvidó mencionar a su hermana Raquel.

MARLINA TIENE RAZÓN mi hermana Raquel también estuvo ayer aquí en la casa Vieja. Marlina ve a preparar el desayuno para todos. Si señorita Sauri. Niña Sauri es que también hemos venido a pedirte un favor. ¿Yanyi que es lo que ustedes quieren de mí? Yo les dije a ellos que la única persona que puede localizar a Juan eres tú. ¿Y porque tiene que ser yo? Ya les dije que él no está aquí. Pero Sauri, la señorita Yanyi no ha explicado bien a lo que estamos aquí. Señor Leonardo en este instante ya yo sé lo que ustedes quieren de mí. Y mi contesta es no. ¡Señorita Sauri, como usted es una Bruja Blanca, no se puede negar a la petición de un Justo! Todos cambiaron su mirada hacia el Señor Luna que hacia su llegada al Jardín donde se encontraban reunidos}}}. Pero señor Luna usted mejor que nadie sabe que lo que ellos quieren es un peligro para mí. Tiene que haber otra persona espiritual que me ayude a regresar, por qué si tengo un percance me puedo quedar en ese mundo y yo todavía no quiero perder mi cuerpo, además Yanyi ahora no puede ayudarme ella está ocupada en su casorio. Pero yo si te puedo ayudar. ¡Usted señor Luna! Pero usted no conoce a nuestro amigo y hermano Juan. Señorita Sauri yo siento que usted me está retando, y usted sabe que ya esto es una orden que usted no puede rechazar, so pena de castigo. Señor

Luna en mi entendimiento yo nunca rechazo una orden del Altísimo. Que se cumpla lo ordenado entremos a mi cuarto privado, menos Yanyi que en este momento no puede estar presente. Todos entraron en la casa y Yanyi se quedó en la cocina con Marlina. Rápidamente Sauri se cambió de vestimenta poniéndose una falda larga de color negro, y una blusa ancha de color verde. Se soltó su cabello indio y se quitó los zapatos. El señor Luna con un polvo color blanco hiso un trianguló en el piso con la punta hace el Este (dónde nace el Sol) Sauri se metió en el trianguló con su cabeza hacia el Este, y los pies hacia el Oeste (dónde nace la oscuridad de la noche). El señor Luna puso en las tres esquinas del trianguló un Cirio de color Blanco. Con un fosforo prendió el Cirio izquierdo, y dijo así (esta luz es para que encuentres a tu prenda). Prendió el Cirio que está en la esquina que apunta hacia el Este, y dijo así (esta luz es para que te guie donde esta Juan). Prendió el Cirio del lado derecho y dijo así (esta luz es para que te alumbre tu camino de regreso) Sauri cerro sus ojos y enseguida su cuerpo empezó a sudar frio con pequeños sobre salto que mantenía asustados a los presentes menos al señor Luna que muy tranquilo le sujetaba la mano derecha a la vez que le decía que regresara por su camino de salida. Un gran silencio hay en las tinieblas donde el espíritu de Sauri se encontraba con su prenda una Loba de tamaño de proporcionado que le enseñaba sus feroces dientes en forma amenazante, pero Sauri rápidamente le grita "llévame donde esta Juan el Cantinero" y la Loba obedeciendo a su ama sale corriendo seguida por el espíritu de Sauri y de pronto la Loba se detiene debajo de un Canelo,

QUE SE ENCUENTRA sembrado a la orilla de un camino y con sus inmensas garras la Loba empieza a remover algunas hojas y arbustos dejando al descubierto el cuerpo sin vida de Juan. Suavemente el espíritu de Sauri estira su brazo derecho, y con su mano acaricia la cabeza de la Loba en forma de agradecimiento, pero de pronto la Loba levanta su cabeza y abriendo su boca pega un aullido tan fuerte que el espíritu de Sauri fue impulsado a volar entre los árboles de los canelos. Ya de regreso a su cuerpo Sauri se abrazaba al señor Luna, y le gritaba que sentía un frio inmenso en todo su cuerpo mientras que el señor Luna la abrigaba con una Manta roja que tiene la imagen bordada de una Loba}}}. Tranquila señorita Sauri que ya todo pasó. Señor Luna gracias por ayudarme esta es mi segunda experiencia afuera de mi cuerpo. No tengas miedo Sauri, que poco a poco vas a ir cogiendo experiencia de tu verdadera vida. ¿Pudiste encontrar a Juan? le pregunto el señor Leonardo bruscamente}}}. Si lo encontró mi Loba. Su cuerpo sin vida esta tirado debajo de un Canelo que está sembrado a la orilla del camino que da al Puente del indio. Quien lo mato tenía intenciones de traerlo hasta la Casa Vieja con algún propósito. Mi niña Sauri no hay que ser vidente para una darse cuenta que querían echarte el muertico a ti. Dijo muy enojada la señora Jacinta}}}. Vamos a buscarlo.

Espera un momento tío Florencio, yo tengo que ir con ustedes porque lo más seguro es que mi Loba me está esperando que sea yo quien lo recoja. Entonces vamos todos para que el espíritu de Juan vea cuanto nosotros si lo queremos. Tienes razón tía Jacinta. Señor Florencio es mejor ir en mi Camión, es más fácil para transportar el cuerpo. Estoy de acuerdo con usted señor Luna, y tu Jacinta es mejor que te quedes con Yanyi y Marlina y prepara algo para comer, además mira como sigue Lloviendo no quiero que te enfermes. Vamos mira que el tiempo corre más rápido que nosotros. Los tres hombres y Sauri se acomodaron en el Camión y el señor Luna manejando le pregunta a Sauri}}}. ¿Tienes alguna idea donde esta ese árbol? Si queda muy cerca donde dobla el camino. Entonces no es tan lejos de La Casa Vieja por qué ya estamos llegando donde el camino hace una curva. Miren allí estoy segura que ese es el árbol. El señor Luna detuvo el Camión, y todos corrieron hacia el árbol indicado por Sauri que enseguida se arrodillo y empezó a rezar}}}. Señor Luna este lugar está lleno de arbustos. Si Don Florencio, pero tenemos que encontrarlo miren aquí está el cuerpo. ¿Por favor Don Florencio me parece que usted no se siente bien? Señor Luna me siento un poco cansado nada más. Es mejor que usted y Sauri esperen sentados dentro del Camión en lo que el señor Leonardo y yo cubrimos el cuerpo con un toldo y lo metemos en la parte de atrás del Camión. Así como dijo el señor Luna, lo hicieron y el cielo parecía que estuviera llorando la pérdida de un Justo, por qué la Lluvia no paraba de caer.

EL CAMIÓN LLEGO rápido a la Casa Vieja, y sin que nadie más se diera cuenta dejaron el cuerpo de Juan en una de las habitaciones. Y todos se reunieron en la cocina, tomando la palabra el señor Leonardo.}}}. ¿Señorita Sauri me permite usted hacerle un registro al cuerpo de Juan? por mi parte no hay ningún inconveniente, pero ya que Juan no tiene ningún familiar que esté presente pregúnteselo a mi tío Florencio. Yo no me opongo, pero si le pido un poco de respeto para mi amigo que ya está muerto. Está muy bien estoy de acuerdo con usted. Voy a necesitar algodón, alcohol y una tijera, una toalla y agua tibia. Vaya usted que Marlina le tendrá todo lo que usted necesite. Yo no, yo tengo miedo entrar en esa habitación. No se preocupe señor Leonardo yo le llevare todo. Sauri, Don Florencio, y el señor Leonardo entraron en la habitación donde hacia tendido en una cama el cuerpo de Juan. Rápidamente le quitaron la camisa de mangas largas dejando al descubierto su pecho. Con una Lupa (lente de aumento visual) en mano el señor Leonardo empezó a mirar las heridas mortales}}}. Usted escriba señorita Sauri, todo lo que yo hable. El occiso tiene una herida en su vientre y tiene otra herida en su pecho en el lado izquierdo. Mire usted Don Florencio, que la herida de su vientre es profunda, pero la del pecho no lo es. ¿Señor Leonardo que es lo que usted quiere decirme con eso? Mire usted yo voy a meter una punta de la tijera en cada herida y vamos a medir la profundidad. Mire usted la herida del pecho es menos profunda pero suficiente para causarle la muerte. Aquí puede haber tres cosas o Juan levantó su brazo para cubrirse, o la persona que lo ataco no tiene suficiente experiencia en el oficio, o la persona que lo ataco es una mujer que por lo regular tiene menos fuerza que un hombre. ¿Y qué tipo de cuchillo uso para matarlo? Señorita Sauri el atacante no uso un cuchillo regular. Esa persona uso un puñal de dos filos y ovalado en la punta por que la herida no es recta tiene su curva al final. ¿Señor Leonardo lo que usted quiere decirnos que quien lo mato es un Gitano? No he dicho tal cosa, solamente me refiero que el atacante uso un puñal de dos filos ovalados en la punta, y que es muy probable que tenga muy poca experiencia en el uso de esta arma peligrosa. Pero esta persona fue muy inteligente porque enseguida cubrió las heridas para evitar que se sangrara. ¿Tío Florencio en que usted está pensando? En que tú me dijiste que Raquel estuvo ayer aquí. Si ella estuvo ayer aquí, pero también estuvo su hijo, y el señor Luna con sus tres trabajadores. ¿Sauri por casualidad Raquel estuvo en el Sótano en el tiempo que ella estuvo aquí? Si. Ella bajo a buscar una muñeca negra, que la difunta María se la había dado hace años antes de morir. ¿Y cuando ella subió del Sótano tú le viste la muñeca en su mano? No, por qué ella lo que traía era un bolso grande en sus manos. Suavemente Don Florencio se fue sentando en la única silla que hay en la habitación, y menos el muerto, todos se le quedaron mirando esperando de que volviera hablar.

CON LA RESPIRACIÓN bien fuerte Don Florencio les dijo}}}. Después de la repartición de la Fortuna de mi familia, yo guarde en un pequeño Cofre dorado el Medallón de la familia, pero también guarde el Puñal del Patriarca, pensando que ya que toda la familia se había disuelto yo no tenía ninguna necesidad de prescindir de tales articuló. El pequeño Cofre lo guarde en un cuarto en el Sótano. Vamos todos al Sótano y busquemos el Cofre. Mi Tío tiene razón, no lo pensemos más y vamos ahora mismo. Con mucho respeto el señor Leonardo con una cobija volvió a cubrir el cuerpo de Juan. Y los tres tomando por otro pasillo bajaron al Sótano. Ya en el cuarto indicado por Don Florencio encontraron el pequeño Cofre Vació}}}. ¡Maldita Bruja tuvo que haber sido ella! espere usted un momento señorita Sauri, dese de cuenta que no podemos acusar a nadie sin pruebas. ¿Pero señor Leonardo que más prueba quiere usted? Dígame Don Florencio. ¿Quién más sabe que usted guardaba el Puñal aquí? Nadie lo sabe, pero hace como tres semanas en una conversación que tuve con Juan, yo le dije que con ese Puñal mi padre le había preparado un Maleficio para Aracely y Domingo. Es muy probable que Raquel haya escuchado esa conversación. No nadie la escucho porque fue un viernes y Raquel y Jacinta ese día estaban con la modista, por qué el sábado era la fiesta del puente. ¿Y más nadie pudo haber escuchado lo que ustedes solo conversaban? No que yo sepa. Pero el único que llego después a la Cantina fue Pacho con un telegrama para Raquel que se lo enviaba el señor Malverde. Si por casualidad Pacho escucho la conversación que ustedes dos tuvieron lo más probable que se lo haya dicho a Raquel, yo lo conozco muy bien por una moneda que le den habla enseguida. Usted no se preocupe señor Leonardo que yo me encargo de Pacho. Señorita Sauri tenga usted mucho cuidado mire que una confección a la fuerza no es aceptada en ninguna parte. No tenga pendiente que yo sé cómo hacerlo. Por lo pronto hay que avisarle al oficial de guardia que hay en Bahía Chica que ya encontramos el cuerpo de Juan, y también hay que entregarle el cuerpo al señor Cura para que las Monjitas lo limpien decentemente antes de enterrarlo. Por lo pronto dejemos que el oficial de guardia haga su reporte a las autoridades competente, nosotros hacemos la nuestra con mucha privacidad. La tarde llego y la Lluvia paro de caer como siempre saliendo el Sol brillante llego el cuerpo de Juan al pequeño cuartel y el señor Leonardo le explico todo al oficial de guardia ya los pocos pobladores se encontraban como abejas frente al camión donde se encontraba el cuerpo de pronto todos se echaron para un lado dejando pasar al padre Aurelio que gritaba}}}. Pero que falta de respeto tienen todos ustedes. Haber quítense el sombrero el que no lo haga es un anatema. Rápidamente todos los hombres se quitaron el sombrero obedeciendo al señor Cura quien se dirige al oficial}}}. Óigame usted oficial que falta de respeto para el hermano Juan,

SU CUERPO HAY que limpiarlo, y prepararlo para sus pompas fúnebres. Padre ya usted puede llevarse el cuerpo y enterrarlo, aquí el señor abogado me va ayudar hacer el reporte del muerto. Padre Aurelio. Diga usted señorita Sauri. Yo quiero que el velatorio de Juan sea en la cantina yo voy a pagar por todo. Así ha de ser como usted dice señorita Sauri. Vamos partía de vagos carguen el cuerpo del hermano Juan y llévenlo a la sacristía para que las mujeres lo bañen, y lo perfumen para su velatorio en la cantina, y pobre de ustedes si se portan mal esta noche, que serán castigado por desobediente. Entre cinco hombres cargaron el cuerpo de Juan siguiendo al padre Aurelio en fila india hacia la sacristía de la iglesia. Eventualmente después que las monjitas, y las mujeres del pueblo limpiaron el cuerpo de Juan, este fue llevado en un Cajón (caja fúnebre) hecho de madera de pino hasta la Cantina. Cuatro Cirios fueron encendidos y en la Cantina solamente las mujeres rezaban y lloraban a Juan, el Cantinero del pueblo}}}. ¿Por qué esta tan callada y sola aquí en el Jardín? Le preguntaba el señor Leonardo a Sauri que se encontraba sentada en el Jardín de la casa de su tío Don Florencio}}}. Estaba pensando que una persona en estado muerto el volumen de su peso aumenta en proporción horizontal. Para mi alguien tuvo que haber ayudado a Raquel a transportar el cuerpo de Juan hasta donde lo encontramos. ¡Por que los muy cobardes tuvieron miedo de llevarlo hasta la Casa Vieja! Señorita Sauri, supongamos que es así como usted dice. Eso nos revela que su hermana tiene aliados que están dispuesto ayudarla en lo que se presente. Y si ella mato a Juan, eso nos indica que Raquel está en potencia de matarnos a todos nosotros si le estorbamos en sus planes de Venganza, o de poder personal. ¿De qué clase de poder usted me habla? Los grandes maestros Griego siempre decían que el hombre después que tenía riquezas amasadas, la otra cosa que deseaba era ser el único Amo del mundo, y tener el poder de gobernarlo. Para mí que su hermana Raquel sabe lo que hace, y también sabe lo que quiere, y para lograrlo está dispuesta a sacrificar a toda persona que le sea un estorbo en su aventura. ¿Puede una persona lograr tanto poder sin que nadie lo ajusticie? Señorita Sauri en este mundo hay muchas gentes que nacen con poderes muy extraño, así como el que usted posee, y muchas veces lo ponen al servicio del mal. ¡Yo nunca haría eso! Tenga usted mucho cuidado señorita Sauri, mire que para llegar a ser Justo en este mundo hay veces que tenemos que caminar senderos llenos de mentiras y promesas incumplidas que sin darnos cuenta nos llevan a la oscuridad. Señor Leonardo en todo este tiempo que lo conozco usted me parece una persona muy difícil de comprender. Vamos a ver a que usted se refiere. Usted es un hombre que siempre ha tratado de imponer, o respetar la ley, pero cuando se refiere a las cosas espirituales usted trata de evadirlas, o algunas veces las apruebas como si ya las conocieras.

SEÑORITA SAURI. CUANDO yo tenía unos dieciocho años de edad tuve mis primeras experiencias espirituales que me desviaron un poco de mis estudios, y de mi vida emocional. Yo tuve que poner mucho de mi parte y rechazar las cosas que lo espiritual me ofrecía y de esa forma logre terminar mis estudios. Si yo comprendo que hay una potencia divina que nos controla y nos guía en este mundo, también sé que hay otro mundo después de la muerte, pero lo único que mi entendimiento no quiere aceptar es que para llegar a ese mundo prometido tengamos que morir primero, y muchas veces el ser humano muere en una forma cruel como si el malo y el justo tuviéramos la misma culpa de todos los pecados del mundo. Pongamos de ejemplo a la señora Aracely y su Gavilán. Según fueron creciendo se Amaron profundamente de tal manera que el Altísimo bendijo ese Amor, pero lo malo sintió tanta envidia de los dos que no permitió que ese Amor prosperara. Si Dios es el creador de este mundo, y también es el Juez Supremo, entonces porque permite que lo malo ande suelto entre sus hijos queridos. Fíjese usted señorita Sauri el poder que tiene lo malo que uso a su Abuelo, y a su padre para separar a la Señora Aracely, y a su Gavilán. Y en su trayectoria la uso a usted para volverla enemiga de su propia hermana. Yo estoy convencido que la señora Aracely mato a una de las dos indias que estaban ese día preparando el Almuerzo a los trabajadores, pero la señora Aracely no fue la única que mato porque en ese momento estaban presente dos, o tres personas más. Cómo no tengo una prueba para poder atestiguar quienes son solamente puedo deducir sin acusar a nadie. Pero usted señorita Sauri tiene un poder tan grande que usted misma le tiene miedo. Rápidamente Sauri se puso de pie con intenciones de retirarse, pero la voz ruda del señor Leonardo hiso que se detuviera}}}. Usted no puede irse ahora, no es correcto cortar una conversación solamente cuando usted es la persona indicada. Señorita Sauri yo sé que usted tiene ese poder para recrear una escena o un hecho ocurrido en el pasado. Ese misterio lo espiritual se lo dio a usted sin embargo a su hermana Raquel no se lo dio. Señor Leonardo usted se está imaginando cosas que no son verdad. Yo nunca doy por verdad cualquier cosa que yo me imagine, pero señorita Sauri usted se acuerda de su padrino espiritual. Yo no tengo ningún padrino espiritual. Usted me está mintiendo, sí que se acuerda del Brujo Casimiro. Señor Leonardo hasta donde usted quiere llegar con este interrogatorio. Que ya usted sabe todo lo sucedido el día en que sucedió aquella tragedia, pero usted ha preferido no divulgarlo por miedo, o por qué no quiere que algunas personas la tachen de Bruja loca. Señorita Sauri mucho antes de que el indio Casimiro muriera, él y yo tuvimos muchas conversaciones y él me dijo que lo espiritual la había preferido a usted por su buen Corazón para perdonar, y que usted tenía conocimiento de ese misterio, y que él Casimiro no lo tiene.

¿A QUIÉN REALMENTE usted quiere proteger entre los presuntos culpables, su papá Pedro, su tío Florencio, su hermana Raquel, Aracely o quizás sea muy probable que ese día también el Gavilán estuviera presente? Señor Leonardo tome mi consejo pare ya de estar averiguando el pasado por qué usted todavía no conoce a esta familia de Gitanos. Señorita Sauri averiguar crímenes siempre ha sido mi profesión, pero no se le olvide que fue usted la única que me pidió que la ayudara a descubrir a la persona que mato a su madre, y que me daba lo que yo le pidiera inclusive casarse conmigo. Naturalmente para ese entonces usted era muy Joven, para saber todas las cosas y misterios que sabe hoy. Con su permiso señor Leonardo, pero tengo que retirarme de su lado. Mire que tengo que arreglarme para el velatorio de Juan. Le sugiero que lo mejor que usted puede hacer es tratar de averiguar quién mato a Juan. Señorita Sauri, si su Loba lo sabe, ya usted lo sabe. Y no hay que ser un buen investigador para uno darse cuenta que se avecinan malos tiempos para toda su familia. Con su permiso señor Leonardo. Sin decir ni una palabra más Sauri se dirigió hacia la casa y al entrar se dio cuenta que su tío Florencio se encontraba al lado de la puerta, y que probablemente había escuchado toda la conversación que ella había tenido con Leonardo. Ambos cambiaron miradas serias, y Sauri siguió hacia las habitaciones en lo que Don Florencio se acercaba a Leonardo}}}. Como está usted señor Leonardo. Muy bien. ¿Desea usted tomarse una copa de Aguardiente? No. Todavía es muy temprano. Perdóneme, pero se me olvido que cuando usted está trabajando no bebe licor. Amigo Leonardo le voy a pedir un favor y es que olvide ya el caso de Aquarina, y Crisol. Ya lo que queda de mi familia no queremos ni mencionarlo. Y para mí ya es un caso cerrado. Amigo Florencio usted sabe mejor que yo qué lo sucedido a esas dos indias tiene que salir a la luz del día tan pronto el Maleficio de su familia caduque a los nueve años, y salga de la oscuridad donde ustedes lo han mantenido escondido. Y a mí me parece que a esa Brujería solamente le quedan días de vida, por qué ya empezó a pedir sangre humana. Señor Leonardo como amigo yo le tengo un aprecio bien grande y no quisiera que le suceda algo parecido a Juan. Don Florencio usted sabe muy bien que en este momento somos muchos los que corremos peligro de muerte, y para evitarlo tenemos que encontrar el Puñal que utilizo su papá para hacer el Maleficio. Leonardo es usted una persona muy peligrosa para esa Bruja que quiere seguir alimentando el Maleficio de mi padre. En todos estos años que usted tiene viviendo en Bahía Chica ha aprendido demasiado más de lo que yo pensé que usted podía. Don Florencio hasta ahora yo he conocido muchas familias Gitanas que se han dedicado a prosperar sus negocios, pero por las venas de toda su familia corre fervientemente la Brujería buena, y mala también.

DON FLORENCIO TENEMOS que quitarle ese Puñal a la Bruja Raquel. Ella tiene que tenerlo escondido en su casa. Sin ese Puñal ella no puede seguir alimentando el Maleficio de su familia, y no puede graduarse como Bruja Negra. Pero Leonardo usted no se da cuenta qué si nosotros nos equivocamos de Bruja, y mi sobrina no es la persona indicada entonces yo le digo a usted que nosotros vamos a tener muchos enemigos mal encontrados. Ya usted le aviso que Juan está muerto. Si. Por cortesía le dije a Pacho que fuera a su casa y que le avisara que esta noche es el velatorio. Mire Don Florencio esta noche cuando estemos en el velatorio de Juan, yo me hago que me siento indispuesto y me despido de los presentes y me voy temprano para mi casa, pero realmente para donde voy es a registrar la casa de Raquel. Usted lo único que tiene que hacer es entretener a su sobrina por un largo tiempo en el velatorio. Yo no sé cómo le voy hacer, pero usted está arriesgando su pellejo. ¿Por qué lo hace, si ya usted no tiene ninguna necesidad monetaria? Lo hago porque yo ya soy parte de ustedes desde el día que acepte quedarme con las monedas de Oro que me dieron. Ahora me voy para mi casa, y esta noche nos vemos. Ya eran las nueve de la noche, y los cuatros Cirios se derretían lentamente alumbrando el Cajón de Juan, una mujer vestida totalmente de color negro, y con una Mantilla negra cubriéndole el rostro lentamente se acercó al cuerpo de Juan, y murmurando bajito y sin apuro le decía a Juan}}}. Desgraciado ahora me toca a mí esclavizarte, voy hacer de tu espíritu lo que se me venga en ganas, me vas a pagar una por una todas las calamidades que me hiciste pasar, y después te voy a vender a mi Príncipe para que te conviertas en su esclavo. Una mano sujeto el brazo izquierdo a la vez que le decía}}}. Señora Raquel venga y siéntese que todos la están mirando. Gracias Pacho, pero quédate a mi lado no quiero que esta gentuza me moleste con sus falsas lamentaciones. ¿Dónde están mi familia? todos están afuera conversando con el señor Manino que ha llegado de puerto Nuevo a darle el pésame ya que usted es la viuda. Pacho es mejor que se lo crean así no quiero que me molesten con preguntas idiotas. Llévame afuera donde están ellos así no tengo que estar mirando este muerto. Sujetándose del brazo de Pacho la malévola de Raquel salió de la cantina y rápidamente echando un poco su cabeza hacia atrás se quitó la Mantilla y pudo ver a la persona que se había situado frente a ella}}}. ¡Caramba Raquel toda vestida de negro te ves más hermosa! Gavilán no te hagas el ciego, que yo toda mi vida he sido hermosa. Me das lástima Gavilán que a estas alturas ahora es cuando te vienes a dar cuenta toda la hermosa que soy. ¿Es así señor Manino? Mi señora Raquel, con todo respeto para su difunto esposo, pero gracias a su Belleza los Gladiolos nacieron y las Rosas se quedaron solas en el Pantano. Suavemente y sonriendo la viuda Raquel estiro su brazo y le ofreció su mano a Don Manino que la beso tiernamente}}}. Señora acepte mis condolencias.

SEÑOR MANINO ES usted todo un caballero. Su señora esposa puede sentirse muy orgullosa de usted. Pacho búscame una silla que quiero sentarme. Si señora Raquel enseguida. ¿Dime Gavilán, ya buscaron a las mujeres que mataron a juan? Según el Guardia de Turno, tuvo que haber sido algunos bandoleros que lo mataron por qué él se resistió para que no le robaran. ¿Y qué dice Leonardo, donde esta él que no lo veo entre ustedes? Leonardo se fue para su casa, se sintió indispuesto y tuvo que marcharse. Sin quitar su sonrisa de su cara la Viuda Raquel miro a su tío Don Florencio}}}. Yo quiero que le digan a ese Guardia que no se preocupe más por la muerte de Juan, yo estoy segura que mi amigo Leonardo está haciendo todo lo posible por encontrar a las culpables de su muerte. ¿Correcto tío? Si Raquel, Leonardo se fue muy preocupado por la muerte de Juan. Señora aquí tiene su silla. Gracias Pacho, tú siempre te portaste bien con Juan, pero esta noche te vas conmigo para mi casa. No quiero quedarme sola en una casa tan grande para mí. Como usted ordene señora Raquel. Dando dos pasos al frente Sauri le pregunta a la Viuda Raquel}}}. ¿Dime Raquel, que te hace pensar que fueron mujeres las que mataron al pobre Juan? Tiene que ser como yo digo, porque Juan, que de pobre no tenía nada se la pasaba todos los días metido en casa de "La

Perdida". Y esas mujeres zalameras lo único que quieren de todos los hombres que las visitan es sacarle las monedas de Oro de sus bolsas. ¿Estoy diciendo la verdad tío Florencio? Es verdad lo que tú dices, pero a nadie podemos acusar sin pruebas. ¿Tío porque ustedes encontraron el cuerpo de Juan tan cerca de la Casa Vieja? Raquel nadie sabe el motivo que tuvieron para dejarlo abandonado en el camino hacia la casa vieja. Es una lástima que él señor Leonardo ahora no esté aquí. Porque a las primeras personas que hay que investigar son a los trabajadores que están arreglando la Casa Vieja. Ellos no pudieron haber hecho tal cosa a mí me consta. Entonces querida Sauri a ti hay que preguntarte que tanto tú sabes de la muerte de Juan, no nos olvidemos que tú ahora tienes un chamán, viviendo bajo tu techo. Raquel tu eres una Bruja estúpida, como puedes pensar que yo sea una criminal. Supongamos que no fuiste tú quien mato a Juan, pero como explicas que su cuerpo fue encontrado cerca de tu casa. Para cualquier policía que sea un investigador tú seria la principal sospechosa. Es una lástima que Leonardo no esté presente, pero tan pronto yo hablé con él le voy a pedir que averigüe que clase de relación tú tienes con ese chamán. ¿Raquel como tú puedes pensar así de mí? Me estas acusando delante de todos que yo mate a Juan. Querida Sauri, una nunca sabe hasta dónde tú puedes llegar con tus locuras de seguir haciéndote la victima de todo lo que sucede en esa casa Maléfica que se ha convertido en tu escondite favorito lo más probable que ese chamán te está enseñando como hacer Brujerías para controlar a todos los pobladores de Bahía Chica.

¡PAREN YA DE acusarse públicamente! Aquí nadie sabe quién mato a Juan. Pero Tío Florencio usted sabe muy bien que desde que el Gavilán boto de su lado a Sauri a mi hermana no hay quien la aguante con su mal genio. Cualquiera que la conoce diría que la pobre siente un miedo profundo de que Aracely regrese buscando el Corazón de su Gavilán. ¡¡Maldita Bruja chismosa yo fui quien boté al Gavilán de mi lado!! Y tu Amor por el Gavilán es más fuerte que tu deseo de venganza, y esa es la razón por lo cual tu nunca vas a lograr tener los votos de bruja negra, y tampoco vas a tener el Amor del Gavilán. Todos ustedes son testigo como mi hermana Sauri reacciona cuando le mencionan a ese hombre, yo estoy segura que todas las desgracias ocurridas en la Casa Vieja la culpa la tiene el Capitán Domingo por enamorar la esposa de mi tío Pedro (Aracely) y después preñar a la hija de mi tío (Sauri). ¡Raquel controla tu lengua! Domingo no me mandes a callar, solamente Sauri y tú saben cuántas orgias tuvieron los dos en la Casa Vieja. Eres mala Raquel, tienes una lengua muy atrevida que tú misma un día te la puedes morder. Domingo no le digas más nada que yo misma le voy a cortar esa lengua tan larga que tiene. Sacando un afilado cuchillo de su bolso Sauri se acercó peligrosamente a Raquel, pero rápidamente los hombres presentes intervinieron sujetando el brazo derecho de Sauri, pero de pronto un pequeño remolino los conmovió a todos dejándolos lentamente y con frio todos miraron hacia la orilla del rio pudiendo ver por un segundo el celaje de una Loba enseñando sus afilados dientes en forma amenazante. Reponiéndose un poco Raquel le grita a Pacho}}}. Vamos Pacho, que se nos va hacer muy tarde para llegar a la casa y mañana tenemos que estar temprano en el cementerio. Y tú Sauri si todavía no has aprendido como controlar tu prenda es mejor que te dediques hacer otra cosa porque esa maldita Loba te puede meter en muchos problemas. Subiendo en su carro los dos tomaron rumbo a la calle principal dejando algunos un poco nerviosos por lo sucedido. ¿Tú viste eso Florencio, tú lo viste? Suéltame Jacinta. Y es mejor para ti que olvides lo que acabas de ver. Señor Manino es mejor que terminemos este velatorio, vamos para mi casa que allá tengo una botella de Aguardiente para olvidar lo que vimos. Si Don Florencio, su deseo es una orden. Tío Florencio tenemos que hablar tengo que decirte algo. Y tú también Domingo. Habla mira que el señor Manino es mi invitado. Él también puede oír lo que voy a decir. Tío antes que sea las siete de la mañana tenemos que Cremar (candela) el cuerpo de Juan. ¡Pero estás loca! Te imaginas todo el problema que vamos a tener con Raquel. Domingo si enterramos el cuerpo de Juan, la Bruja de Raquel va a tener suficiente tiempo para hacer de su espíritu lo que ella quiera. Pero si le damos candela al cuerpo de Juan su espíritu se eleva rápido y la Bruja de Raquel no puede hacer nada para evitarlo. Tío tenemos que hacerlo, y el señor Leonardo está de acuerdo conmigo.

ESTÁ BIEN, QUE todo sea por la paz de mi hermano Juan. ¿Y dónde vamos hacer la fogata? Yo voy hablar con el señor Luna, él sabe cómo hacer estas cosas mejor que yo. Es muy probable que sea en la parte de atrás del cementerio. Y tú Domingo, esta noche tienes que traer tres o cuatro de tus hombres y le dicen que cuiden que el cuerpo de Juan nadie se lo robe. Vamos para la casa tío que temprano tenemos que levantarnos. Todos se acomodaron en los carros, y se encaminaron hacia la casa de Don Florencio, mientras que Raquel tranquilamente habré la puerta de su casa seguida por Pacho}}}. Tú te sientas tranquilo aquí en la sala hasta que yo te llame. Voy a ver a mi celador si está despierto o dormido. Como usted ordene señora Raquel. Tranquilamente segura de sí misma la viuda negra subió la corta escalera hacia las habitaciones que hay en el segundo piso, y abriendo una de las puertas le dice a un hombre que está durmiendo}}}. Danilo que buen celador eres. Mira Raquel en tu casa nadie puede dormir tranquilo. Se puede oír ruidos en toda la casa, busque y no veo nada solamente encontré una pequeña ventana que dejaste abierta en la cocina, y la cerré porque se estaba metiendo la Lluvia. Es muy raro por qué yo me acuerde Pacho y yo nos aseguramos que todo estuviera cerrado. No me pidas más que me quede cuidando tu casa de misterios, mejor me quedo en la otra casa que ya casi terminamos de arreglar. Danilo te portas como un niño cobarde. Seré un cobarde, pero nunca más me quedo solo en tu casa. ¿Ya terminaste de arreglar la casa? Si. Solamente tengo que arreglar un poco el Jardín que no sé por qué motivo está llenos de Mariposas grandes y de Colores muy lindo. ¿Hay muchas Mariposas en ese Jardín? Si. Es mejor para ti que dejes ese Jardín tranquilo y no lo toques. Caramba mi tío también me dijo lo mismo, es más me dijo que no me preocupara más por el Jardín que él lo va arreglar. Desgraciado Chaman. ¿Por qué tuviste que traerlo? Por qué él es un buen trabajador y conoce mucho de construcción. Allá me lo encontré en la Casa Vieja, y enseguida se hiso amigo de Sauri. Es mejor que aconsejes a tu tío no meterse en mis asuntos personales. Ya lo hiso una vez y te juro que si vuelve hacerlo no se lo voy a perdonar. Tú mejor que nadie sabe cuánto yo quiero a mi tío Luna, si tú le haces algún mal me vas a tener como un enemigo más en tu lista. Para ya de estarme amenazando que yo no te tengo miedo. Lo mejor que puedes hacer es que mientras mi familia entierra el cuerpo de Juan tú termines ya tu trabajo en esa casa. En cualquier momento llega ella, y tenemos que estar preparados. Sigues muy equivocada Raquel. Yo no tengo que prepararme para nada, tan pronto mi tío Luna arregle el Jardín yo me voy de esta zona donde ustedes viven, se odian, y se matan sin medir las consecuencias futuras. ¡Sería bonito que mañana Llegara Aracely a Bahía Chica! Solamente eso faltaba que tú estuvieras enamorado de esa mujerzuela. Mira Raquel yo también me puedo enamorar de ella.

NO HAY NINGUNA duda en mi cerebro que Aracely es una mujer hermosa. ¡Baboso! Así se ponen todos los hombres cuando ven una mujer que les gusta no importa si es bonita, o fea. Por favor Raquel lo que sucede es que hace muchos años que tu no ves Aracely. Ella ha madurado bastante en su físico, y con esos pocos años que le han caído la muy condenada se ve más linda, y más provocativa. ¡Cállate estúpido! Ese tipo de mujer siempre tienen el veneno en la punta de la lengua, y cuando el hombre las besa se vuelven estúpido así como tú lo estas ahora. Lo más probable que ya la besaste. Un silencio acompañado de un dulce pensamiento cruzo por la cara de Danilo}}}. ¡Por favor Danilo cómo pudiste hacerme eso! Y fue lo primero que te advertí, que no te enamoraras de ella. La verdad que no se si estoy enamorado de Aracely, pero si te digo que me gusta mucho. ¿Acaso te gusta más que mi hermana Sauri? Si. No lo niego. La diferencia entre Sauri, y ella es que tu hermana Sauri es una mujer bajita y con modales pasivos, aunque tenga sentimientos ardientes, mujeres así como tu hermana las hiso Dios para tener un solo hombre que las quiera hasta más ya de la muerte. Sin embargo Aracely no es alta de estatura, pero tampoco es bajita como tu hermana. Aracely es el tipo de mujer activa que nos gusta mucho a todos los hombres, y que estamos dispuesto a pagar por una de sus caricias lo que nos pidan, es intranquila en sus modales, es ardiente como el fuego, tocas su piel y enseguida sientes como tu Corazón tiembla de emoción, y tu mente lo único que desea es poder poseerla en un momento de locura fugaz, en fin Aracely tiene mucha personalidad y eso nos gusta mucho a los hombres cuando vamos a conquistar una mujer. ¿Danilo como tú piensas que soy yo? Raquel tu eres una mujer muy Calculadora, un tipo de solterona que ningún hombre quiere tener a su lado. ¡¡Desgraciado como eres capaz de insultarme en mi cara de tal manera!! Raquel tú fuiste la que me preguntaste. Ahora tienes que aguantarte todo lo que yo te diga. Tú eres una manipuladora con los hombres, y en una relación tú siempre quieres ser la que mandas. No te creas que es fácil ser tu amigo. Danilo lo mejor que puedes hacer ahora es largarte de mi casa, por qué soy capaz de matarte. ¿Raquel por favor tu serias capaz de matarme en la misma forma como mataste a Juan? no me provoques Danilo, mira que todavía tu no me conoces muy bien como realmente yo soy. Raquel no tengas ningún pendiente conmigo, solamente tienes que cuidarte de tu contraria Aracely que llega mañana a Puerto Nuevo. No te creo. Lo dices para molestarme. Mira,.. Hoy Pacho me entrego este Telegrama en el cual me hace saber que el Barco arribar mañana en la tarde a Puerto Nuevo. Fíjate como es verdad lo que la gente dice en la calle, que la Venganza es un plato frio para comer. Mañana tú entierras una de tus víctimas, y la otra víctima la que tu más odia, la que te dejo un Aguijón enterrado en tu Corazón viene a saludarte con mucho Amor.

POR FAVOR RAQUEL, ahora no te pongas triste, debe de ser todo lo contrario esto es lo que siempre has querido tener bien cerca a Aracely Urueta de Fontana, para vengarte por haberte quitado el Amor más grande de tu vida. Danilo tu trabajo termino hoy así que ya puedes irte de Bahía Chica, las monedas de Oro que te prometí por tus servicios las voy a depositar en el Banco Central de Puerto Nuevo como tú lo pediste. Así que ya puedes irte. Y por favor llévate a tu tío contigo por qué al Chaman Luna, le puede pasar lo mismo que le sucedió a Juan. Ya Danilo no se reía, y muy seriamente se puso la camisa y se acomodó el Puñal en su espalda y rápidamente salió de la casa y manejando su auto se encamino hacia el Puente del Indio dejando a Raquel con sus pensamientos vengativos}}}. Pacho, Pacho. Diga usted señora Raquel. ¿Por qué no me dijiste que hoy le llego un Telegrama al señor Malverde? La verdad que no lo pensé que era necesario decírtelo. Pacho yo no te tengo a mi lado para que pienses, te lo prohíbo que pienses. Si señora Raquel. Desde ahora en adelante cuando llegue algún Telegrama a Bahía Chica no importa para quien sea, yo tengo que leerlo primero. ¡Entendido! Si señora Raquel. Ahora ven para mi cama, que en estos días yo no quiero dormir sola. Y te portas bien, que es solamente cuando yo quiero y tengo ganas. Si señora Raquel, como usted siempre diga. Fueron muy pocos las personas que durmieron la noche completa, y tempranito en la mañana todos los interesados incluyendo al Chaman Luna, cargaron el cuerpo de Juan, y después de acomodar unos maderos ya secos, acomodaron el cuerpo sin vida de Juan. Él Chaman Luna, tiro arriba del cuerpo de Juan, primero un polvo color rojo, y dijo para que su espíritu tuviera fuerza de lucha, después color amarillo, para que su espíritu encontrara riqueza espiritual, después color blanco, para que su espíritu encuentre la paz de Dios. Y haciéndole una señal al Capitán Domingo para que prendiera la fogata. Muchos se taparon las caras, y rezaban mientras que el fuego consumía el cuerpo de Juan, convirtiéndolo todo en cenizas. El fuego fue calmando su furia, hasta que las cenizas quedaron frías entonces el Capitán Domingo le dice a sus muchachos}}}. Rápido cojan las palas y echemos las cenizas en el cajón, y también hay que echar algunas piedras para que pese. Haciendo todo lo ordenado cargaron con el cajón y poniéndole la tapa empezaron a cerrarla con clavos a todo su alrededor}}}. Muchachos pónganle muchos clavos a la tapa, y tan pronto terminen pueden bajar el cajón. Daniro. Diga usted señorita Sauri. Ve a la iglesia y dile al padre Aurelio que el cuerpo de Juan, ya está en el cementerio. Si pregunta el por qué tan temprano le dice que el cuerpo de Juan ya olía feo, y que Don Florencio ordeno que había que enterrarlo rápido, ya de una vez riega la noticia por todo el pueblo. Así lo hare señorita Sauri. Bueno tío ahora cuando llegue mi hermana Raquel usted le da el frente cuando ella empiece a protestar. No te preocupes Sauri, que yo no le tengo miedo a Raquel.

Y USTEDES MUCHACHOS tan pronto el señor Cura termine sus rezos le echan tierra al Cajón. El primero en llegar al cementerio fue el señor Cura con dos Monjas, y por más que le explicaban que el cuerpo de Juan ya tenía mal olor seguía regañando, y protestando que no tocaran las otras tumbas. La última en llegar al cementerio fue Raquel, que vestida toda de color negro enseguida empezó a protestar}}}. ¿Qué sacrilegio es este, porque ustedes quieren enterrar el cuerpo de Juan sin avisarme? Raquel ya el cuerpo de Juan se está descomponiendo, y tiene un mal olor. Domingo es a mi quien tenían que avisarme primero. Fue mi papá quien ordeno que lo enterremos rápido. Raquel déjate de tantos reclamos que Juan y tú hacían bastantes años que estaban separados. Padre usted apúrese en los rezos que al pobre Juan hay que echarle la tierra. Señora Raquel. ¿Pacho que es lo que quieres? Es mejor que ellos terminen de echarle la tierra, la verdad que hay un mal olor en todo el cementerio. Muy abrumado por los reclamos de Raquel, el señor Cura rápidamente hiso las oraciones pertinentes, y tiro un poco de agua bendita arriba del cajón. Y sin esperar más nada se retiró de la tumba, y los hombres del Capitán Domingo comenzaron a echarle tierra, pero la viuda Raquel empezó a reclamar otra vez al darse de cuenta de la presencia del señor Luna}}}. ¿Y este Chaman que hace aquí entre nosotros? Tranquila Raquel, que tú no puedes controlar a todo el mundo. Yo le pedí al señor Luna que me acompañara, y de eso no hay nada malo. Mira Sauri, yo presiento que ustedes hicieron algo con el cuerpo de Juan, a lo mejor alguno de ustedes lo mato y por eso quieren encubrir las pruebas. Raquel estás hablando bobadas, tú no tienes ninguna prueba de lo que dices. ¿Dónde está Leonardo, que no está entre ustedes? Te advierto Raquel que ninguno de nosotros somos la nodriza del señor Leonardo, pero el mando a decir que se sentía un poco indispuesto del estomagó y que no podía asistir al entierro de Juan. Pobrecito a lo mejor si tú vas a su casa lo puedes curar de sus males. Sauri ya puedo ver que te estas burlando de mí, pero te aseguro que si alguno de ustedes se vuelven a meter en mi casa, de seguro que se va arrepentir toda su vida. Y tu Sauri la próxima vez asegúrate que este Brujo Gitano no esté cerca de mí por qué su linaje espiritual no se lleva bien con el mío. Vamos Pacho que toda está gentes tienen peste a muerto. ¿Para dónde vamos señora Raquel? No te vuelvas estúpido Pacho. Tenemos que informarle al señor Gobernador que Juan ya no es el Alcalde de Bahía Chica, porque ya está muerto, o por qué lo mataron. Tan pronto Pacho, y Raquel salieron del cementerio llego Leonardo y se acercó al grupo}}}. ¿Señor Leonardo, pero donde usted estaba que trae todo el pantalón sucio? Sauri yo estaba escondido en aquella arboleda. No quería que la señora Raquel me viera. ¿Pero acérquese y diga que pudo averiguar anoche? Nada. Solamente pase un susto bien grande.

COMO TODO ESTABA bien cerrado al frente de la casa, yo camine por la parte de atrás, pero no me fije de la presencia de un carro que estaba estacionado cerca del Granero de la casa. Haciendo un poco de fuerza y maña logre abrir una pequeña ventana, cuando ya tengo la mitad de mi cuerpo adentro, pude oír unos pasos que se acercaban hacia la cocina, retrocedí y resbale en el lodo (fango) y me embarre todo de lodo, corrí y me escondí detrás del Granero la persona que estaba adentro cerro la ventana. Para llegar a mí carro sin que me vieran me metí en el pequeño bosque que da a la Alameda. Cuando miro hacia atrás para ver si me venían siguiendo pude ver una Culebra grande, pero yo no estoy seguro de lo que vi por qué era de noche, pero pudiera jurar que aquella Culebra tenía la cabeza de una Bruja vieja. Enseguida todos los presentes se hicieron la señal de la cruz, y el señor Luna les dice a todos}}}. Esa culebra que usted pudo ver es la Prenda de la Bruja Raquel. Tío Florencio, yo no le tengo miedo a Raquel, y ustedes tampoco deben de preocuparse por ella. Entre nosotros la única persona que a mi hermana le interesa eres tu Capitán Domingo. ¡Gavilán, Raquel no se resigna a perderte y por el afán de tenerte a ella ya no le importa si su Alma se pierde en la oscuridad! Por favor Sauri no hables así públicamente mira que el señor Manino se puede arrepentir de pertenecer a nuestra familia. De ninguna manera, mi promesa con Don Florencio sigue en pie, pero si le sugiero que acudan a la ayuda del padre Aurelio, nuestra iglesia tiene libros viejos que dan conocimientos sobre estos tipos de Cultos y de esa forma los interesados pueden informarse mejor. Con todo respeto a sus creencias Señor Luna. No tenga usted ningún pendiente señor Manino, es muy importante que la población se eduque y tenga conocimientos sobre nuestras creencias que en ninguna circunstancias son dirigidas por el Príncipe de la oscuridad. Señor Manino, todo lo que yo hago o practico siempre lo hago a la luz del día, y nunca oculto nada. De esa forma mi agua siempre está limpia, y mi Alma también. Yo propongo ya que el hermano Juan está enterrado que regresemos a nuestros menesteres. El señor Capitán Domingo ya sabe de quien tiene que cuidarse. La Bruja Raquel tiene una prenda que es más inteligente que ella. Don Florencio, ya que estamos aquí solos, y a usted señor Manino yo que lo considero una persona muy educada. Muchas gracias señor Luna. Permítame decirle que una Bruja-o Blanca se le es permitido enamorarse, tener hijos, pero no le es permitido convivir con su conyugue (esposa-o) bajo el mismo techo y no puede hacer sus trabajos en la oscuridad de la noche, tampoco puede ocultar nada a nuestro Creador. Pero no todos somos creados del mismo Linaje. Por ejemplo la Bruja-o Negra nace de diferente Linaje y a corta edad ya se conoce lo que le gusta y practica y adora espiritualmente. La Bruja-o negra no puede casarse, tampoco enamorarse tiene que serle fiel al Príncipe de la oscuridad,... ...

QUE AL FINAL de todo siempre les paga mal. Ellos como siempre quieren ser los primeros en este mundo, no les importas trabajar de día o de noche. Y siempre la mentira pretenden convertirla en una verdad. Yo respeto la visión de Sauri, pero a mí me parece que la Bruja Raquel no solamente pretende al Gavilán, también quiere vengarse de todo aquel que ella estima que le ha hecho daño. Y está a punto de lograr lo que ella se propone. El señor Luna mantuvo silencio, entonces el Capitán Domingo mirando a Don Florencio le dice}}}. Yo no sé realmente que pretende Raquel, y de este asunto de Brujerías yo no sé nada solamente lo que la gente habla. Solamente le digo una cosa yo nunca voy a pertenecer a Raquel. Hijo no te atormente por eso, mira que el verdadero Amor no es obligado a pertenecer a nadie. Padre la próxima vez que yo vea a Raquel se lo voy a decir en su propia cara que mí Amor, y mi cuerpo nunca serán de ella. ¿Dilo Gavilán, quien es la dueña de tu Amor, y de tu cuerpo? Todos fijaron su mirada inquisitiva en el Gavilán, esperando que le contestara a Sauri}}}. Yo no sé cuál es tu problema Sauri ¿Es que acaso no hay más hombres en Bahía Chica que haya tenido un romance con una mujer, y del cual ustedes pudieran hablar libre mente? Ahora yo te pregunto Sauri. Yo sé que yo soy el centro de la discordia en mi familia. ¿Es que acaso yo cometí un pecado mortal por Amar Aracely? Si es así como tú piensas entonces yo sigo siendo un pecador, por qué Aracely sigue ardiendo en mi pecho como la primera vez que probé sus labios de fuego. Que penas me das Domingo, que te hayas convertido en un Gavilán con el Corazón sangrando. ¿Y si ella volviera a Bahía Chica, con otro hombre que tú vas hacer? Nada Sauri. Yo te juro Sauri que yo no voy hacer lo que todos ustedes siempre han querido que yo haga. ¡Matarla! Eso nunca porque a pesar de muchos yo todavía la sigo queriendo. ¿Entonces a mi tu nunca me has querido? No Sauri. Yo nunca te he querido como siempre tú lo has deseado. Tú fuiste como un bálsamo que calmo un poco mis deseos carnales que siempre he sentido por la ausencia de Aracely. ¡¡Maldito sinvergüenza espera que yo si te voy a matar!! Sin pensarlo mucho, y como una Loba herida Sauri le fue arriba al Capitán Domingo, pero la rápida intervención de Don Florencio, y del señor Leonardo hicieron que se alejara un poco del Capitán Domingo}}}.¿Pero estas loca Sauri? Mira como me has dejado el brazo izquierdo sangrando. Me diste una mordida como si fueras un animal salvaje. Señorita Sauri. Diga usted señor Leonardo. Sería mejor para todos que usted y el señor Luna se retiren hacia la Casa Vieja, y terminen los arreglos que tienen que hacer. Más o menos ya tenemos una idea de lo que pudo haberle sucedido a nuestro amigo y hermano Juan. Lo único que nos falta es encontrar el Puñal de Don Florencio que yo estoy seguro que lo tiene Raquel. Pero señor Leonardo ustedes no han contado los días que faltan para el casorio de la señorita Yanyi, con mi hijo Felipe.

FALTAN NUEVE DÍAS para el casorio, y en ese tiempo pueden suceder muchas cosas. ¿Señor Manino usted se refiere que alguien más puede morir? Si señor Leonardo. Y me parece que la señora Raquel ya lo tiene a usted en su mira, porque ya ella se dio cuenta que usted trato de meterse en su casa. Y también tiene al señor Luna en la mira por motivos pasados, y que los dos son de diferentes Linaje. ¡Caramba señor Manino usted me ha sorprendido! Es usted un buen observador. Muchas gracias señor Luna. La persona que ahora busque el Puñal Sagrado de la familia corre el riesgo de que lo maten. Porque yo tengo un presentimiento que esta persona no está sola en sus maldades, y es muy probable que cuando murió su hermano, y usted Don Florencio repartió toda la fortuna Fontana esta persona no quedo conforme con su parte y quiere más. Esa persona quiere tener control de toda la Comarca. Y sabe que solamente lo puede lograr con una buena fortuna en su arca. Si es así como usted piensa entonces nunca vamos a saber si Raquel es la interesada. Por favor señora Jacinta, hay muchas trampas para agarrar una Culebra. Hasta ahora ustedes le han dado el frente y como tal muy contenta ella se ha defendido, pero que tal si jugamos al escondido. Toda persona, y también los animales que son muy inteligente siempre tenemos nuestro lado oscuro del cual nuestro enemigo se aprovecha para atacarnos y encontrar nuestro lado débil. ¡Qué tal si invitamos a la señora Raquel a una Cena en su casa? ¡Ella no iría! Por favor señora Jacinta, no sea usted tan negativa. Yo estoy seguro que si el señor Capitán la va a buscar a donde ella vive, yo estoy completamente seguro que ella no va a perder esa oportunidad, que siempre ha deseado. De ninguna manera señor Manino, yo no me presto para eso. Hijo escucha la voz de la experiencia, mira que si encontramos el Puñal, hay probabilidades que más nadie muera en la misma forma que murió Juan. ¿Y si por circunstancias ajenas a nosotros ya ella no tiene el Puñal? Todos se quedaron en silencio tratando de razonar la pregunta del Capitán Domingo, pero Sauri le contesta}}}. Mira Gavilán déjate de buscar alguna excusa para no hacer lo que tú sabe que te conviene hacer. Estas equivocada Sauri. Raquel a mí nunca me va a matar, y yo no creo en ese Maleficio del que ustedes siempre hablan. Otra cosa que yo sé que es verdad que mi tío Pedro compro Aracely para mi Abuelo, eso lo sabe toda Bahía Chica, pero de que hubo un Maleficio para separarme de Aracely eso yo no se lo creo a nadie. Porque Aracely siempre ha sido mía en cuerpo, y pensamiento. Y a ti Sauri te recomiendo que te busques otro hombre como marido, por qué yo tengo intenciones de pasarme toda la vida si es necesario esperando que Aracely regrese a Bahía Chica. Mira cuantos hombres hay en la comarca con deseo de casarse con una mujer rica, y bonita como tú. Molestia aparte Gavilán, mi futuro ya está a la luz del día, el futuro tuyo es el que se mantiene incierto en la oscuridad. Solamente faltan nueve días:

¡CÁLLATE SAURI, NO digas nada! De ninguna manera me voy a callar tío Florencio, el Gavilán tiene derecho a saberlo todo. Ponme atención Gavilán, mira que ellos van a ser los testigos que yo te lo dije. Dentro de nueve días, se va a cumplir el Maleficio de nueve años, que tu Abuelo hiso para que Aracely y tú nunca se separen, y dentro de nueve días también se cumplen los nueve años en que yo te puse una Prenda animal para que te defendiera de la sinvergüenza de Aracely, y especialmente de la malvada de Raquel. Tu protección es un Gavilán carnívoro. Es tan feroz que es capaz de matar cualquiera ave en su vuelo, y es el enemigo número uno de las Culebras, por qué desde las alturas las reconoce y con sus garras las mata. Para que esa Brujería se mantenga firme y no se termine tiene que estar Aracely aquí presente en Bahía Chica con un Chaman (brujo) que alimente de nuevo ese Maleficio y vuelva a durar nueve años más. Esa es la razón por la cual todos en Bahía Chica estamos esperando que Aracely regrese en estos días. ¿Y si ella nunca regresa que sucedería? Mira Gavilán, Aracely ya pago ese Maleficio, entregándole su cuerpo a tu Abuelo como pago, y despés a tu tío. Por ese lado a ella no le va a suceder nada, pero a ti hay que hacerte una limpieza espiritual para que sigas viviendo una vida normal, y no te vuelvas loco solamente pensando en

Aracely. Y si a mí me gusta estar así solamente pensando en ella a nadie le importa. Mira Gavilán, no te vuelvas estúpido tan pronto que el problema tuyo no termina en eso, piensa en Raquel que tiene el Puñal, y que te quiere tener y por lograrlo es capaz de matar Aracely, y también te puede matar a ti, a tu hijo y a mí. Según tu Raquel ya tiene el poder para matar a tantas gentes. Mira Sauri yo pienso que la única loca que hay aquí eres tú, pero para complacer a mi querido padre, mañana yo voy a llevar a Raquel a esa bendita cena, ella va ir conmigo a las buenas o a las malas. Puedes decirle que todos vamos a estar en casa de mi tío, naturalmente menos el señor Luna, una porque ya sabemos que ella lo odia a muerte, además el señor Luna tiene que terminar los arreglos que le está haciendo a la Casa Vieja. ¡Gracias a Dios que la señora Raquel y yo, nos llevamos lo más bien! En eso tiene usted razón amigo Manino, pero usted no tiene por qué preocuparse ya que usted siempre anda acompañado por dos escoltas. Usted tiene razón Don Florencio. Los tiempos no están muy buenos para caminar solo, pero vamos para su casa que ya tengo la garganta seca y además quiero informarle sobre las cosas que usted me pidió que hiciera en Puerto Nuevo para usted. Es por naturaleza que todo lo que viene de la tierra, a la tierra tiene que volver, y el cuerpo de Juan no fue una excepción, y no importa a quien le duela la muela del juicio, Raquel está decidida que el Gavilán es de ella y no está dispuesta esperar más}}}. ¿Pacho ya enviaste los Telegramas en la forma que te lo escribí? Si señorita Raquel. Ahora quiero que vayas a casa de mi tío Florencio.

LO MÁS PROBABLE que hoy todos estén reunidos bebiendo y recordando a Juan. ¿Y que usted quiere que yo haga en esa casa? Mira Pacho que ya me estas preocupando bastante, no te vuelvas estúpido que si quiero que vayas a esa casa es para que pongas atención que es lo que hablan de mí. ¿Me comprendes ahora? Si señorita Raquel. Como escusa les dices a todos que yo digo que alguien tiene que hacerse cargo de la Alcaldía, por qué yo no puedo. Y mira a ver si te dan de cenar y comes porque yo no tengo por qué alimentarte. Si señorita Raquel como usted ordene, ya me voy. ¿Me empresta su carro? Como vas a creer que yo te voy a dar mi carro. Vete en tu Caballo, además la casa de mi tío no esta tan lejos de la mía. Así que apúrate. Sin volver a preguntar más nada el joven Pacho monto su Caballo y se dirigió hacia la casa de Don Florencio}}}. ¿Pacho que tú haces aquí a esta hora? Es que la señorita Raquel le manda a decir un encargo a Don Florencio. Mira lleva tu Caballo al granero y regresas al comedor que todos están reunidos comiendo, y bebiendo. Si señora Jacinta, enseguida regreso. No te demores mucho para que comas algo de la cena. ¿Quién estaba tocando en la puerta? Florencio es Pacho y que viene hablar contigo, parece que tu sobrina te manda a decir algo. Le dije que viniera al comedor que le voy a dar un poco de la Cena. Ese muchacho está muy flaco.

Si pacho está aquí esta es mi oportunidad para hablar con él. Sauri déjalo tranquilo que coma primero y que después hable con tu tío. Como usted diga tía Jacinta, pero después yo me lo llevo para el Jardín. Transcurrieron más de una hora y el Joven Pacho se comió todo lo que le sirvieron en el plato. Entonces Don Florencio le pregunta}}}. ¿Qué es lo que quiere mi sobrina Raquel? Don Florencio su sobrina dice que ella no puede hacerse cargo de todo el trabajo de la Alcaldía de Bahía Chica. Y que usted tiene que nombrar otro Alcalde. Bueno por un lado mi sobrina tiene razón, hay que nombrar otro Alcalde. Pero yo no lo voy hacer, yo no quiero que el nombre de mi familia no se vuelva a meter en los asuntos públicos de este pueblo. Mientras que la compañía que está construyendo el Hotel, y el Guardia que esta de turno entre ellos nombran un Alcalde, tu Pacho vas a seguir como administrador provisional. ¿Está usted seguro Don Florencio? Si, y yo te voy a pagar todos los honorarios. Muchas felicidades Pacho. Pero es que ustedes no comprenden. No te preocupes amigo solamente va a ser por unos días en lo que nombran un nuevo Alcalde. Mira Pacho mejor vamos al Jardín de lo contrario esta gente te pueden volver loco. Si señorita Sauri. Yo creo que su tío ya está borracho. Mira vamos a sentarnos cerca de aquel Arbolito. Sea usted rápido señorita Sauri, mire que quiero irme antes de que caiga la noche. Mira Pacho, hace poco antes de que Juan muriera, mi tío Florencio estaba conversando con Juan, y le dijo que su Puñal Gitano lo tenía Guardado en la casa Vieja. Mi pregunta es. ¿Tú escuchaste esa conversación, y se lo dijiste a la Bruja de mi hermana?

NO SEÑORITA SAURI, yo le juro que no fui yo. Yo no tengo nada que ver con la muerte de Juan. Una suave y fría brisa soplaba y una fina neblina llegaba en el Jardín mientras que Pacho temblaba como un papel cuando le da el viento.}}}. Mira Pacho la Loba te va a comer pero rapidito, pero tienes que decirme la verdad si no me dices la verdad te vas a morir igual que Juan. Por favor señorita Sauri no permita que su animal me coma yo solamente le dije a la señorita Raquel, todo lo que su tío y Juan conversaron ese día. Y fue ella, la que se robó el Puñal por qué yo vi cuando ella se lo estaba mostrando al hombre que de vés en cuando la va a visitar. Sauri se levantó de su silla y enseguida todo el jardín volvió a la normalidad y sujetando a Pacho por un brazo le vuelve a preguntar}}}. ¿Quién es ese hombre? No lo sé señorita Sauri, solamente de él le he podido ver las piernas siempre se queda en la habitación de la señorita Raquel, pero si le digo que ese hombre siempre usa unas Botas igualitas a las que se pone el Capitán Domingo. ¿Es posible que ese hombre sea Danilo Malverde? No, él no es ese hombre. El señor Danilo nunca se esconde las pocas veces que visita a la señorita Raquel, además Danilo me saluda y me da monedas cuando le cuido su carro. ¿Quién podrá ser ese visitante extrañó? Señorita Sauri, si usted me deja ir tranquilo yo le prometo que la próxima vez yo averiguo quien es ese hombre extraño que todas las semanas visita a su hermana. ¿Pudiera ser el Gavilán? no lo es porque varias veces ese hombre ha estado en la casa de su hermana, y el Gavilán se encuentra en la cantina emborrachándose. Vete ahora Pacho que ya se puso oscuro, pero tú tienes que ayudarme a descubrir quién es ese hombre extraño que algunas veces visita la Bruja de mi hermana. Sin perder un momento el Joven Pacho regreso al Granero y monto su Caballo, y a todo galope se encamino hacia el Puente del indio seguido por la mirada de Sauri hasta que desapareció en la Alameda. Entonces Sauri arreglándose su cabellera se pregunta}}}. Mucha razón tienen el señor Luna y Leonardo en decir que mi hermana Raquel tiene un cómplice que la ayuda en todo, o es el jefe que está interesado de todo el Oro que tenemos. Tan pronto Sauri regreso al comedor le explico a todos lo sucedido con el joven Pacho, y un silencio profundo lo sintieron todos y el señor Leonardo tomando la palabra dijo}}}. Bueno ya sabemos que Raquel es la asesina, pero todavía tenemos que encontrar el Puñal. Nuestras sospechas están un poco más claras que Raquel tiene un cómplice, pero quién es ese hombre extraño que la visita. Ya sabemos que el Capitán Domingo no es esa persona, pero todos somos sospechosos. ¿Señor Leonardo por qué cada vez que le sucede algo a mi familia, usted siempre nos considera como maleantes? Señorita Sauri note usted que yo hable en plural, aunque todavía yo no soy de la familia Fontana. Todos los hombres que nos encontramos aquí en este momento somos sospechosos de ser el visitante extraño,

PERO SI QUEREMOS también podemos considerar a todos los hombres de Bahía Chica como sospechosos de ser el visitante extraño. Perdóneme señor Leonardo por ser tan impulsiva, y juzgar tan equívocamente. Yo no la culpo de nada señorita Sauri, pero en este momento solamente nos queda esperar a ver si Pacho logra averiguar algo, y seguir con los preparativos de la boda de Yanyi, a menos que suceda alguna otra revelación. El señor Leonardo no estaba muy lejos de sus aciertos y mientras todos en el comedor discutían la procedencia del visitante extraño, el Caballo montado por el joven Pacho galopaba por el Puente del indio, y bruscamente detiene su galopar al ver en frente una Culebra de grande proporción que le enseñaba sus afilados dientes en forma amenazante poniéndose en dos patas el Caballo tira su jinete (pacho) al suelo y rápidamente galopando se retira del lugar. Con su cara reflejando el miedo que siente el joven Pacho empezó a gritarle a una mujer que disfrutaba lo sucedido}}}. No señorita Raquel no permita que su culebra me coma, mire que yo no he hecho nada malo, y siempre la he defendido. Pero la Bruja Raquel sin hacer caso a los ruegos del Joven Pacho, y riéndose a carcajadas levanto su mano izquierda y haciendo un gesto hiso que la culebra atacara al joven Pacho que corriendo se subió en una de las barandas que sujetaban el puente recién construido. Pero la culebra de un solo avance le muerde una de sus piernas haciendo que el pobre Pacho callera al vació en las turbulentas aguas del Rio del indio. Muy sonriente la Bruja Raquel miro como la corriente del Rio se llevaba el cuerpo de Pacho hacia el Mar}}} Hiciste muy bien lo que te ordene por eso te quiero como mi prenda favorita, ahora yo voy a descansar mañana tengo mucho trabajo, además no se te olvide que mañana se me va a cumplir uno de mis mayores deseos salir con el Gavilán. No tienes por qué tenerle miedo, el pobre no sabe ni donde se encuentra eso le sucede a todo hombre que es mujeriego, hoy lo controla la Bruja Sauri, mañana lo controlo yo (la bruja Raquel) y cuando la otra (Aracely) venga entonces ella lo va a controlar y cuando yo me canse de él le hacemos lo mismo que le sucedió al estúpido de Pacho, que por venir a disfrutar mi cuerpo encontró su muerte. Vamos rápido que al espíritu de pacho si lo tengo que convertir en mi esclavo. Nada que no fuese anormal para los moradores no volvió a suceder esa noche y muy temprano en la mañana una de sus sirvientas despierta a Jacinta}}}. Patrona afuera hay un hombre preguntando por el hijo del patrón dice que él trabajaba para el Gavilán. Lleva ese hombre para la cocina y sírvele un desayuno, y después vas al granero y despiertas al Capitán Domingo, y le dices que uno de sus hombres lo busca. Si señora así lo hare. Y no formes ningún escandaló que tenemos muchas visitas que todavía están durmiendo la borrachera de anoche. La joven sirvienta hiso un gesto de entendimiento y rápidamente regreso a la sala en busca del hombre,

Y AL DARSE cuenta que el hombre ya no estaba en la sala, camino hacia la cocina y al entrar lo vio sentado tomando Café}}}. Perdone usted mi atrevimiento, pero mi cuerpo ya me pedía un poquito de Café. No ha sido ningún problema señor. Andrés es mi nombre, y cuál es su nombre señorita. Colima, así me llaman todos los que me conocen. Él hombre de constitución fuerte, y de una estatura normal se puso de pie y camino hacia donde se encontraba Colima, y en forma reverente le beso la mano haciendo que la no muy joven sirvienta la retirara enseguida. Por favor señor Andrés, no haga eso enfrente de la servidumbre. No te preocupes Colima, que yo también fui pobre igual que ustedes. Muchachas sírvanle el desayuno al señor Andrés, pero sin hacer mucho ruido que yo voy a buscar al Gavilán. La sirvienta con las mejillas un poco color de rosa prácticamente salió de la cocina corriendo en busca del Gavilán que se encontraba durmiendo al lado de una botella vacía}}}. Señor, señor despierte que uno de sus amigos lo anda buscando. Por favor mujer no me molestes y déjame dormir. No señor despierte que su amigo Andrés quiere verlo. ¿Dijiste Andrés? Si. Y lo está esperando en la cocina. Pues vamos a verlo. Espere un momento señor, usted no puede ir así todo apestoso a licor, y mire todo lo sucio que se encuentra. Mire las cubetas de agua para los animales están llenas. Pero Colima esa agua esta fría. No sea niño llorón y báñese, que yo no voy a calentar agua. Ahora voy a buscarle una ropa limpia. ¡Borracho empedernido, con razón nunca se ha casado! Y tú Colima ya tienes cuarenta años de edad y no te has casado por lo regañona que eres. A joderte a ti Gavilán, la próxima vez que te encuentres borracho te voy a echar un poco de pimienta. Muy enojada con el Gavilán, porque la llamo solterona, Colima regreso a la cocina encontrándose con el señor Andrés conversando muy alegremente con las trabajadoras. Vamos a ver si ustedes dejan al señor tranquilo. Y tú ve al cuarto del Capitán, y le llevas una ropa limpia. Y ten mucho cuidado con ese Gavilán que tiene las garras tan larga como su pensamiento. Una sonrisa rápidamente se reflejó en la cara de Andrés, y colima enseguida le dice}}}. Usted perdone señor Andrés que no lo haya atendido debidamente, lo que sucede que en estos días hemos tenido muchas visitas. No tengas ningún pendiente Colima, si también me permite llamarte así. Si señor como usted mande. ¡Pero mire usted, se le han ensuciado sus Botas tan linda! A ver ustedes dos muchachas quítenle las Botas al señor Andrés, y las limpian que queden brillando. Sin pensarlo mucho dos trabajadoras se pusieron a la tarea de limpiarle las preciosas Botas color negro del señor Andrés que seguía molestando a Colima con su mirada pertinente. Haciendo que el color de las mejillas cambiaran de rosadas a color rojo}}}. Buen día tengan todos. Muy buen día tenga usted señora Jacinta. Al hacer su entrada en la cocina todas las trabajadoras le devolvieron el saludo a Jacinta,

Y RÁPIDAMENTE EL señor Andrés sin sus Botas puestas se puso de pie, y también saludo a la señora Jacinta}}}. Señora Jacinta este es el señor Andrés, amigo del Capitán Domingo. Mucho gusto señor Andrés, pero su cara me es conocida. Si señora Jacinta hace muchos años que yo me fui de aquí, a conocer otros Continentes. ¿Y cómo le fue por esos Continentes? Muy bien señora, termine mis estudios y soy graduado de Contador Publicó. Lo felicito señor Andrés personas como usted hacen muchas faltas en nuestro país. Colima atienda bien al señor Andrés, y le prepara una de las habitaciones para que pueda descansar. Como usted ordene señora Jacinta. Y ustedes le limpian muy bien las Botas del señor Andrés, que no le quede ni una mancha de Lodo. Colima que suban mucha agua caliente para los baños, no quiero que el señor Manino tenga ni una queja de nosotros. ¿Y tú por qué vienes tan estrujada? Es que fui a llevarle ropa limpia al Capitán. A todas les tengo prohibido estar cerca del Capitán Domingo, después no me vengan a traer ningún nieto. Señor Andrés después que se refresque del viaje, por favor pase usted al comedor para que desayune con la familia. Muchas gracias señora Jacinta, honor que usted me hace. Mostrando su educación del viejo Continente el señor Andrés deposito un suave beso en la mano derecha de Jacinta}}}. Colima pónganse a trabajar y no molesten al señor Andrés. Tan pronto la señora Jacinta salió de la cocina todas corrieron donde el señor Andrés para ponerle las Botas, provocando los celos de Colima}}}. Vamos partía de Avispas a trabajar y dejen tranquilo al señor Andrés. Todas obedecieron a Colima y se pusieron otra vez a trabajar hasta que llego el Capitán Domingo}}}. Amigo Andrés, esto si es un milagro que tu estés por estos Lares. ¿Cómo está usted mi Capitán? Muy bien, ya tú te lo puedes imaginar la vida en Bahía Chica no es tan fácil de llevar. ¿Y a ti como te fue en Francia? Muy bien, ahora estoy pensando donde puedo quedarme a vivir si aquí, o en Puerto Nuevo. ¿Qué te parece si vamos para el comedor y así podemos conversar mejor? Como tú quieras. Colima vamos a estar en el comedor, yo solamente quiero huevos revueltos con tocinetas, pan y Café. Lo mismo para Andrés. Como usted ordene su majestad. Me parece que tu no le caes muy bien a Colima. Yo lo sé. Esa solterona me la tiene velada, puedes creerme que hoy en la mañana me obligo a bañarme con agua fría, es una forma cruel de quitar las borracheras. Tú puedes decir de Colima lo que quieras, pero yo puedo ver en ella una mujer de modales finos, piel limpia, y de un carácter seguro de sí misma. Amigo Andrés, esa mujer puede que tenga esas virtudes, pero mientras más lejos yo este de ella mucho mejor. Nunca se le ha conocido un hombre a su lado, pero si algún día llega a tener un hombre pobre de quien sea por qué ella es una mujer que le gusta mandar, y que nadie la gobierne. ¡¡Con ese tipo de mujer, todos los hombres mujeriegos nos pagan todas las maldades que nos han hecho!!

SEÑORITA SAURI QUE alegría de poder verla otra vez. Muchas Gracias Andrés, pero te ves muy bien parece que el cambio de clima, o de trabajo te combino muy bien. ¿Ya te casaste? No. Todavía no me han casado, es que ando buscando una mujer que se ajuste a mi vida privada como mi esposa, y no me interrumpa mi vida pública. ¡Caramba Andrés ya tu suenas como un político! Señorita Sauri lo que sucede que cuando uno vive un tiempo determinado en esos países uno se da cuenta que el mundo no es tan grande como a veces nos imaginamos, y que también tenemos que apurarnos a vivir la vida que nos toca. Caramba cuando nos conocimos tú no pensabas así, y tampoco te expresabas en tal forma. Eso quiere decir que te has educado como todo un caballero, y no como otro que ya conocemos. Sauri mi amigo Andrés, y yo queremos desayunar tranquilos lo mejor que puedes hacer es mantener tu boca cerrada. Mira Gavilán lo que es a mi tú no tienes ningún derecho a mandarme a callar mi boca. Entonces no opines. Por favor amigos no discutan más, miren que ya los están mirando. Usted perdone señor Andrés, le prometo que no volverá a suceder. ¡Ha y que señor Andrés! Y porque no, si él es una persona educada y tú eres un Gavilán salvaje, sin ninguna educación. Muy enojada Sauri adelanto el paso y se sentó en una de las sillas al lado de la mesa, y enseguida la señora Jacinta lo presento a los comensales como un viejo amigo que se había ido de Bahía Chica, a conocer el viejo Continente. Por favor señor Andrés yo quiero que usted se siente a mi lado y me hable como son todas las Ciudades de Europa. Por favor Jacinta, por lo menos deja que nuestro invitado se siente y desayune. Sintiéndose un poco incomodó Don Florencio se sentó, y el señor Andrés con mucha cortesía sujeto la silla de la señora Jacinta hasta que ella se sentara, y resaltando la opinión rápida del señor Manino}}}. Señor Andrés es usted todo un caballero. Muchas gracias señor Manino. Me imagino que una persona tan educada como usted sabe mucho de Matemáticas. Sí señor, yo soy graduado Contable. Si decide vivir en Puerto Nuevo, le puedo ofrecer un empleo como Contable al lado de mi hijo Felipe. Señor Manino le prometo que voy a pensar su propuesta que es muy tentadora. Yo digo que no. Andrés debe de quedarse aquí en Bahía Chica. Por favor Sauri que atrevimiento es este, pídele perdón al señor Manino. Usted perdone tío Florencio. Y usted perdóneme señor Manino por mi atrevimiento, pero mientras ustedes hablaban yo estaba pensando que con la muerte de Juan, ya no tenemos Alcalde, ni tampoco un administrador. Y el señor Andrés nos ha caído del cielo para ocupar ese puesto. Señorita Sauri. Hable usted señor Manino. Me parece que debemos de darle más tiempo al señor Andrés para que el decida qué es lo que más le conviene si quedarse aquí, o irse conmigo para Puerto Nuevo. Sin problema señor Manino con todo el respeto que usted merece, yo sigo insistiendo que el señor Andrés debe decidir ahora mismo.

MUY BIEN YA que la señorita Sauri pone sus propia regla, yo propongo que quien me pague mejor Salario ese ha de ser mi empleador. Por lo mucho tres moneda de Oro más arriba del contrario. Caramba señor Andrés, es usted un buen negociante. Por lo que dejo la decisión en manos de mi hermano Don Florencio. ¡Por favor señor Manino, no me ayude mucho! Le pagaremos ocho monedas de Oro al mes, pero usted tendrá que poner algunos impuestos a la población. Muy bien Don Florencio acepto su empleo. Colima, Colima. Diga usted Don Florencio. Manda una muchacha a la Iglesia, y que le diga al padre Aurelio que venga esta tarde a mi casa para que le tome juramento al nuevo alcalde, y que de la misma se llegue a la comisaria y le diga lo mismo al guardia de turno. Si Don Florencio, enseguida le digo a la muchacha. Todos quedaron en silencio mirando al futuro alcalde de Bahía Chica, y el señor Manino al darse cuenta de la duda reinante, se pone de pie y levanta una Taza de Café}}}. Brindemos todo por el futuro de Bahía Chica, para que prospere con su nuevo alcalde. Todos sonrieron y levantaros sus Tazas de Café}}}. Vamos amigo Andrés, que yo tengo muchas preguntas que hacerte. Ven vamos al Granero que esa es mi nueva habitación. Con su permiso a todos. Con muy buenos modales el señor Andrés se puso de pie, y movió hacia atrás la silla haciendo relucir sus brillantes Botas. Tan pronto los dos amigos salieron del comedor Don Florencio le dice al señor Leonardo}}}. ¿Amigo Leonardo porque usted ha mantenido silencio? Don Florencio yo he estado observando el comportamiento del señor Andrés. Y a mí me parece que este señor en todo momento ya traía la intención de ubicarse en Bahía Chica. Fíjese qué si el estuviera interesado en ganar más monedas de Oro, hubiera aceptado el empleo que le estaba ofreciendo el señor Manino que le hubiera pagado mejor salario. Señor Leonardo ya sabemos que usted es un buen observador. ¿Pero realmente cual puede ser el interés del señor Andrés en ser el alcalde de Bahía Chica? Señor Manino muchas gracias por su referencia a mi persona, pero a que ha venido hacer el señor Andrés aquí, eso toma su tiempo en averiguarlo, pero hay otra cosa en el señor Andrés que ninguno ha tomado en cuenta. Por favor señor Leonardo mire que usted nos mantiene en suspenso. Señorita Sauri el señor Andrés usa unas Botas de cuero, muy bonitas y caras. Eso no quiere decir nada. Señorita Sauri, no se le olvide que el joven Pacho nos dijo que el visitante extraño que frecuenta a su hermana Raquel usa unas Botas muy bonitas. Está vez todos se quedaron en silencio mirando al señor Leonardo, y la señora Jacinta suavemente agarro el brazo izquierdo de Don Florencio.}}}. ¿Usted piensa que el señor Andrés, y el visitante extraño son la misma persona? De ninguna manera señorita Sauri. Yo no puedo atestiguar algo si no tengo pruebas. Tenemos que hablar con Pacho otra vez, y que él pueda ver las Botas del señor Andrés, y diga si son las mismas que el vio.

MUY BUEN DÍA tengan todos. Hija por fin saliste de tu habitación. Muy sonriente la joven Yanyi, deposito un dulce beso en la mejilla de cada comensal, pero al llegar donde se encontraba el señor Manino, a él no solamente lo beso también lo abrazo despertando los celos de Don Florencio}}}. Hija yo también me merezco un abrazo. Usted tío no se ponga celoso, que usted es mi papá, y yo no quiero llamar al señor Minino, suegro. Como yo nunca he tenido a mi verdadero papá cerca de mí, pues mi Diosito me complació con lo que le pide ahora tengo dos papás, y dos familias numerosas que me quieren. ¡Ho Dios mío tu si me has bendecido escogiendo a esta niña como mi hija! Señor Manino pare de alardear mucho, que todavía yo puedo arrepentirme. ¡Florencio te prohíbo que sigas bromeando así, si mi hija nos quiere mucho y también quiere a su nueva familia! Bueno sin discusión que yo quiero mucho a todos los que están aquí. Por lo pronto les diré que cuando entre en el comedor pude oír la palabra Pacho. Todos se quedaron en silencio mirando a Yanyi. Y Sauri le dice}}}. Es que queremos verlo para preguntarle una cosa. ¿Es que tú sabes algo de Pacho, que nosotros tengamos que saber? Si. ¡¡Pacho está muerto!! Quiero decir su cuerpo ya murió. Todos quedaron otra vez en silencio. Solamente Jacinta se llevó una mano a su boca, y se volvió agarrar de

Don Silverio}}}. Jacinta es mejor para ti que no estés entre nosotros. De ninguna manera si mi hija Yanyi está aquí, yo me quedo. Está bien, entonces ve a la alacena y traes una botella de Aguardiente que ya tengo la garganta seca, y los nervios de punta. Si Amorcito yo te traigo la botella. Habla Yanyi, ahora que Jacinta no está presente. Si tío. Resulto ser que. Por favor Yanyi habla sin tus historias, y di porque tú dices que Pacho está muerto. Mi prenda vino donde mí y me lo dijo. ¿Yanyi y que otra cosa te dijo tu prenda? Sauri tu sabes que una prenda habla muy poco. Cuando le volví a preguntar dónde estaba Pacho, mi Tigre (prenda) me contesto que el agua se lo había llevado. Otra vez el silencio, y las miradas, pero el señor Leonardo no se dejó atrapar por la misma letanía}}}. Lo que te quiso decir tu prenda (tigre) que el cuerpo de Pacho tiene que estar en el Rio, el Mar, o en un Pozo. Entonces vamos a buscarlo. No Don Florencio eso sería delatarnos. Tenemos que fingir delante de su sobrina Raquel que nosotros no estamos enterado de nada. Cuando su hijo la traiga tenemos que fingir una alegría de familia unida. Cuente usted conmigo señor Leonardo. Le digo señor Manino que usted tuvo que haber estudiado Arte, y hubiera sido un buen investigador. Es una honra para mí que una persona como usted me hable así. ¿Y usted Don Florencio nos va ayudar? Aunque estoy un poco nervioso cuenten conmigo. Llegado el momento me doy dos tragos de Aguardiente, y se me quitan los nervios. Yanyi te noto un poco rara, y puedo asegurar que tú prenda y tú, hablaron de otras cosas más. Y como tú tienes un espíritu chismoso que te lo dice todo. ¡Habla ya!

¡PERO NIÑA SAURI no comas ansias! Y no me digas que soy chismosa porque muy bien que a ti te gusta cuando te digo las cosas. Hermanita perdóname, pero tienes que comprender por todo lo que estamos pasando. Sauri se volvió a sentar otra vez y miro muy seriamente a Yanyi. Que mantenía silencio. Pero el señor Leonardo acompañado por el señor Manino se ponen al lado de Yanyi}}}. Mira Yanyi te pedimos perdón si hemos sido muy rudo contigo, pero nosotros estamos agradecidos por toda la información que tú nos da sin ninguna obligación de tu parte. Pero es que la información es para Sauri, pero parece que ella no la quiere. Yanyi tú eres mi hermana querida, y yo te pido perdón. Mi espíritu de guía me dijo que hoy llega a Bahía Chica una señora Blanca muy elegante y hermosa, vestida de color negro, con un sombrero grande blanco cubriendo sus cabellos amarillos. Y que la esperaban tres hombres bien opuestos todos con unas Botas muy bonitas. Le pregunte que quienes eran esos tres hombres, solamente me contesto que los tres hombres son muy lindó, y que los tres están locamente enamorados de la mujer de cabellos Rubios. Ya Sauri estaba de pie, y miraba a todos con rabia, y desdén a la misma vez}}}. Yo se los dije a todos que ya era el tiempo en que Aracely tenía que regresar a Bahía Chica para renovar el Maleficio.

Naturalmente que de esos tres hombres con Botas puestas uno es el Gavilán, el otro es seguro Danilo Malverde, y el tercero tiene que ser el "Visitante extraño". Ustedes tienen que comprender una cosa que no importa qué clase de Gitano puede ser un hombre. Con buena educación, o sin ella, si es Gitano siempre lleva consigo un Puñal, pero el señor Andrés, no se le nota que traiga un Puñal porque él no es Gitano, él parece ser descendiente de Isleño, probablemente de alguna Isla del Caribe, y como es de tez blanca, y se ha educado muy finamente puede fingir ser del Continente viejo. ¿Me permite hablar señorita Sauri? Y si la persona que está matando es una mujer, y no es un hombre. ¿A cuál mujer podemos echarle la culpa, digo en este caso otra que no sea Raquel? ¿Señor Manino que usted pretende insinuar? Que puede haber una remota posibilidad que Raquel si está matando, pero puede ser que ella este recibiendo ordenes de otra persona. Yo estoy de acuerdo con usted señor Manino. Miren ustedes dos, que parecen que son de la policía secreta. Una Bruja sea Blanca o Negra, no pude recibir órdenes de un cristiano a menos que sea un Padrino de nuestra religión. No se te olvide niña Sauri que un Babalao tiene un gran poder sobre nosotras. Todos volvieron a ponerle atención a Yanyi. Que seguía hablando}}}. A mí me están diciendo que los que mandan son una Madama, que no está aquí. Y un Babalao que está aquí. ¿Compañero Leonardo usted conoce esos términos de los que habla mi futura hija Yanyi? Esos son términos de la religión que ellos juran profetizar, y yo solamente conozco algunos. ¿Pero ellos creen en Dios? Si. Pero muchos de ellos por vanidad caen en la oscuridad,

¡PAREN DE CRITICAR nuestras creencias que ustedes dos no conocen nada! lo que ustedes tienen que hacer es averiguar quién nos quiere ver muertos a todos. Compañero Manino, yo propongo hacer una lista de todos los que mayormente se beneficiaron de la fortuna de la familia Fontana Arrieta. Y de esa forma tachar en una hoja aparte los menores beneficiados, en otra hoja los que tuvieron mayor beneficio. Colima. Colima. Traiga dos Cuadernos, y un par de Lápiz. Y ayude a Jacinta a encontrar la Botella de Aguardiente. Si Don Florencio como usted ordene. Colima no se demoró mucho, con lo que le ordeno Don Florencio}}}. ¿Y Jacinta donde esta? La señora se fue para su habitación a tomarse un calmante para sus nervios. Hiso muy bien. Dame la botella. ¿Dime que hacen los dos señoritos en el Granero? El Capitán Domingo y su amigo Andrés montaron a Caballo y se fueron a conocer los Canelos de su Hacienda. ¿Colima cómo es que tú sabes para dónde ellos van, acaso te lo dijeron? No Señor Florencio. Colima vete para la cocina, y si los señores regresan vienes enseguida y nos avisa. Si señorita como usted diga. Colima yo quiero decirte. Ahora no tío, que tu estas muy nervioso. Colima vete y no quiero que te pares detrás de la puerta a escuchar lo que nosotros hablamos. Si señorita con su permiso. Te das cuenta amigo Manino, en mi propia casa yo no tengo derecho a regañar a la servidumbre. Hombre Don Florencio no lo tome tan a pecho, más bien sirva el Aguardiente, que yo también tengo la garganta seca. Después de tomarse dos tragos de Aguardiente, empezaron hacer la lista de los beneficiados de la fortuna Fontana}}}. En esta hoja están los que recibieron tres mil monedas de Oro, y en esta hoja esta los que recibimos más de un Millón de monedas de Oro. Como ustedes pueden notar mi nombre también está en la hoja de los millonarios. En la hoja menor no hay ningún sospechoso, pero por casos que han sucedido en el pasado no podemos descártalos como inocentes, ya que alguno de ellos puede tener conocimiento de lo que nos está sucediendo. En la hoja mayor de los Millonarios, tenemos que trabajar con mucha delicadeza y sin apuro, porque en esa lista todos son sospechosos incluyéndome a mí. Señores ustedes dos tienen tres días para descubrir a los criminales, de lo contrario ellos van a seguir matándonos. Otra vez Colima tocando en la puerta, entra y para ya de Gritar. ¿Colima que es lo que tú quieres, mira que estamos muy ocupados? Don Florencio lo que sucede es que afuera acaba de llegar una Dama muy elegante vestida toda de color blanco, y dice que es sobrina de usted. ¿Colima eso está un poco raro, y esa Dama elegante te dio su nombre? Si. ¡Pero mujer dilo, habla ya! "Flor" si señor me dijo que se llama Flor Fontana. Como una Loba en posesión de ataque Sauri se levantó de la silla y rápidamente miro a Yanyi, y a su tío Don Florencio que le dice entre dientes}}}. A mí no me mires porque yo no la invite. ¿Y tú Yanyi sabes algo de Flor?

MI NIÑA SAURI, yo no tengo ninguna culpa lo mío solamente me dijo de una mujer Rubia vestida de color negro. Pues la Dama que dice llamarse Flor es Rubia, pero viene toda vestida de blanco. Colima por favor dile a esa Dama vestida de blanco que entre hasta aquí donde estamos nosotros. Si señor Leonardo. Don Florencio perdone usted mi atrevimiento, pero si ella es su sobrina tenemos que saber qué hace aquí en su casa, y quien la invito. Buen día tengan todos. ¿Qué es lo que pasa que no me saludan, y me miran como si yo fuese un bicho raro? Todos se quedaron mudo ante la presencia de la elegante dama, pero el señor Manino le contesta y se le acerca a Flor sujetando su mano con delicadeza y le dice}}}. Señorita como usted piensa que nos podemos sentir frente a tan Hermosa y elegante Dama, la historia se vuelve a repetir, todos los días la competencia se nos hace más fuerte para los hombres de la tercera edad. Muchas gracias ya puedo darme cuenta que usted es un gran caballero, y educado. Señorita honor que usted me otorga, pero permítame presentarme Felipo Manino, futuro suegro de su prima Yanyi. En forma muy elegante el señor Manino suavemente le besa la mano y Flor le contesta}}}. Caramba ya que usted va a ser un miembro más de nuestra familia me permite llamarlo Tío Manino. Es un gran honor de su parte. ¡Hummm, me parece que yo estoy aquí presente! Pero si es mi tío Florencio, estas igualito y eso que hace muchos años que no nos vemos. Con mucha alegría Flor beso y abrazo a su tío Florencio que le dice}}}. Ya pensé que te habías olvidado de nosotros. Yo nunca me olvido de ustedes, por eso cuando recibí tu invitación de la boda de Yanyi, me dije este es el momento indicado para verlos a todos. Flor yo nunca. Espere usted un momento Don Florencio que ahora me toca a mí saludar a Flor. Señor Leonardo, querido amigo gracias a sus gestiones en los Bancos tengo mi fortuna asegurada, y también mi futuro. Le estoy muy agradecida. Yo me alegro por ti, y también por pagarme mis honorarios. Y tú Yanyi, me alegra mucho que tío Florencio te tenga como una de sus hijas, y te aseguro que nos vamos a llevar muy bien. Ven prima y dame un abrazo. Después de saludar a Yanyi, Flor Fontana se acercó a Sauri}}}. ¿Y tú no me saludas? Mira que yo no tengo la Culpa que Domingo haya preferido quedarse con Aracely, y no contigo, pero tampoco conmigo. Mira Flor de todo lo contrario que tú pienses de mi yo me alegro en verte otra vez, pero como tú sabes que Domingo y yo estamos separados. Prima resulto ser que en el mismo Barco en que yo venía, también viajaba la Duquesa Aracely Horrinet, viuda de un Duque Austriaco. Y está muy contenta porque también ella recibió una invitación de mi tío Florencio para la boda de nuestra prima Yanyi. Pero como es posible si yo. Pero Don Florencio, sirva otra copa que tenemos que brindar por su sobrina Flor Fontana. ¿Y ahora donde esta Aracely? La verdad que no lo sé, porque yo conozco una familia en Puerto Nuevo que me estaba esperando en el Puerto, y ellos fueron muy servicial conmigo y me trajeron hasta aquí.

COLIMA. COLIMA. ESTOY aquí señor Don Florencio. Perdón que haya gritado, debe ser el Aguardiente. Colima prepare una habitación para la señorita Flor. Señorita Sauri la única habitación que queda disponible es la que está al lado de usted. No hay ningún problema en eso y también le prepara el baño a la señorita Flor, y de una vez le hace saber a tía Jacinta que Flor Fontana, se encuentra en la casa. Señorita Flor, por favor venga usted conmigo. En la tarde nos vemos. Voy a descansar un poco de tan largo viaje en ese Crucero. Todos se pusieron de pie, y tan pronto la señorita Flor Fontana salió del comedor todos pusieron su mirada en Don Florencio que rápidamente se defiende}}}. Yo no soy culpable de que mi sobrina Flor este aquí. Yo nunca he mandado ninguna invitación, es más Jacinta y yo nunca hemos tenido su dirección. Solamente sabemos que vive en Madrid. Y a esa malvada de Aracely, yo no la quiero aquí ni de visita. Me permite unas palabras Don Florencio. Hable usted Leonardo que yo necesito otro trago. Y este es el último que ustedes tres se toman por ahora. Pero Sauri. Nada, pero, el licor no los deja pensar bien. Hable usted señor Leonardo. Yo estoy pensando que la persona que está planeando está trama tiene instinto de eliminar sí no a toda, pero si a una buena parte de la familia Fontana. No cabe ninguna duda que esas invitaciones fueron enviadas por otra persona. Me permite usted terminar señor Leonardo. Tiene usted la palabra señor Manino. Yo pienso que esa otra persona es ajena de esta trama del Maleficio, o de una supuesta venganza. Y ustedes no se sorprendan si reciben más visitas no esperadas. Otra vez Colima molestando. ¿Ahora qué quieres Colima? Acaban de llegar los señores Andrés, y Domingo y traen con ellos otro Caballo. Vamos a ver qué sucede. No se molesten, porque ya ellos vienen para acá. Colima aléjate del comedor, y atiende a la señorita Flor. ¡Entendido! Si señorita Sauri como usted ordene. Mira que no quiero repetirlo otra vez. La regañada Colima salió rápido del comedor, en el preciso momento en que entraban los dos amigos}}}. Mira papá encontramos el Caballo de Pacho en el camino, cerca de la Casa Vieja. Y a Pacho no lo vieron. No. Pero él no está en la casa vieja. ¿Y ustedes como saben que no está durmiendo en la Casa Vieja? Sauri te tengo dicho que no me gusta que me levantes la voz cuando me hables. Señor Andrés perdone usted mis modales, pero su amigo y yo últimamente no congeniamos. Por mi parte yo respeto a mis amigos. Por favor sigan hablando. Sauri cuando Andrés y yo llegamos a la Casa Vieja, nos recibió el señor Luna, y él nos dijo que Pacho no estaba allí. Lo más probable que este en su casa, o a esta hora este en la oficina del Telégrafo. O puede ser que este ayudando a mi hermana Raquel. Gavilán nosotros no tenemos por qué velar, o estar pendiente de todo lo que pasa en Bahía Chica. ¡Entendido! Lo más probable es que Pacho se pegó su borrachera, el Caballo se alejó de su lado y él está lo más tranquilo durmiendo.

TODOS SE QUEDARON en silencio al oír la explicación dada por Sauri, de la ausencia de él joven Pacho, pero sin embargo Sauri sin inmutarse siguió hablando}}}. Señor Andrés esta tarde nos vamos a reunir todos los miembros y algunos amigos de la familia, usted tiene que estar presente porque tiene que hacer el juramento de alcalde, así que usted no puede faltar a la cena. Yo propongo hasta que otra cosa se decida usted tomara posesión de la cantina hasta que usted encuentre un lugar aceptable como su residencia permanente. Mira amigo Andrés, lo que es hoy te quedas aquí en la casa de mi papá, duermes, y descansas y mañana vamos abrir la cantina. Otra cosa mi amigo no permitas que Sauri te controle. Mira Gavilán lo mejor que puedes hacer ahora es bañarte y vete a buscar a mi hermana Raquel. Amigo te das cuenta como son las mujeres de hoy. Mira vamos a tu habitación, porque la mía está en el granero. Tan pronto los dos amigos salieron del comedor Sauri volvió a tomar la palabra]]]. No sé por qué este señor Andrés no me inspira tanta confianza. Pero Sauri si tú misma lo nombraste alcalde. Si tío Florencio, pero es que yo siempre he oído decir que al enemigo dudoso siempre es bueno tenerlo cerca para poder observarlo con mucho ojo, y no perderlo de vista. Sauri me ha sorprendido tu actitud, porque así es como empiezan los grandes investigadores. Señor Leonardo todo eso lo he aprendido de usted. Otra vez Colima, está visto que qué hoy se ha propuesto a molestarnos. Pero papi Florencio permite que Colima entre, por que acaban de decirme que es algo muy importante. Está bien que entre. Pero solamente lo hago por qué tú Yanyi me lo pides. Por favor Colima acaba de entrar ya de una vez. Usted perdone señorita Sauri, pero afuera hay un señor montado a Caballo y que le trae un mensaje del señor Luna. ¿Y qué dice el mensaje? No me lo quiso decir por qué es solamente para usted. Colima dile a ese trabajador que venga hasta donde estamos nosotros. Como usted mande Don Florencio. Tan pronto salió Colima a buscar el mensajero Sauri se quedó fijamente mirando a Yanyi y con mucha delicadeza le dice}}}. ¿Hermanita por casualidad falta alguna otra cosa que debemos saber hoy? Mira niña Sauri, yo no he hecho ninguna lista de invitados, y si alguna persona o familiar se aparece sin ser invitada no es mi culpa. Perdóname Yanyi en eso que tú dices tienes razón, ha de ser que estoy un poco nerviosa. Yo te comprendo niña Sauri. Buenas tardes tengan todos. Nadie respondió y todos se quedaron mirando al mensajero. Dime que es lo que quiere el señor Luna. Señorita Sauri el señor Luna no quiere nada, pero me dijo. Mire joven usted puede decirlo, no importa que mi familia éste presente. Dígalo que yo me hago responsable. Señorita Sauri, hace como dos horas que acaba de arrimar a la Casa Vieja la señorita Carmín Perdomo Fontana, y con ella varios amigos, y tienen planes de instalarse en las habitaciones de la Casa Vieja. Muy bien no hay ningún problema con ella. Usted regrese a la Casa Vieja. Y le dice a la señorita Carmín que esta tarde hay una reunión solamente de la familia Fontana, y que ella solamente puede venir si lo desea.

ASÍ SE LO diré señorita Sauri. Colima dale a este señor algo de comer y tomar, pero rápido por qué tiene que regresar a la Casa Vieja. Así que no quiero que lo entretengas mucho. Tan pronto como Colima, y el mensajero se retiraron el señor Leonardo dice}}}. Señorita Sauri, me permite usted hablar con la señorita Colima. ¿Por favor señor Leonardo, que cosa puede usted hablar con una sirvienta? Usted Don Florencio, no tiene ni idea de lo que algunas veces la servidumbre se entera y que nosotros no sabemos. Señor Leonardo, no le haga caso a mi tío Florencio, y puede ir a ver a Colima. Muchas gracias señorita Sauri. ¿Me acompaña señor Manino? Por favor señor Leonardo para mí es un gran honor ser parte de su equipo. Sin decir nada más los dos investigadores salieron del comedor, hacia la cocina buscando a Colima hasta que la encontraron en el patio, y el señor Leonardo es el primero que le pregunta}}}. Colima queremos hacerte unas preguntas. Diga usted señor Leonardo. ¿Ya se fue el mensajero? Sí señor le di un Emparedado de carne y un poco de cerveza. Colima yo sé que tú tienes muchos años trabajando para la señora Jacinta. Sí señor, cuando empecé a trabajar con ella solamente tenía diecinueve años. ¿Me permite interrumpir señor Leonardo? Siga usted. Señorita Colima, usted tiene que darme su secreto como es que usted se ha mantenido tan hermosa en todos estos años. Por favor señor Manino, no hable tan alto que lo pueden oír, y ya usted sabe cómo es la servidumbre tan habladora. Bueno yo puedo esperar su contesta, pero no se demore mucho. No se lo voy a decir porque es algo privado mío. Señor Leonardo usted prosiga con sus preguntas. Muchas gracias: Colima, pero dígame. ¿Aparte de la señorita Carmín, en total cuantos visitantes están en la Casa Vieja? Con la señorita Carmín son nueve en total. Dígame algo de la señorita Carmín. ¿Por ejemplo como esta vestida y? la señorita Carmín es una mujer alta, bien vestida, tiene el cabello Rubio. ¿Usted dijo cabellos Rubios? Si señor Leonardo. Parece que ese color ahora está de moda entre las damas de alta Sociedad, perdón se me olvidaba decirle que parece qué a la señorita Carmín, como es temporada de lluvia le gusta usar unas Botas Negras muy bonitas. ¡¡Pero que bárbara eres Colima, que en tan corto tiempo ese mensajero te dijo todo eso!! No señor, Leonardo ya hacía rato que él había llegado, pero como también me estaba enamorando yo no lo había anunciado de su llegada. Colima es usted una mujer muy inteligente, me gustaría tenerla en nuestro equipo de investigadores. ¿Está usted de acuerdo señor Manino? Perfecto ella es la mujer indicada para nuestros planes. ¿Podemos contar contigo? Si señor Manino, pero que la señora Jacinta nunca se entere. Señorita Colima, cuando a nosotros se nos da una información, nosotros somos una tumba sellada. Los dos amigos regresaron al comedor y se sentaron en las mismas sillas sin decir una palabra hasta que Sauri no pudiendo aguantarse le pregunta bruscamente. ¿Bueno es que no van hablar, es que no van a decirnos que les dijo Colima? Bueno señorita Sauri, es que pensamos que ustedes no quieren saber nada de Colima.

Y USTED SEÑOR Manino, ya me está pareciendo que se está contagiando demasiado con el señor Leonardo. Pero niña Sauri deja tranquilo a papá Manino. No los defiendas tanto Yanyi. Los dos se han confabulados para no decirnos nada. Si no hablan llamo a Colima para el comedor. No señorita Sauri, no hay necesidad que Colima esté presente. Yo voy hablar. Entonces hable usted señor Leonardo. Según la información que nos dio la señorita Colima. ¡¡Me imagino lo coqueto que los dos estuvieron para sacarle alguna información a esa solterona!! Por favor señorita Sauri, no me interrumpa. Su prima Carmín se ha dado un tinte de color amarillo (pintado de rubio). Me parece que eso es algo normal para estos tiempos. ¿Qué otra cosa pudieron averiguar? Que a su prima Carmín también le gusta ponerse "Botas de Color Negro". ¿Y ahora como le vamos hacer con cuatros personas que se ponen Botas Negras (Carmín, Danilo, Andrés, Gavilán) y Pacho ya no puede ayudarnos? Señorita Sauri en una investigación en la cual solamente tenemos sospechas de quien o quienes pueden ser los criminales, nunca se hace una pregunta directa. Tenemos que ser un poco reservado, y tenemos que acordarnos lo que dicen esas personas que estudian el Cerebro de las personas. Ustedes dos déjense de tantas reservas. ¿Qué es lo que dicen esas personas? Señorita

Sauri ellos dicen "que el que comete un crimen siempre tiene un cargo de Conciencia propia" y en cualquier momento puede cometer un error. Pero es que ustedes no se dan cuenta que mientras nosotros esperamos el visitante extraño, y Raquel pueden seguir matando. Señorita Sauri yo propongo que su tío Florencio le diga a uno de sus sirvientes que lleve el Caballo de Pacho a la cantina, y que corra la voz de que Pacho, ha desaparecido. Mientras que nosotros nos preparamos para recibir a su familia en la Cena que se le ha preparado a Raquel. Muy bien señor Leonardo, estoy de acuerdo con usted por qué mi tío Florencio necesita dormir un poco, ha bebido mucho. Señor Manino acompáñeme a mi habitación que nosotros tenemos que poner muchas cosas en orden. Muy bien señor Leonardo, como usted ordene. Todos se retiraron a sus respectivas habitaciones, y ya en su habitación Leonardo le dice al señor Manino}}}. ¿Señor Manino trae con usted su revolver bien cargado, y limpio? Si señor Leonardo. Este revolver es mi compañero de muchos años. Señor Manino en este oficio siempre tenemos que estar armados, pero en toda esta trama la única que ha dado el frente ha sido la señorita Raquel. Pero señor Leonardo, a mí me parece que la señorita Raquel está recibiendo ayuda de otra persona. Estoy de acuerdo con usted amigo Manino. Sin embargo yo he hecho mi propia conclusión. En todo esto hay una Venganza de familia, es un odio horrible, pero también en toda esta trama hay alguien interesado-a en quedarse con toda la fortuna de la familia Fontana, y para hacerlo está dispuesto-a matar a cada miembro de la familia. ¿Pero quién es esa persona que hasta ahora todo le está saliendo bien? Señor Manino tenemos que tener mucho cuidado con todo lo que nos llevemos a la boca,

COMO USTED SEÑOR Manino es más sociable con la señorita Colima, usted tiene que volver hablar con ella y dígale que se asegure que los alimentos no estén Adulterados, que mire bien las botellas de Champaña y de Aguardientes que no estén abierta. Muy bien señor Leonardo. ¿Alguna otra cosa que debo hacer? Si. Usted tiene que avisarle a su esposa y decirle que por ahora no puede regresar a Puerto Nuevo, y como escusa usted le dice que está muy ocupado con los preparativos de la boda. ¡Por favor señor Leonardo esa mentirota ninguna esposa se lo va a creer! Entonces invente una propia. A la edad que mi esposa y yo tenemos, mejor le digo la verdad. Sin decir más nada el señor Manino sale de la habitación y se dirige hacia la cocina, mientras qué en la linda Mansión de Raquel, la doña preparaba su baño con plantas aromáticas, y desnudándose por completo con mucho cuidado se mete en la Tina (bañera) pronunciando palabras de dialectos que ella conoce}}}. Gracias mi señor por cumplirme lo prometido, gracias a ti las garras del Gavilán ya están débiles. Hoy el Gavilán me viene a buscar, pero muy pronto será solamente mío para siempre, y muchos que antes me despreciaron esta noche me van a elogiar, y también algunas van a sentir envidia cuando me vean en los brazos de mi Gavilán. Mientras que los pensamientos del pasado seguían molestando a Raquel en la hermosa casa de Don Florencio todos se preparaban para la gran Cena anunciada por los Fontanas, y en la habitación de Yanyi la Gitanita se arreglaba con su alegría habitual frente al espejo de su Cómoda}}}. Señorita Yanyi por favor. Pegando un brinco y muy asustada Yanyi rápidamente se pega a la pared a la vez que pregunta}}}. ¿Quién me habla? Señorita Yanyi, soy yo Pacho. ¿Es que usted no me ve? Pacho yo te oigo, pero no puedo verte. ¿Dígame que me paso, y porque estoy aquí en su habitación? ¡Pacho tu estas muerto! Qué raro, pero yo me siento vivo. Pacho es muy pronto para tu acordarte que te paso, y yo no te puedo ver por qué tu espíritu está muy débil para manifestarse. ¿Y ahora qué hago si tú dices que yo estoy muerto? Yo te aconsejo que vallas al lado de Sauri, ella te puede proteger mejor que yo, de la Bruja Raquel. Sauri tiene como prenda una Loba que no va a permitir que nadie te haga daño. Señorita Yanyi. ¿Qué usted está haciendo, porque levanta su mano en esa forma, porque estoy sintiendo que algo me está halando? La habitación quedo en silencio, y Yanyi abre una gaveta de la Cómoda y saca un pañuelo color rojo, y pronunciando unas palabras entre dientes empezó a sacudir el ambiente de la habitación, habiendo terminado se vuelve a mirar en el espejo, y coquetamente se ríe, y se acomoda el pañuelo color rojo en su cuello, cuando siente que tocan en la puerta, y sonriendo la abre}}}. Señorita Yanyi, Don Florencio quiere que todos estén presente en la sala, a las seis de la tarde. Gracias Colima. ¿Ya le avisaste a Sauri? Todavía no señorita. Si la notas de muy mal genio, vienes y me lo dices. Si señorita Yanyi, como usted mande. Tan pronto se alejó Colima, la joven Gitana cierra la puerta y alegremente empieza a cantar en su idioma Gitano.

MIENTRAS QUE COLIMA seguía tocando en las puertas de las habitaciones hasta llegar a la del señor Andrés}}}. ¿Y ahora qué quieres? Gavilán su papá quiere que usted traiga a la señorita Raquel a las seis, y a usted joven Andrés también tiene que estar presente. Muchas gracias Colima. Muy sonriente Colima, mueve su cabeza al señor Andrés, a la vez que le hace una mueca de desprecio al Gavilán que dándose cuenta de un tirón le cierra la puerta de la habitación}}}. ¡Maldito Gavilán, Dios los hace y ellos se juntan! Mientras que adentro de la habitación los dos amigos se reían al oír la exclamación de Colima}}}. Apúrate Andrés quiero que me acompañes a buscar a mi prima Raquel. Iremos en tu Auto, es más nuevo y más bonito que el que mi papá tiene. Los dos amigos terminaron de brillar sus Botas negras y salieron de la habitación para toparse con Sauri que sin saludar siguió de largo}}}. Parece que todas las mujeres de esta casa siempre están enojadas. Amigo Andrés no tomes en serio a Sauri. Ella siempre está de mal genio. Ven vamos a buscar a Raquel. Yanyi te digo que abre la puerta. ¿Pero niña Sauri que modales son eso? Sin contestar Sauri, entra en la habitación y le reclama a Yanyi}}}. ¿Que tu pretendes que yo me haga a cargo de todos los muertos de Raquel? Pero mi niña Sauri, ahora mismo yo no puedo hacer nada por el espíritu de

Pacho, estoy prácticamente con mis manos amarradas con mi casorio. Pero yo estoy segura que si tienes la mente muy ligera para mandarme el espíritu de Pacho. ¿Es que acaso me ves cara de niñera? Perdóname mi niña Sauri, pero el espíritu de Pacho estaba tan desesperado que no se me ocurrió otra persona para que lo ayudara. Yo no puedo ayudarlo ahora, en este momento más que nunca necesitó mi prenda para que me proteja de los ataques de la Bruja Raquel. ¿Y qué hiciste con el espíritu de Pacho? Se lo mande al señor Luna, yo estoy segura que él lo va a proteger por qué me he dado cuenta que la Bruja Raquel y él señor Luna se tienen odio a muerte. Ya veo que te arreglaste muy bonita, como que quieres impresionar a alguien. De seguro que ha de ser el amigo del Gavilán. Mira Yanyi, no te vuelvas loca, y tampoco ciega. Mira que solamente quiero que Raquel crea que todavía me interesa el Gavilán. ¿Y ya no te interesa? ¡No! Grábatelo bien en tu mente de niña juguetona. "yo ya no quiero a Domingo". Tú me dices que no lo quieres, pero sin embargo te molesta cuando el gavilán anda en conquista con otra mujer, y eso quiere decir algo que no puedes tapar con un dedo. Mira Yanyi, tú tienes una suerte que eres mi hermana, y que yo te quiero mucho, de lo contrario ya te hubiera sacado la lengua con mi Puñal. Mi niña Sauri, yo también te quiero mucho. Ven déjame darte un abrazo. No por favor Yanyi, mira que este es un vestido nuevo que me regalo mi prima Flor, y no quiero que se le rompan los encajes. ¡Echa mírenla a ella que pretenciosa con su nuevo vestido pretende conquistar un hombre! Mejor me voy de lo contrario voy a tener que matarte. Oye dile al señor Manino que cuando sea hora que puede venir a buscarme. Lo dudo que venga a buscarte, ese viejo se la pasa enamorando a toda la servidumbre.

LA TARDE TRANSCURRÍA rápido, y el señor Manino, acompañado por Don Florencio ya hacía rato que se encontraban en la sala bien bañaditos, y bien vestidos}}}. Señor Manino por casualidad que hoy en día ya nadie tiene apuro para nada. Don Florencio más bien yo creo que nosotros nos estamos poniendo viejos, y la juventud que ellos tienen es muy grande, y ya casi no podemos esperar por ellos, por qué se nos está acabando el tiempo. ¿Señor Manino usted piensa que estamos muy viejos? Mire Don Florencio, mejor nos damos un par de tragos y así se nos quita lo melancólico. Mire que es feo cuando nos damos cuenta de muchas cosas que antes cuando fuimos jóvenes hacíamos y que hoy ya no podemos hacer. ¿Pero qué ruido es ese? Buenas tardes tío Florencio. Carmín mi niña, pero si ya eres toda una mujer. Si tu madre pudiera verte ahora que felicidad seria para ella. No lo creo así tío. Mi madre solamente tenía ojos, y Corazón para mi hermana Flor Fontana. Hola hermanita. ¡Flor tu aquí! Así es hermanita Carmín, parece que el casorio de nuestra prima Yanyi ha reunido a casi toda la familia Fontana. ¿Y a ti como te ha ido, todavía practica el espiritismo? Si. Cuando uno nace con ese don, es para toda la vida, pero a ti Flor se puede ver que en nada te ha afectado el Maleficio de la familia, por qué estas más hermosa que la última vez que nos vimos. Si, trato de cuidarme lo mejor que puedo, y de no caer en manos de ningún hombre indeseable. Hace usted muy bien señorita Flor. Si con su permiso me permite opinar de su eterna belleza. Claro que si tío Manino. ¿Por casualidad ya usted conoce a mi hermana Carmín? No personalmente, pero en mi pueblo todos conocemos a la "Gitana Carmín". Su fama es conocida por todo Puerto Nuevo. Gracias señor Manino. Usted ya puede llamarme tío, porque muy pronto vamos a ser parientes. Con mucho gusto tío Manino. Usted ve Don Florencio que educación tan bonita tiene toda su familia. Flor no le digas más nada y déjalo que se valla con tío Florencio. ¿Pero dónde nuestra prima Yanyi encontró a esta familia? Carmín no lo sé, pero parece que el viejo tiene muy buena fortuna. ¡Y eso es lo que importa en un hombre, que lo pone más interesante! Hermanita Flor, déjame agarrarte un brazo por qué hoy si puedo gritar que tengo una hermana, porque el hombre que no tiene monedas de Oro guardado en su bolsa, no vale nada. Pero el hombre que tiene muchas monedas de Oro guardadas en su bodega tiene todo el derecho de ser Amado por la mujer más linda, y más inteligente de este mundo. Buen día muchachas. Tía Jacinta, pero usted no se pone vieja, como tío Florencio. Muchas gracias Carmín, pero es que tu tío últimamente le molesta todo. En estos días está más tranquilo porque el señor Manino le ha hecho compañía bebiendo. Señor Florencio, su hijo Domingo y el señor Andrés ya están aquí con la señorita Raquel Fontana. Con su felicidad que se escapaba atreves de la tela de su vestido, y con una sonrisa de alegría inmensa la Bruja Raquel hiso su entrada escoltada por el señor Andrés en su lado izquierdo, y por el Gavilán en su lado derecho.

Y CON SU Abanico estampado en Oro puro se echaba fresco a la vez que saludaba a todos los presentes en la sala hasta detenerse frente a su tío y el señor Manino que como siempre expresa públicamente su admiración por la mujer hermosa}}}. Mire usted Don Florencio, "Una mujer intocable es como una Rosa Roja que sale del pantano sin que nadie se atreva a tocarla por qué solamente tiene un dueño". Y usted Raquel es tan hermosa como una Rosa Roja. ¿No le parece a usted lo mismo señor Andrés? Todos se quedaron mirando al señor Andrés esperando su contesta, y en forma muy galante dando un paso al frente y responde}}}. Señor Manino "las Rosas Rojas del pantano son muy peligrosas porque también tienen espinas y el jardinero que se decida a cortar una Rosa Roja del pantano tiene que pagar muy caro su precio, que es una Gota Roja de Sangre". Señor Andrés debo de reconocer que me tiene muy sorprendido por exaltar al Poeta del Amor y de la Muerte. Es un honor que usted me hace señor Manino, pero debemos de reconocer que la familia Fontana tiene un Jardín lleno de flores hermosas, y que requiere más de un Jardinero para cortarlas. Señor Andrés me aparto a un lado y acepto su veracidad, pero mire usted que Rosa más linda viene bajando por la escalera, y su pisada es tan suave que provoca que cada Corazón vibre de emoción. La sonrisa de la Bruja Raquel desaparece de su cara al darse cuenta que el señor Manino se refería a Sauri que muy tranquilamente bajaba por la escalera como si tuviera miedo de tropezar, pero en una forma Galante el señor Andrés se acercó y le ofrece su mano}}}. Muchas gracias Andrés. Señorita Sauri, mi amigo el Capitán Domingo es un hombre que tiene muy buena vista para escoger: Usted señor Andrés lo que me quiere dar entender es que Domingo tiene Ojos de Gavilán. Usted Sauri no me dejo terminar a lo que yo me refiero. Perdóneme señor Andrés, pero últimamente no soporto cuando elogian al Gavilán delante de mi persona. La mujer que no lo conoce que lo respete, y cuando lo conozca, ella misma se va a odiar por haberse enamorado de un mujeriego empedernido. No se me quede callado, por qué usted tiene la misma pinta que su amigo el Gavilán. En lo único que ustedes dos se diferencian es que el Gavilán cuando ve a su presa la agarra enseguida. Usted no es así señor Andrés. Usted es un come callado como los Gatos que cuando ve a su presa primero la endulza antes de enterrarle la espina que las hace gritar de placer. Ahora con su permiso voy a saludar a mis primas. Sin volver a mirar al señor Andrés, la señorita Sauri se dirigió hacia el lugar donde se encontraban sus primas mientras que Andrés y la Bruja Raquel intercambiaban miradas serias y rápidas}}}. Venga amigo Andrés, vamos a tomarnos un par de tragos, y no se preocupe que las mujeres siempre van hablar mal de nosotros los hombres, y siempre nos van a exigir que le demos mejor trato por qué ellas son femeninas. Capitán Domingo usted es un hombre con suerte. ¿Andrés por qué me dices eso? Por qué tú tienes un atractivo único que esconde todos tus defectos.

ES CÓMO UNA Magia Gitana que te protege del Hechizo que tiene la "Rosa Roja del Pantano". Por favor señor Andrés. ¿No me diga que usted también cree en ese Mito (leyenda-relato) de la Rosa Roja del Pantano? Mira Andrés, lo mejor que puedes hacer es tomarte este trago, y dejarte de bobadas. Y usted señor Manino convénzalo que lo más rico y dulce que hay en el mundo es la mujer. Ustedes dos sigan hablando que yo me voy a echar un poco de agua fría en mi cabeza. Miré usted señor Manino, referente a ese Mito (leyenda-relato) yo aprendí en mis estudios de "Ciencias Ocultas" que la Hechicera-o corta la Rosa Roja del Pantano y la exprime hasta sacarle Sangre Roja. Le hace un ritual (petición) a una potencia africana, y se unta sus labios con la sangre de la Rosa Roja, y después busca a su hombre escogido y lo besa hasta que lo posee para ella. Pero dígame señor Andrés. ¿Cuál es el fin de esa Brujería? ¡El hombre siempre muere loco de Amor! Señor Andrés yo le doy gracias a Dios que yo siempre ando protegido, mire usted este Revolver es mi amuleto de la buena suerte. Le comprendo señor Manino, los caminos del Sur, son más peligrosos que los caminos del Norte. Pero hablemos de otra cosa más elocuente para el momento. Don Florencio vamos a brindar con el futuro alcalde de Bahía Chica. Y que su mandato sea largo, y muy productivo. Los tres hombres brindaron por todo y todos, menos por la salud divino tesoro mientras que Carmín comentaba algo referente al señor Andrés}}}. Te digo Sauri, que yo he visto a este señor en uno de mis viajes al continente africano. Poco a poco Raquel se fue acercando donde se encontraban sentadas sus primas y hermana}}}. Aunque ustedes no me determinen yo vengo a saludarlas para que no se les olvide que yo también soy una Fontana, y orgullosa de ser Gitana como nuestro padre Pedro, que en el infierno descansa. Primita Raquel nosotras estábamos esperando que tu terminaras de saludar a mis amigos, y que tu no me diste oportunidad de presentarlos. No es mi culpa. Tus amigos tan pronto me vieron enseguida me hicieron coro para saludarme. Bueno Raquel ya sabemos que últimamente estas muy solicitada por los hombres. Pero yo quiero hacerte una pregunta. ¿Dónde conociste al señor Andrés? El señor Andrés era Marino, y trabajo una vez para el Capitán Domingo, y hoy lo he vuelto a ver, pero Carmín si el hombre te interesa mucho te lo puedo presentar. De ninguna manera prima ya me acuerdo donde yo vi a este hombre. Este señor y yo nos vimos en el Sudan. No puede ser prima el señor Andrés terminó sus estudios en la ciudad de Londres, él no puede haber estado en África. Querida hermana Raquel, deja que nuestra prima Carmín termine de hablar. Por favor Carmín yo si estoy interesada por saber quién es nuestro futuro Alcalde Municipal. Yo me acuerdo que otros amigos y yo, nos quedamos tres noches en una aldea y en ese momento yo salía de una de las Chozas y estuvimos a punto de tropezar, yo me acuerdo muy bien a mí se me cayó de las manos un lápiz, y un papel. Él me ayudo a recogerlos del suelo, y me pidió perdón, yo lo mire a su cara y cruce mis manos sobre mi pecho.

Y LO SALUDE como las mujeres de la tribu saludan. Él me saludo levemente y me sonrió. Cargaba con él un pequeño bolso de hilo que usualmente llevan los hombres de las Aldeas colgado de su hombro. Y yo les digo que uno solamente visita esas tribus para aprender el arte de sus cultos, y no es muy fácil para convencerlos de que nos den información de sus Brujerías, Oráculos, y Magia. Los miembros de cada Aldea son muy reservados en sus costumbres y hay que respetarlos. Entonces querida primita tú fuiste a ese lugar a aprender cómo se hace una Brujería. Te digo prima Raquel que yo nací Gitana y Bruja, pero yo nunca he matado a ningún ser humano para lograr lo que hoy en día soy. Yo ayudo al ser humano para que su vida sea más llevadera y normal, en su tiempo que tenga en este mundo, pero yo conozco muchas mujeres y hombres que están dispuesto a pagar con su Alma con tal de lograr ser brujo, o bruja. Primita Carmín en la forma que miras al señor Andrés yo diría que el hombre te gusta, o estas tratando de leer su Aura. Y yo te digo Raquel que él es un "babalao" y como guía espiritual tiene una negra africana que es una "Madama". Su prenda animal son dos Panteras Negras, y su misión en este mundo es ser líder, mandar y que se le obedezca. Querida primita Carmín me parece que tú estás exagerando demasiado con tus visione referente Andrés. Yo lo veo como una persona normal. Es un semental de hombre capaz de conquistar a cualquier hembra solamente con una sonrisa. Pero que cambio has dado primita Raquel. No te pareces en nada a la Raquel que Juan le gritaba y que ponía a cocinar, y tú humildemente agachabas tu cabeza sin protestar. ¿Todavía te gusta el Gavilán? Primita Flor, te hago saber que aquellos tiempos de esclavitud ya pasaron para mí. Juan, mi padre Pedro, y otros más de la familia incluyendo a tu hermano Ramiro y a tu madre, todos están disfrutando el calorcito que proporciona el infierno a sus huéspedes muy queridos. Y mira qué ironía, yo todavía estoy aquí. Flor Fontana puso su cara bien seria ante los alegatos de su prima Raquel que seguía hablándole}}}. Y referente al Gavilán, si bien recuerdo tú sabes que él nunca sintió nada por mí, y aunque tú también trataste de quedarte con él no pudiste lograrlo porque cuando paso aquel Huracán arraso con todo y se llevó muchas de nuestras emociones, y sueños de juventud dejando nuestras mente limpias y quitándonos el lodo (fango) que teníamos en nuestros ojos para que pudiéramos ver mejor y darnos cuenta que el verdadero Amor del Gavilán es Aracely. Todas se quedaron en silencio al ver cómo Colima a pasos rápidos se acercaba a la señora Jacinta, y le anunciaba}}}. Señora Jacinta, acaba de llegar el señor Danilo Malverde, acompañado por la señora Aracely Urueta viuda de Horrinet, y los señores piden permiso para entrar. Aquel anunciamiento les callo arriba como un poco de agua fría dejándolos en pleno silencio, pero Raquel enseguida se acerca a Jacinta y le habla con firmeza}}}. Tía déjelos entrar que yo me tome el atrevimiento de decirle que vinieran. ¡Claro que si tía, déjelos que entren! Pero Sauri, mira que ese señor viene acompañado por esa malvada.

SEÑORA JACINTA, ME permite usted. Diga usted señor Manino. Déjelos pasar, mire que hasta los condenados a muerte tienen el derecho a una segunda oportunidad de arrepentirse antes de ser ejecutados. Está muy bien yo estoy de acuerdo con usted señor Manino, pero que sea Florencio el que decida. ¿Qué decide usted Don Florencio? Colima acomode dos sillas más en el comedor para los recién llegados y por favor dile que entren que todos nosotros los estamos esperando en la sala. Don Florencio miro muy seriamente a su sobrina Raquel y amargamente le dice}}}. Raquel yo o no sé cuál es tu juego, pero yo espero que tu sepas comportarte como una Gitana que eres, y no comiences una guerra que no vas a poder ganar. Señor Florencio. ¿Colima ahora que quieres? Aquí están los invitados. Agarrada del brazo del señor Malverde, y luciendo un hermoso vestido ancho, color Negro y Azul Añil, hiso su entrada la señora Aracely Urueta viuda de Horrinét. De su hermoso cuello cuelga un hermoso Collar de Oro con un solitario Diamante que hace juego con el abanico grabado que trae en su mano derecha. Su larga cabellera Rubia hacia resplandecer su belleza de mujer Costeña. Más que unos hombres tuvieron una palabra de elogio hacia su hermosura mientras que ella lentamente caminaba en sus hermosos zapatos Negros con hebillas de Oro, pero el señor Manino sin poderse aguantar ante tanta hermosura de mujer le da el frente y en forma poética le dice}}}. Señora Aracely, si es verdad "Que la Rosa Roja del Pantano solamente se usa para los Hechizos del Amor" entonces yo puedo asegurar que usted es la Hechicera del Amor". Por qué su Belleza solamente la tienen las Rosas Roja Del Pantano. Señor su elogio es tan sinceró que le aseguro que desde ahora en mi habitación no hay necesidad de poner otro espejo. Su ensalmo es tan profundo que solamente un investigador espiritual tiene el poder de averiguar de qué parte de su tierno Corazón procede. Pero señora mía acepto mi derrota frente a tanta Belleza que viene de su Alma. Y con todo mi respeto le pido disculpa. No hay por qué señor Manino. ¡Pero señora también usted conoce mi nombre! Por favor señor Manino, mire que su nombre y personalidad es muy conocida en algunas Capitales de Europa. Ahora con su permiso voy a saludar al señor Don Florencio. Con mucha delicadeza el señor Manino se movió hacia un lado, pero las miradas del señor Malverde y las de él se tropezaron por unos segundos. La señora Aracely se dirigió hacia donde se encontraba Don Florencio, ya acompañado por Jacinta, el señor Leonardo, y la Bruja Raquel}}}. Buenas noches Don Florencio. Buena noche tenga usted Aracely. ¿A que debemos su visita tan inexplicable para mí? Hoy he venido a darle las gracias por su invitación a la boda de su hija Yanyi. En ningún momento yo te invite. Estoy seguro que mi esposa Jacinta, o Raquel tienen algo que ver con tu invitación. Un momento Amorcito yo no la invite a la boda, tuvo que haber sido tu sobrina Raquel. Te juro tío que yo no fui. Si mi presencia no es aceptada con su permiso me retiro. Un momento señora Aracely.

DON FLORENCIO YA ha pasado más de ocho años desde que pasó aquel Huracán, muchos murieron, y después otros se fueron de Bahía Chica, y ahora parece que comienza el regreso de los que se fueron. Por qué si hay algo en la vida son dos cosas que no perdonan. Primero la Vejez, y después la muerte. Yo estoy seguro que la visita de la señora Aracely va a incomodar algunas personas, pero también ha de ser alegría para algunas personas. Señor Leonardo muchas gracias por su defensa, y a usted Don Florencio le prometo que mi corta estancia en Bahía Chica buscare la forma de no causar ningún problema. Eso espero que sea así como usted dice. Hola Aracely: Pero si eres tú Domingo, te veo tan decaído. ¿Es que acaso has estado enfermo? Si he estado enfermo, pero los doctores me han dicho que no es nada porque preocuparme. Caramba Aracely ya ni saludas. Como estas Sauri, físicamente no has cambiado en nada. Quizás un poquito más vieja o a menos que estas cansada de luchar con Domingo. No te preocupes mucho por el Gavilán que tan pronto tú le des tu medicina muy pronto se va a poner bien. Sauri controla tu lengua. Mira Gavilán ya te he dicho que no me mandes a callar. La bruja Raquel ya no podía ocultar su alegría, y mostraba una sonrisa de oreja a oreja, mientras que todos en silencio esperaban un desenlace}}}. Mira Sauri tus celos ya están fuera de moda, y por mi puedes estar tranquila que el Gavilán ya no me interesa. Don Florencio me permite usted hacer un anuncio en su casa. Si naturalmente, pero que sea breve por qué pronto vamos a cenar. Me ofrece alguien dos Copas llenas de Champaña. Si señora Aracely. Tenga usted. Muchas gracias señor Manino es usted una persona muy atenta. Don Florencio y señora Jacinta, y a todos los presentes. Les notifico que el señor Danilo Malverde es mi prometido oficial, y vamos a tener casorio después que su hija Yanyi celebre su boda. ¡Estás loca Aracely! Tú no puedes casarte con este tipo. Yo te he esperado todos estos años. Yo todavía te quiero. Suéltala Gavilán, tú no eres sordo. Ella te dijo que ya no te quiere, es más nunca te ha querido. Déjame tranquilo Sauri. ¡Es increíble Gavilán, estas llorando por Aracely y no te importa que nosotros estamos presente! Ya lo oíste bien claro lo que ella nos dijo que está comprometida con el señor Danilo Malverde, y que la semana que viene va haber casorio entre los dos. Ya el semblante de Don Florencio había cambiado y se podía ver en su rostro la satisfacción de que Aracely anunciara su casorio con el señor Malverde, mientras que los investigadores (Leonardo-Manino) se decían algo en secreto Don Florencio le pregunta a Colima}}}. ¿Ya los músicos llegaron? Si Don Florencio. Ya están en la cocina preparándose para cuando usted ordene. Pues dígale que vengan ya, y pronto. Si Don Florencio, como usted ordene. ¿Qué le parece todo esto señor Leonardo, hace unas horas enterramos al pobre Juan, y ya todos se han olvidado de él? Es obvio que nadie quiere tener responsabilidad espiritual cuando hay mucho que festejar, pero usted y yo tenemos entre manos aclarar un Maleficio, y descubrir una Trama que se está originando en esta familia.

¿SEÑOR LEONARDO Y ahora por donde empezamos a investigar? Mire usted cuantas Botas muy bonitas hay esta noche. Señor Manino, fíjese que los que quedan de esta familia de Gitanos son tres varones (Florencio- Domingo-Cirio) y cuatro hembras (Sauri-Flor-Carmín-Raquel) y todos son ricos, como se dice vulgarmente están podridos en monedas de Oro. En eso usted tiene razón señor Leonardo y yo le puedo asegurar que todos son Brujos, incluyendo a mi futura hija Yanyi. Y yo le digo señor Manino que Yanyi, se va a casar con su hijo como un escape para salir de la familia Fontana. Hasta ahora la única que ha matado es Raquel, y no tenemos prueba suficiente para acusarla. Yo sigo pensando que Raquel está haciendo todo esto por qué tiene un trauma de Venganza contra su propia familia. ¿Usted me quiere decir que está loca? No. Todavía no señor Manino, pero Raquel toda su vida, yo diría desde que nació le ha tenido un sopor (queja) contante sobre su propia familia. Señor Leonardo usted me quiere decir que Raquel tiene un resentimiento emocional que se ha convertido en una Venganza personal. ¿Y usted pensaba casarse con ella? No le niego que muchas veces lo pensé, pero pude darme de cuenta en el estado mental que ella se encuentra. ¿Y qué me dice de la señora Aracely? Cuando yo la conocí ella tenía dos deseos, primero se dueña de la hacienda, y el otro quedarse con el Gavilán. ¿Ella es Bruja? Según me han dicho no lo es. Pero su padre era un Gitano, y su madre una negra africana, y como tú sabes los hijos siempre heredan las cosas de los padres, o tratan de imitarlos. Pero amigo Manino desde que se habló de la leyenda de la Rosa Roja Del Pantano, me he quedado pensando en una cosa. Dígame usted señor Leonardo que el tema me está interesando. Según se habla en Bahía Chica, el viejo Fontana le hiso un Maleficio al gavilán para que se enamorara de Aracely, y el pago era de qué Aracely tuviera sexo con el viejo. Si mal yo recuerdo yo tenía un amigo de clase que le gustaba mucho el Ocultismo. Y él me hablo sobre ese tipo de Maleficio, pero él me dijo que un hombre le puede hacer ese Maleficio a una mujer, pero a otro hombre no. Lo que me dio a entender mi amigo que el Maleficio solamente trabaja con el sexo opuesto, y no con el mismo sexo. ¿Señor Manino usted está pensando lo mismo que yo pienso? Yo creo que sí señor Leonardo. Yo estoy pensando que el viejo Fontana no le hiso ningún Maleficio al Gavilán, pero si le dio Aracely el secreto de la "Rosa Roja Del Pantano" a cambio de algunos placeres sexuales. Así mismo es señor Manino, esa es una de las razones por lo cual Don Florencio no quería que Aracely regresara a Bahía Chica, porque él también conoce ese secreto y conoce el triste fin de la persona a quien le echan ese Maleficio. Que muere loco de Amor. ¿Señor Leonardo usted cree que nosotros dos corremos peligro con ese Maleficio? No lo sé señor Manino, pero es mejor no besar a las mujeres en las manos cuando la saludemos, y evitar que ellas nos besen, uno nunca sabe quién quiere poseerte. No me asuste señor Leonardo, mire que yo quiero mucho a mi esposa. Mañana me pongo una Cruz de madera.

DON FLORENCIO. ¿QUÉ quieres ahora Colima? No me ves que estoy ocupado. Don Florencio si usted sigue hablándome así me voy a quejar con la señora Jacinta. Está bien mujer, dime que es lo que quieres. Solamente quería decirle que acaba de llegar el señor Cura, con sus dos hermanitas de la caridad. Has que pasen y por favor di a los músicos que toquen una melodía suave en respeto al Cura. Muy bien así será como usted dice. Colima obedeciendo las órdenes de Don Florencio camino hacia la cocina, pero antes se acercó a él señor Manino y le dice bajito}}}. Sígame hasta la cocina. Usted ve señor Leonardo, las mujeres son un problema. No proteste y vaya a ver lo que quiere Colima, antes de que se enoje con usted. Si ya voy. Pero no conviene que estemos juntos porque después la gente comenta lo que no es. ¿Para qué me quiere? Yo pude oír lo que usted acaba de decir. No es posible si yo hable bajito, y estaba demasiado lejos de usted. Si no me quiere como su confidente dígamelo. No se enoje conmigo Colima. Mire que usted es muy importante en nuestro grupo. Ahora dígame lo que sabe. Suavemente el señor Manino le agarro una de las manos a Colima y con un pañuelo la limpio, y con mucha delicadeza la beso}}}. Tenga usted mucho cuidado que nos pueden ver. Mire me acaban de informar que encontraron el cuerpo de Pacho, tirado en la Playa. Ahora me voy por qué el señor Cura tiene que estar impaciente esperando. Sin decir más nada Colima se alejó del señor Manino dejándolo muy pensativo, y enseguida puso compostura cuando se le acerco el señor Leonardo}}}. ¿Qué le sucede a usted, por qué se ha quedado solo en este pasillo? Es que la señorita Colima me dijo que encontraron el cuerpo de Pacho tendido en la Playa. No cabe duda que su futura hija Yanyi, sabe lo que dice. Vamos arrestar a esa criminal ahora mismo. Tranquilo señor Manino. No tenemos prueba de que ella lo mato, además ya Raquel me vio que yo venía para la cocina, nosotros tenemos que regresar a la sala sin ningún inconveniente como si estuviéramos celebrando con ellos. ¿Ya se siente más tranquilo? Si. Con sus palabras me siento más seguro. Los dos investigadores regresaron a la sala muy sonriente, mientras que los ojos de Raquel no los perdía de vista. Los dos se acercaron donde se encontraba Don Florencio y el señor Andrés al lado de una Botella de Aguardiente. Mientras que las mujeres le hacían coro a Aracely, haciéndole muchas preguntas}}}. Miren ustedes tantas Flores en ese Jardín y todas son hermosas, si yo fuera un Jardinero eterno sería muy celoso con tanta belleza. Todos se echaron a reír al oír las palabras del señor Manino, entonces Andrés le dice}}}. "Señor Manino, usted es el poeta ejemplar que nunca se da por vencido, y cada vez que tiene una oportunidad con sus exclamaciones trata de revivir en justicia la juventud que una vez tuvo, y que ya se fue con plena satisfacción en puro gozo". Señor Andrés lo felicito, por qué usted es un vidente perfecto. Yo nunca me quejo de mi juventud, por qué la disfrute a plenitud por qué en mi vida nunca usted no encuentra un, pero, ni un no. Si. Si se puede. Será por eso qué aunque admiro la belleza ajena

ME HACE MUCHA falta tener a mi querida esposa a mi lado. Don Florencio acaba de llegar el santísimo Padre Aurelio. Muy buenas tardes tengan todos. Padre Aurelio, que bueno que usted acaba de llegar en el momento de servir la Cena. De ninguna manera Florencio, primero vamos hacer las cosas de Dios, y después cenamos. Se hará como usted dice padrecito. Gracias Colima, eres una muchacha muy comprensible. Y tú Florencio no trates de esconder tu botella de licor. Que el olor a Aguardiente ya corre por toda la Alameda. Usted Sauri, díganme quien es el futuro alcalde de Bahía Chica. Le presento al señor Andrés, nuestro futuro alcalde. ¿Dígame joven cuál es su gracia (nombre)? Andrés Lucero. ¿Por cuál religión está usted bautizado? Primero por el Catolicismo y ahora soy Protestante. No me sorprende en nada, todos somos hijos de Dios. Sabe usted joven Andrés que su cara me es conocida. ¿Por casualidad nos hemos visto en otro lugar? No lo creo así padre Aurelio, yo curse mis estudios en Francia, y hace poco que yo regrese de allá. Señor Andrés yo también viví varios años en Paris. Antes que la Santa sede, me enviajara a Puerto Nuevo y eventualmente aquí estoy. Sin embargo voy a tratar de acordarme donde yo lo he visto antes. Firme aquí. Suavemente el señor Andrés cogió la Pluma con su mano izquierda para firmar los papeles, y después de haber firmado el señor Cura, sujetando la Santa Biblia le dice que ponga su mano, y el señor Andrés enseguida puso su mano izquierda arriba de la Santa Biblia. Y en un tono bajito el Cura le dice}}}. Joven Andrés, nunca permita que su mano izquierda se entere de lo que usted hace con su mano derecha. Los dos se miraron muy seriamente, y el señor cura le vuelve a decir con palabras más serias. "Yo juro proteger la ley y ordenanzas del Municipio de Bahía Chica cómo alcalde. Lo Juro. Todos los presentes aplaudieron, y se acercaron al señor alcalde para felicitarlo, pero el señor Manino, y Leonardo se acercaron al señor Cura. Y después de saludarlo besándole la mano el señor Leonardo le hace una pregunta}}}. ¿De dónde usted conoce al señor alcalde? Señores no le parece que su pregunta esta fuera de orden, y lugar. La contesta freno un poco a Leonardo, pero el señor Manino se le acerca y le pregunta}}}. Usted señor Cura mire puede voltearse un poquito que yo le voy a decir algo. Nosotros dos estamos en una misión secreta por orden del Señor Gobernador de la Comarca para averiguar quiénes mataron a Juan. Nosotros pensamos que quienes lo mataron fueron un Culto de Hechiceros que están escondidos en esta zona, fíjese usted señor Cura que esta tarde llegaron a encontrar el cuerpo sin vida del Joven Pacho, tirado en la Playa. ¡Jesús, entonces yo tengo que irme ahora mismo a consolar esa familia! usted no va para ningún lado, y cállese la boca porque puede ser que el criminal este aquí esta noche entre nosotros, y usted pudiera ser la próxima víctima. Nos va ayudar. Si. En lo que sea posible. Yo me acuerdo que yo fui por un tiempo un Cura Rebelde, y asistía a unos Cultos africanos en las afuera de Paris, este señor Andrés también era un miembro activo del Culto.

EN ESOS CULTOS nos enseñan que siempre debemos de usar la mano izquierda. ¿Es que ustedes no se dieron cuenta que el firmo con la mano izquierda, y también puso su mano izquierda en la Santa Biblia? Dígame padre. ¿Cuál es el Mito (leyenda) de las manos? Señor Manino, no es un Mito es una realidad. La mano izquierda del cuerpo es muy espiritual, y conoce todo lo que tú haces en tu cuerpo, pero la mano derecha es silenciosa y solamente el Padre, y el hijo sabe lo que ha hecho. Suavemente el señor Manino esconde su mano derecha, y Leonardo le dice al señor Cura}}}. Compórtese muy natural, y no hable demasiado. Solamente hable referente a la comida que éste servida. Cuando la Cena se termine Colima va a dar la noticia de la muerte de Pacho. Pasado un rato usted y las hermanitas se retiran hacia la Iglesia, y no salgan de la iglesia solos a menos que estén acompañados. Si el señor Andrés es la persona que andamos buscando entonces usted es una persona muy peligrosa para él, y lo más probable que quiera eliminarlo. ¡Dios Santo! Señor Leonardo no hable usted en esa forma. Señores-as la Cena ya está servida pueden pasar al Comedor y sentarse. Colima, Colima. Diga usted Don Florencio. ¿Por qué usted anuncia todo cómo si estuviera en el Palacio de un Rey? Porque yo quiero que todos sepan que yo trabajo para una familia rica en monedas de Oro, y que para fin de año me van a gratificar con una buena prima (dinero) en mi bolsa. Ahora con su permiso, pero estoy muy ocupada. ¿Ya usted vio señor Florencio? Si. Hable usted señor Manino. Es mejor que usted deje tranquila a Colima, por qué le puede costar muy caro. En eso estoy de acuerdo con usted señor Manino. El hombre nunca sabe cuándo pierde, o gana con una mujer. Lo mejor que usted y yo podemos hacer es sentarnos a Cenar, y no piense más en lo que Colima quiere. Todos los invitados ya sentados empezaron a consumir el Cordero Asado, acompañado con Legumbres, pan y un buen Vino Español. Pasado un rato el recién juramentado alcalde (Andrés) le pregunta a Don Florencio}}}. ¿Don Florencio me es extraño que el Guardia de turno no éste aquí entre nosotros? Señor alcalde yo lo invite, pero lo más probable es que este ocupado en alguna riña de familia. Desde mañana voy a poner otro Guardia más en la guarnición. Por favor señor alcalde, no se pase usted del presupuesto que tiene la Alcaldía. No se preocupe Don Florencio que desde mañana todos los residentes de Bahía Chica van a tener que pagar más impuestos para poder arreglar un poco las calles. Menos Don Florencio, casi todo aplaudieron la nueva propuesta del señor alcalde. Pero el señor Manino, al fin muy parlante (hablador) mira hacia donde está sentada la señora Aracely, tres personas a su derecha, y le pregunta}}} Señora Aracely, con su permiso. Diga usted tío Manino. ¿Por casualidad del lugar de donde usted viene se conoce el Mito de "La Rosa Roja Del Pantano"? esa es una leyenda pagana y la Iglesia nos tiene prohibido hablar, o murmurar de esa y otras más, pero si he oído decir que es verdad. Que es un trabajo de Brujería que da buen resultado,

PERO TAMBIÉN SE dice que la persona que práctica esa Brujería si divulga su secreto sin el permiso debido del espíritu que tiene pleno control sobre "la Rosa Roja Del Pantano" esa persona sea mujer, o un hombre puede recibir una maldición eterna como castigo por divulgar el secreto que con mucho Amor se le dio. Así que querido tío Manino tenga usted mucho cuidado con ese secreto, mire que lo veo muy interesado en conocerlo. ¡Mi papá Manino nunca haría tal cosa! Buenas tardes a todos. Yanyi. Hija ven siéntate a mi lado para que me defiendas de todas estas fieras que me quieren morder. Todos se echaron a reír a la vez que saludaban a Yanyi}}}. Caramba Yanyi que cambio has dado. Ya eres toda una mujer, te felicito por tu casorio. Muchas gracias señora Aracely, pero usted a pesar de su edad sigue siendo una mujer hermosa. Por favor Yanyi, ni que yo tuviera tantos años. Fíjate que tengo planes de casarme la próxima semana con mi prometido el señor Malverde. Felicidades señor Malverde, pero tenga usted mucho cuidado con las mujeres de esta comarca tenemos fama de ser experta con el Maleficio de la Rosa Roja Del Pantano. Por Dios Yanyi, esa no es forma de expresarse en la mesa. No se preocupe Tío Florencio, no se olvide que todo queda en familia. ¿Pero Yanyi, tú piensas qué con mi Belleza, y con el cuerpo que tengo yo necesito recurrir a ese Maleficio para conquistar un hombre? No me parece que sea así Aracely, pero ya es hora que las mujeres de esta familia Fontana pongamos ahora la verdad desnuda sobre la mesa, incluyéndote a ti Aracely, y también a mí. Todos los comensales guardaron silencio, pero Yanyi siguió hablando sobre el mismo tema}}}. Muy pronto yo me voy de Bahía Chica, a vivir con mi nueva familia. Las mujeres Fontana, casi todas son de pura sangre Gitana, y puede que haya alguna mestiza. El juramento es por la Santa Virgen Del Camino. Empecemos contigo Sauri. Levanta tu mano derecha, ¿Tu eres Bruja? Si lo soy. ¿Conoces el secreto de la Rosa Roja Del Pantano? Si. Flor. ¿Tú eres Bruja? No. ¿Conoces el secreto de la Rosa Roja Del Pantano? Si conozco ese secreto. Carmín. ¿Tú eres Bruja? Si lo soy a buena honra. ¿Conoces el secreto de la Rosa Roja Del Pantano? Si lo conozco, y también lo práctico. Raquel, Raquel levanta tu mano derecha. ¿Tú eres Bruja? Si lo soy, y no conozco ese Maleficio. Aracely. ¿Tú eres Bruja? No. Nunca lo he sido. ¿Conoces el secreto de la Rosa Roja Del Pantano? Si lo conozco porque mi mamá me lo confió en secreto mortal. Tía Jacinta. ¡Yo no soy nada, de lo que ustedes hablan! Muy bien ahora me toca a mí. Yo Yanyi soy Gitana, y Bruja Blanca de nacimiento. Yo conozco el secreto de la Rosa Roja Del Pantano. Mi Abuelo Materno me lo dijo cuando yo tenía diez años de edad. A los trece años de edad mi tía materna me obligo a practicarlo con un hombre que ella deseaba tener entre sus piernas. El Maleficio de la Rosa Roja Del Pantano no es un Mito, y si uno sigue las reglas como es, si funciona. Pero no se te olvide si se te ha dado ese secreto bajo un juramento no te es permitido divulgarlo (decirlo) si lo haces serás castigado severamente. Señora Jacinta, Don Florencio el guardia de turno está aquí. Colima dígale que venga a comer. Ya se lo dije y no quiere. ¿Te dijo por qué?

SI ME LO dijo Don Florencio. Pero mujer dilo ya. El señor Guardia dice que encontraron el cuerpo sin vida de Pacho, tendido en la Playa. Todos dejaron de comer, y se quedaron tranquilos en silencio. Entonces Andrés se levanta de su silla}}}. Ustedes me perdonan, pero parece que mis deberes como alcalde ya comienzan desde este momento. Señor alcalde usted no se preocupe y siga comiendo. ¿Colima por qué tú me dices eso? Porque la familia del muerto son indio y ellos ya recogieron el cuerpo, y se lo van a llevar para la selva con su tribu, para quemarlo y así el espíritu de Pacho queda libre de todo peligro. Colima ya puedes retirarte. Muy bien Don Florencio. Espera un momento Colima, que yo quiero hacerte una pregunta. Mande usted señor Leonardo. ¿Tú dices que quemando el cuerpo? Un momento señor Leonardo. Mire que yo no lo digo. Es costumbre de los indios quemar el cuerpo de sus muertos, de esa forma ellos creen que el espíritu se libera más rápido del cuerpo y queda fuera de peligro de que algún Brujo-a pueda esclavizar el espíritu. Eso es una creencia Paganas de los antiguos Reyes, que cuando ellos mueren los quemaban. No papi Manino, lo que acaba de explicar Colima es verdad. Habiendo quemado sus cuerpos, Juan y Pacho quedan libre de pecado, y nada ni nadie puede hacerle ningún mal a su espíritu. ¡¡Entonces ustedes quemaron el cuerpo de Juan y sin mi permiso!! Todos miraron a Raquel que se había puesto de pie al hacer su reclamo, pero nadie se atrevió a contestarle hasta que el señor Cura poniéndose de pie le dice}}}. Hija mía yo di la orden la orden de que quemaran el cuerpo de Juan. Por qué su cuerpo ya estaba en proceso de descomposición, y nosotros corríamos el peligro de enfermarnos. Te prometo que le voy a celebrar una misa a Juan, y a ti te pido perdón. Volvió a reinar el silencio entre los comensales, y Andrés vuelve a retomar la palabra}}}. Usted no se preocupe señor Cura, yo estoy seguro que la señora Raquel es una persona muy educada, y comprende su decisión de quemar el cuerpo fue la correcta. Usted padre es quien tiene que perdonarme. Nunca debí de expresarme en la forma que lo hice. Bueno ya que todo está en orden por el momento yo me retiro a la cantina. Señora Jacinta, señores-as estoy a sus órdenes para cuando me necesiten. Colima dale algo de comer al señor Guardia antes de que se retire con el señor alcalde. Como usted ordene señora Jacinta. Después que el señor alcalde se retiró con el Guardia, todos terminaron de Cenar, y Jacinta y Don Florencio se acercaron a Raquel, con intenciones de tranquilizarla. La tertulia siguió, y Don Florencio y los otros hombres invitados se quedaron solos en la sala bebiendo y hablando de política. Y las damas se reunieron en una habitación privada para ver si se ponen de acuerdo de la forma que van a ir vestida en el casorio de Yanyi, pero al poco rato su reunión fue interrumpida por Colima que acercándose a la señora Aracely le susurra en su oído.}}}. Muchachas con su permiso, pero me están solicitando de urgencia. Tan pronto Aracely salió de la habitación Raquel se puso de pie}}}. ¿Hermanita Raquel dónde vas? Lo que Aracely tiene que conversar con su novio a nosotras no nos concierne. Es que quiero tomar agua. Colima por favor de traernos un poco de agua, y refrescos

TAN PRONTO COLIMA cerró la puerta detrás de ella, pudo ver a la señora Aracely casi corriendo hacia el Jardín, y Colima muy sonriente se dice}}}. La pasión es un animal salvaje que vive libremente dentro de nuestro cuerpo, y no hay amarre que la controle. Mientras que en el jardín muy desesperada Aracely buscaba su Amor de toda una vida}}}. Yo estoy seguro que si de verdad me quieres, tú me encuentras. Siguiendo el sonido de la voz que le hablaba Aracely se metió entre unos arbustos hasta encontrar a su Gavilán que sentado en el tronco de un árbol esperaba impacientemente a su Gacela. Tan pronto se vieron se unieron en un beso eterno que solamente se podía oír el gemido de sus Corazones}}}. Suéltame Aracely. No quiero que me beses, ya tú tienes casorio preparado con otro hombre. Eres un tonto, pero eres mío Gavilán. Yo le pedí a Danilo Malverde que nos ayudara, y él estuvo de acuerdo conmigo en hacerse pasar como mi prometido, de esa forma tu familia especialmente Don Florencio se quedarían tranquilos cuando me vieran que tengo otro hombre de compromiso. No quiero que te vuelvas estúpido celándome y eches a perder nuestros planes. Tan pronto se termine el casorio de Yanyi, tú y yo nos vamos para Puerto Nuevo, y en el próximo Vapor (Barco) qué parte hacia España nos vamos. Mientras tanto arreglamos todos tus documentos, y depositas todas tus Monedas de Oro en el

Banco Español, y vendes tu Barco pesquero. No. No puede ser todo esto tan rápido. ¿Domingo para ti que es lo que no puede ser, por qué te empeñas en querer verme lejos de ti? Si ahora no haces lo que te estoy pidiendo, me voy a ir muy lejos y no volverás a verme más nunca en tu puerca vida. Es que todos dicen que fuiste tú quien mato a mi madre (Crisol) y a Aquarina (madre de Sauri). ¡Y vuelves con el mismo tema de casi veinte años que sucedió! Es tu familia la que se empeña de hacerte creer eso. Y yo te repito que los que mataron a esas indias fueron Raquel, y Pedro por qué estaban llenos de celos porque tu Amor, y tu cuerpo siempre han sido mío. Y te advierto a mí no vuelvas a reclamarme más nada sobre ese tema, y será mejor que le preguntes a tu padre Don Florencio porque él estaba con Raquel, y su hermano Pedro el día en que las mataron. También Sauri me dijo que tú me hiciste el Maleficio de la Rosa Roja del Pantano. ¡¡Maldita Sauri!! ¿Por qué tuviste que preñarla? Mira Domingo, que nuestro Amor es limpio y esta bendecido por Dios, pero tú tienes que preguntarle a esa maldita Bruja que es Sauri, ¿Por qué, y para que ella te echo el Maleficio del Gavilán? Deja que pase este próximo sábado y tú vas a ver todas las cosas más claras en tu vida. Y te vas a dar cuenta que Sauri, y Raquel son unas Brujas que siempre te han tenido embrujado con el Maleficio del Gavilán. Despierta Gavilán porque de lo contrario me vas a perder para siempre de tu vida. Subiéndose un poco la falda de su vestido ancho, Aracely se alejó de Domingo, y volvió a entrar en la casa. Dejando a Domingo solo y complicado con sus pensamientos y que en ningún momento noto la presencia de Colima que escondida en un arbusto cercano escucho toda la conversación sin perderse ni un detalle, pero Colima no se movió ni una pulgada y espero que el Gavilán regresara a su nido, en el Granero.

TAN PRONTO EL Gavilán se retiró, Colima regreso a la cocina topándose con la señora Jacinta que de muy mal humor le dice}}}. Colima estoy a punto de creer lo que me hablan de ti, así que piensa bien en lo que haces por qué yo no quiero una sirvienta en mi casa que me éste espiando, ni tampoco quiero que espié a mis invitados. Lleva esos refrescos pronto a la habitación, y no te quiero ver escuchando conversaciones que no son de tu incumbencia. Si señora Jacinta, como usted ordene. Un momento señora Jacinta, y tu Colima espera por nosotros. ¿Señores que es lo que está pasando que me tienen confundida? La pregunta de Jacinta hiso que Leonardo y el señor Manino le explicaran a Jacinta, y a su manera para que quieren entrevistar a Colima}}}. No les entendí nada, pero pueden conversar con Colima. Yo después le pregunto a mi esposo. Colima ve con los señores. Yo enviare a otra sirvienta para que lleve los refrescos a las muchachas, pero tan pronto termines con ellos te regresas a la cocina, y pones un poco d orden que aquí todo está revuelto. Si señora como usted ordene. Colima vamos antes que la patrona se arrepienta. Señor Manino, pude oír lo que usted dijo. No es nada señora Jacinta. Está bien, pero se lo tendré en cuenta viejo chismoso. Tan pronto Jacinta sale de la cocina el señor Manino hace una exclamación propia}}}.

¡Dios mío, pero que está pasando con las mujeres de hoy que están evolucionando con el oído más fino! Lo que sucede señor Manino que nosotras las mujeres somos más astutas que ustedes los hombres, y muy pronto nosotras las mujeres vamos a gobernar el mundo entero. Usted Colima no diga eso ni en broma, por qué soy capaz de creerlo. Ustedes dos ya paren esa conversación que no tiene ningún sentido. Si señor Leonardo. Y usted Colima diga por qué Aracely se fue corriendo hacia el Jardín. Porque el señor Manino, y yo la vimos. Fue a conversar con su Gavilán. ¿Y qué sucedió entre ellos, es que acaso hubo alguna escena Romántica? Por favor señor Manino sea usted más discreto, y a usted Colima le conviene hablar rápido porque si Jacinta regresa a la cocina y usted no está presente, ya puede imaginarse lo que le espera. Así que no hable del Romanticismo, y hable de lo que nos interesa saber. Sin omitir ni un detalle, Colima le dijo todo lo que ella vio y pudo escuchar, haciendo resaltar el interés de Leonardo}}}. Así que Don Florencio sabe muy bien quienes mataron esas indias. Colima es mejor que regreses a la cocina. Si señor ya me voy. ¿Y usted Leonardo en que piensa? En que tuvo que haber un motivo muy grande para que Don Florencio siga guardando silencio de ese crimen. Mire usted Leonardo permítame darle tres motivos para que un hombre guarde silencio frente a un horrendo crimen. Salud (miedo a que lo maten) Dinero (quiere tener poder para mandar) Amor (desea tener la mujer de otro). Don Manino, en eso tiene usted razón, pero yo he llegado a la conclusión de que Don Florencio también sabe que la señora Aracely preparo el Maleficio de la Rosa Roja Del Pantano, y se lo echo al Gavilán, y también él sabe que su sobrina Sauri, preparo el Maleficio Del Gavilán y se lo echo a Domingo (el Gavilán).

PERO DON FLORENCIO no pudo evitar que todo eso sucediera. Naturalmente todos estos Maleficios caducan el sábado, a menos que los vuelvan alimentar. ¿Y cómo se pueden alimentar? Señor Manino por lo general cada trabajo de Brujería tiene un muerto al lado que hay que darle de comer dependiendo lo que el muerto pida. Al vencerse el plazo de la Brujería tienes que volver a darle de comer espiritualmente al muerto y el vuelve a hacer su trabajo. ¿Y si no le vuelves a dar de comer? El muerto se retira y ya todo termino, pero hay algunos casos en que el muerto se enoja y quiere seguir que el Brujo lo atienda. Para eso el Brujo tiene su prenda que lo defiende. ¿Y cómo usted sabe todo esto de Brujería? Su futura hija Yanyi, es mi confidente. Que estúpido soy, debí habérmelo imaginado que un investigador siempre tiene un aliado secreto. Pero señor Manino, yo he llegado a la conclusión que Don Florencio siempre ha sido el líder, y que sus sobrinas, incluyendo también Aracely son sus cómplices, pero las cosas se le fueron de la mano cuando llego aquel Huracán, y no tuvo otra alternativa que repartir la Fortuna de la familia entre todos. ¿Y el Gavilán que papel representa en la familia? Su hijo Domingo siempre fue un estorbo en sus planes, pero no podía matarlo por qué Aracely siempre ha Amado al Gavilán. Y a él no le convenía echarse Aracely de enemiga porque la necesitaba para matar a su hermano Pedro. Pero señor Leonardo es muy probable que Don Florencio esté enamorado de Aracely. Señor Manino no lo pongo en duda. Mire que como la señora Aracely hay muy pocas mujeres en nuestro país. Ella es una mujer muy impresionante. Su Hermosura, su Cuerpo, el color de su piel. Por favor señor Leonardo, mire que yo no soy ciego, y yo diría que una mujer, así como es Aracely puede llegar a ser una Viuda Negra. ¡¡Señor Manino la Viuda Negra ese es el secreto de la Rosa Roja Del Pantano!! ¿Quién le confió ese secreto tan deseado por el placer de la carne? Por favor señor Leonardo a mí se me zafó de la boca, pero no olvidemos que usted y yo fuimos jóvenes. Ese secreto me lo enseño una amante que yo tuve, y me lo dio por qué ella enfermo y su tiempo en vida era muy corto. Mire usted señor Leonardo, yo siempre he guardado ese secreto. Señor Manino, le digo que mi boca es una tumba. Ahora hablemos de lo que nos interesa averiguar, si Don Florencio está esperando que Yanyi termine su casorio, y que Sauri, no moleste más al Gavilán, y él quiere irse de Bahía Chica, entonces con qué propósito sus sobrinas Flor, Carmín, están aquí y también Aracely, y porque Raquel se comporta tan amistosas con ellas cuando su odio no ha cambiado en nada. Señor Leonardo, a mí me parece que toda esta trama ha sido planeada por otra persona fuera de la familia. Permítame ayudarle recordando algo. ¿Quién es Danilo Malverde, y quién es Andrés? Yo estoy seguro que toda la familia Fontana conoce como se Apellida, y también el señor Cura cuando el firmo la aplicación de alcalde, por lo pronto no lo dijo para que nadie más se enterara, porque la familia Fontana si lo conoce muy bien y no protestaron. Usted vio como el Gavilán lo trata como si fueran de la misma familia.

YO ESTOY CASI seguro que ese tal Andrés es una ficha muy importante en esta trama que estamos ventilando. Lo que no comprendo el por qué mataron a Juan, y a Pacho. Amigo Manino tuvo que haber sido o que sabían algo, o se encontraban en el lugar equivocado. Mire usted señor Manino parece que la señora Raquel ya se retira para su Mansión privada, es mejor que regresemos a la casa. No se habían equivocados los investigadores muy felizmente Raquel se despedía de su familia, y de los invitados}}}. Señora Raquel, esta noche ha sido una velada muy bonita. Muchas gracias tío Manino por ser parte de nuestra familia. Y tú Leonardo no te preocupes que Domingo me va a llevar hasta mi casa. Ningún problema Raquel yo comprendo. Sujetando a domingo por un brazo la pareja subió en el carro y tomaron camino hacia la Alameda, mientras que Aracely, y el señor Malverde se despedían de Don Florencio y Jacinta}}}. Nosotros también nos retiramos, todavía tenemos mucho trabajo para terminar nuestra futura Alcoba, y usted tío Manino siga buscando ese secreto, pero tenga mucho cuidado para que lo quiere. Yanyi nos vemos el sábado. Tía Jacinta Carmín y yo hemos decidos irnos para la Casa Vieja, allá tenemos todo el vestuario para el casorio, además mira cuantos amigos tiene Carmín, y yo tengo asegurarme que el señor Luna termino el trabajo que le pedí. Como en una caravana de carros todos tomaron el camino hacia la Casa Vieja}}}. Mami Jacinta, yo me voy a mi habitación a descansar. Espérame Yanyi que yo me voy contigo, no quiero quedarme sola. Sujetando a Yanyi por un brazo las dos ya se disponían a subir la escalera cuando el señor Manino le contesta a Jacinta}}}. Señora Jacinta usted no va estar sola con nosotros. Ha eso nada más faltaba que yo pasara la noche con tres borrachos. Señor Manino déjenlas tranquilas miren como las dos se van riendo de nosotros. Miren todavía queda una botella llena, mejor nos vamos para mi oficina, y allí nos damos unos tragos, porque en el Jardín esta noche hay demasiados Mosquitos. Los tres se sentaron en amplios Butacones importados de España}}}. Don Florencio su oficina es amplia y está bien amueblada. Muchas gracias señor Manino. ¿Don Florencio cuando usted vivió en la Casa Vieja con sus padres me imagino que tendría una oficina solamente para usted? Yo nunca viví en la Casa Vieja, mi padre siempre fue un tirano conmigo y yo tenía que dormir en una habitación en la Empacadora. Tomemos otro trago no sé por qué siento mi garganta más seca que nunca. Será que quiere hablarnos un poco de su vida con sus padres. Señor Leonardo yo nunca le he hablado nada malo de mis padres. Eso es verdad Don Florencio, pero yo ya me considero como parte de su familia, y además ya yo no soy un hombre de la ley (señor Corregidor). Para mí esos tiempos ya pasaron. Está muy bien le voy a decir un poquito como eran mis padres. Mamá y mi padre fueron unos tiranos conmigo, nunca me quisieron como un hijo. El hijo favorito de ellos siempre fue Pedro, por eso mis otros hermanos se fueron de la casa, y se mudaron para la Capital.

LOS HERMANOS DE papá fueron muriendo poco a poco, y en la Casa Vieja se hacían orgias sexuales casi todos los fines de semana. ¿Y de que murieron sus padres? Señor Manino, entre mi cuñada Aracely, y yo matamos a mis padres, Caramba ya puedo ver que no se sorprenden por lo que le digo. Don Florencio a la edad que tengo yo he vivido lo suficiente para ver como muchos hijos matan a sus padres, por qué ellos por alguna razón les niegan el derecho a sus hijos de disfrutar la fortuna que han acumulado en su vida, así qué si es verdad que usted los matos, no es nada nuevo para mí. ¿Lo que me gustaría saber por qué Aracely? Otra vez Don Florencio volvió a llenar las tres copas de Aguardiente}}}. Aracely yo la veía todos las tardes bañarse desnuda en el rio del Indio con mi hijo Domingo. Siempre me gusto la muy condenada, pero mi padre, y mi hermano Pedro la vieron una tarde bañarse desnuda, y yo sin enterarme fueron y se la compraron al padre y con la negra María la trajeron a vivir a la Casa Vieja, mi madre protesto, pero no le hicieron caso. Aracely era una yegua cerrera y no quiso acostarse con mi papá, tampoco con mi hermano Pedro. Entonces mi padre le ofreció darle el secreto de la Rosa Roja Del Pantano, si se acostaba con los dos. Ella acepto cuando mi madre se enteró lo que habían hecho quiso botar Aracely de la casa, en aquellos tiempos mi odio hacia mis padres había crecido, y Aracely me ofreció casarse conmigo si matábamos a mis padres yo acepte. Yo mate a mi padre con todo gusto, y Aracely mato a mi madre, pero paso que como Pedro era mi hermano mayor el venía a ser el patriarca de la familia, y por lo tanto el decidía cuando se repartía la fortuna de la familia. Tan pronto Aracely se enteró de eso sin que ningún miembro de la familia lo supiera se casó con mi hermano Pedro. Pero la muy sinvergüenza para no perder a mi hijo, le echo el Maleficio de la Rosa Roja Del Pantano. De esa forma tenia a mi hermano como Marido, y a mi hijo como su Amante, y se convirtió en la patrona de la Hacienda. Cansada de vivir en la Casa Vieja, convenció a mi hermano que le construyera una Mansión cerca del camino que da al Puente del indio. Don Florencio ya que usted voluntariamente ha decidido confiarnos sus secretos. ¿Dígame como, quien le dio a Sauri el secreto de la Rosa Roja Del Pantano? Hubo un tiempo en la cual Aracely quería matar a su madre María, para que nadie supiera que tenía una madre negra. Entonces la negra María se pegó a Sauri para que la defendiera de Aracely. Y la negra Maria le enseño a Sauri el secreto de la Rosa Roja, más + el Maleficó del Gavilán, pero solamente mi hermano Pedro sabía que la negra María era la madre legitima de Aracely. Ellos fueron creciendo y nosotros nos pusimos viejos, pero en uno de los viajes que yo di a la Hacienda me di cuenta que Aracely con consentimiento de mi hermano estaba sacando algunos Cofres llenos con Monedas de Oro, y que lo estaba depositando en el Banco Español de Puerto Nuevo. Mi hermano se puso rebelde conmigo cuando le llame la atención y sin que mi hermano se enterara mis sobrinas y yo hicimos un plan para robarnos poco a poco las Monedas de Oro,

QUE ESTABAN GUARDADAS en pequeños cofres en el sótano de la Casa Vieja. Pero al llegar el Huracán, a Bahía Chica hubo una pelea muy fuerte entre los miembros de mi familia, Raquel acompañado por el loco Ismael, mataron a varios miembros de la familia, y Aracely para evitar que Raquel la matara se escapó de la Casa Vieja ayudada por mi hijo. Yo viendo aquel desastre que se había formado llame al señor Leonardo y lo convencí de que había llegado su única oportunidad de ser millonario, y que ese tipo de oportunidad solamente se presenta una vez en la vida. ¡La tomas, o la dejas ir! Estuvimos de acuerdo en repartir lo que Aracely dejo de la fortuna, y que él tomara su parte, y que reportara que unos bandoleros salieron de la selva y atacaron a mi familia matando varios miembros. El señor Leonardo estuvo de acuerdo en todo, pero el cobarde de mi hermano Pedro, se sintió frustrado y provocó a uno de la escolta del señor Leonardo la escolta tomo su rifle de reglamento y le pego dos tiros y lo mato. Señor Manino con lo que acabo de decir ya usted puede deducir un poco los acontecimientos de la Casa Vieja. Seguro que si Don Florencio, pero en su historia usted ha omitido una parte muy importante el crimen de las dos indias. Primero vamos a tomar y brindar por el sacrificio de los muchos que han muerto, para que algunos pocos vivamos bien, y ricos. Los tres hombres brindaron en silencio por los muchos que habían hecho el último sacrificio para que ellos estuvieran vivos disfrutando el día y la noche del mundo}}}. Aracely todavía estaba joven y apenas tenía dos años de haberse casado con Pedro. Ya hacía días que Crisol la mamá de domingo, había dicho que tenía pensado mandar a su hijo con su tribu, para que Aracely no lo molestara más. Eso llego a oído de Aracely, y ella dijo que primero mataba a Crisol, pero nadie le podía quitar a Domingo de su lado. El día cuando sucedieron los hechos yo fui a la Casa Vieja y hablé con Crisol y estuvimos de acuerdo que ella no iba a mandar a su hijo para la selva, yo todavía estaba en la cocina y bruscamente entraron en la cocina Aracely, Pedro y Raquel. y sin decir ni una palabra Aracely saco un revólver de su bolsa y le dio un tiro a Crisol, mientras que Raquel gritaba como una loca pidiendo que mataran a todas las indias, yo trate de ayudar a Crisol, cuando veo que Pedro le quita el revólver a Aracely, y le dispara a Aquarina, y la mata. Yo un poco turbado le grito a Pedro que porque hacia eso, y él me contesto, "Es mejor que entre los indios no haya testigo, porque ellos son muy vengativos" entonces le dice a su hija Raquel si tú dices algo mato a toda tu familia y después te mato a ti. Raquel le prometió que nunca diría nada. Pedro le devolvió el revolver a Aracely, y ella le dice ¿Y a tu hermano no lo vas a matar? No. Mi hermano Florencio nunca va a decir nada de lo que sucedió hoy aquí, para eso somos Gitanos. Pero en el preciso momento que Pedro terminaba de hablar se aparece Ismael y al ver las indias muertas en un charco de sangre, empezó a correr y Aracely volvió a sacar su revólver y le dispara un tiro a Ismael dándole en su cabeza, Pedro y Raquel evitaron que ella terminara de matarlo. Ismael quedo loco,

RAQUEL Y YO tuvimos que guardar silencio, y el dinero pudo más que la ley. Total, quién se iba a preocupar por dos indias muertas. El tiempo paso y Aracely hacía de Pedro, y de mi hijo Domingo lo que a ella le daba la ganas ella se convirtió en la patrona de la Hacienda. Don Florencio con su permiso. Hable usted señor Leonardo. En el pasado lo que tenía que suceder pues ya estuvo hecho, y hoy en día ningún representante Fiscal sería capaz de presentarse en las Cortes para hacer algún reclamo, porque perdería el caso, pero el señor Manino, y yo nos hemos dado cuenta que se está planeando una trama en contra de su familia y que usted está planeando desaparecer de toda la zona sin importarle quien de su familia muere, siempre y cuando usted se salve, y eso es ser egoísta. Mire que sus sobrinas hasta hoy siguen siendo sus aliadas en la maldad, y usted sigue siendo para ellas su tío Florencio. Yo no soy un traidor, y yo nunca las he abandonado. Hay alguien que quizás sabe mucho de las cosas espirituales y pretende con Maleficios tener control sobre nosotros. Yo digo que es algún Maléfico (Brujo) que nos tiene envidia. ¡A mí no me parece! ¿Señor Manino en que usted se basa para llevarme la contraria? Para mi este Maléfico, es un miembro de su familia que no fue gratificado cuando el señor Leonardo hiso la repartición de la Fortuna Fontana. Y ahora este

Maléfico (Brujo) se siente más fuerte y ha regresado con ideas vengativas contra su propia familia que no lo tuvo en cuenta el día de la repartición de la Fortuna Fontana. ¿Don Florencio cuantos hijos realmente tiene usted? Señor Leonardo usted sabe muy bien que reconocido solamente tengo uno. Pero nosotros los Gitanos hemos sido muy mujeriegos, y tenemos la cuenta perdida. Mire usted Don Florencio, cuando una mujer le dice a su hijo ese hombre es tu papá, a ese hijo nunca en su vida se le olvida quien es su papá, sea bueno o malo su papá. Don Florencio usted sabe muy bien quién es ese Maléfico. Por favor señores miren que yo no me siento fuerte para hacerle frente, ya estoy muy viejo. Y yo le digo que hable por qué mi futura hija Yanyi también corre peligro de muerte. Don Florencio se quedó un poco pensativo y fue otra vez a servirse un trago de Aguardiente y en el preciso momento de un solo golpe se abre la puerta de la oficina haciendo su entrada Jacinta, seguida por Colima}}}. ¡Basta ya Florencio! Señores yo le voy a decir quién es esa persona porque mi niña Yanyi, también corre peligro y yo no quiero que a ella le suceda nada. Cállate Jacinta, mira que nosotros somos Gitanos y nos debemos a la familia. No Florencio, para mi tu familia es una cueva de Brujos, y Brujas con intenciones de apoderarse del mundo sin importarle quien sufre. La persona que ustedes buscan es el señor Andrés. Los cincos miraron hacia la puerta donde se encontraba Yanyi}}}. ¿Hija, pero que haces aquí? No te preocupes mami Jacinta, yo sé que el señor Andrés es un Maléfico (Brujo) que sabe mucho, pero yo también tengo mis herramientas para defenderme de él. ¿Don Florencio quien es el señor Andrés? Señor Manino, Andrés es hermano de Raquel, y Sauri, y es un hijo que mi hermano Pedro nunca quiso reconocer.

LO MÁS PROBABLE ha sido que yo cometí el error de pagarle sus estudios en Europa. Si no lo hubiese hecho todavía fuera un marino analfabeto cómo mi hijo. Don Florencio lo más importante de todo esto es conocer al enemigo, y así podemos preparar nuestra defensa. Tío Florencio el señor Leonardo tiene mucha razón, y el señor Andrés ya sabe que lo descubrimos, que ya sabemos quién es él, y a lo que se dedica. Ahora le toca a él dar el próximo paso y nosotros vamos a estar alerta para defendernos. Muy bien dicho señorita Yanyi, nosotros no podemos bajar la guardia, tenemos que estar unidos. Lo mejor que podemos hacer es tratar de dormir un poco vamos todas a nuestras habitaciones. Tú también Colima, que mañana llega la señora esposa del señor que está aquí presente, y otros invitados más. Haciendo un gesto de reproche hacia el señor Manino las tres mujeres salieron de la habitación produciendo que el señor Manino se defendiera en su elocuencia usual}}}. Ustedes son mis testigos. No me cabe ninguna duda que Dios hiso a la mujer solamente para fregarle la vida al hombre, entonces vino el diabólico de Satanás les compro un Pastel de Manzana, y las junto todas a su alrededor y le endulzo la vida. Don Florencio, y el señor Leonardo cruzaron miradas con sonrisas al ver como el señor Danino se defendía en su derrota varonil}}}. Usted va a ver Don Florencio como estas tres vampiras, mañana ponen a mi esposa de su lado para darme el golpe mortal y volverme un esclavo del ser más hermoso que ha creado Dios. ¡Mi esposa! Brindemos por ellas, y ellas nada más. Mientras que Don Florencio, Leonardo, y el señor Manino abrían otra botella de Aguardiente para terminar de emborracharse, el Gavilán formalmente se despedía por esa noche de Raquel dándole un beso en la mejilla y otro beso en la frente. Tan pronto el Gavilán se retiró en su carro, Raquel cerró la puerta y cantando una canción de triunfo subió la escalera hasta su habitación encontrándose al hombre de las Botas Negras, acostado en su cama}}}. ¡Ha Andrés tu estas aquí! Estúpida, maldita Bruja has echado a perder todos mis planes. No Andrés no: por favor no me pegues. No te voy a pegar, lo que debería es matarte. Yo nunca te dije que mataras a Juan, y mucho menos matar al pobre inocente de Pacho. A juan lo mate por todo lo que me esclavizo, y a Pacho lo mate para que no hablara de mí. Pero que mente más bruta tienes Raquel, esas muertes lo único que han provocados es que nuestra familia desde ahora en adelante van estar pendiente de nosotros especialmente de mis asistencias espirituales. Raquel en ningún momento tú sabías cuando yo regresaba a Bahía Chica, pero sin embargo nuestra hermana Sauri, y la Gitana Yanyi siempre supieron de mi regreso porque sus asistencias espirituales le advirtieron de mi regreso. ¿Cómo es posible tal cosa? Para ellas si es posible, por qué ellas si son Brujas de verdad. Algo que tú nunca vas a poder ser. ¿Y ahora que vamos hacer? Tu nada, tienes que quedarte tranquila. Tengo que cambiar todos los planes, y buscar otra estrategia de acercamiento. Andrés tienes que ser rápido, porqué dentro de dos días se acaba el Maleficio del Gavilán.

POR FAVOR RAQUEL, pon tu cerebro a funcionar y te vas a dar cuenta que lo menos que a mí me interesa es nuestro primo el Gavilán. Y yo te advierto hermanita, tú eres una practicante de Bruja, ten mucho cuidado con ese Gavilán que protege a nuestro primo, mira que el Gavilán como prenda es un ave muy peligroso capaz de matar para defender a su protegido (dueño). En estos dos días que todavía faltan para el casorio de esa Gitana tú tienes que estar entre ellos, y pórtate como lo que eres: un familiar de ellos. Yo me quedare en la Alcaldía, por lo pronto tengo que hacer dos reportes de dos muertos. ¿Y ahora para dónde vas? Voy a dormir en otra habitación. No quiero que por tu mente pase ninguna idea de matar a tu querido hermano. Por favor Andrés, yo nunca haría eso. Juan también te dijo varias veces que tú nunca te atreverías a matarlo y lo hiciste: lo mataste. El cerebro de la mujer es muy cambiante, hoy sabe que el mundo es dulce y que es para ella, mañana te dice que el mundo es amargo y que no es para ella. Como todavía eres una aprendiz procura hacer las cosas fáciles, y te vuelvo advertir olvídate del Gavilán, que no es para ti. Es por naturaleza que ningún Brujo sobre la tierra, no puede romper lo que Dios una vez unió en un Amor Eterno. Mentiras, esos son mentiras de ustedes para que yo me olvide de Domingo. Aracely tiene bien preparado a

Domingo con el Maleficio de la Rosa Roja Del Pantano, y este fin de semana yo no voy a permitir que renueven ese Embrujo, y Domingo va a ser mío solamente mío. Raquel, hermanita tu estas equivocada igual que otras personas que piensan, y hasta creen igual que tú que Aracely tiene embaucado a Domingo con Brujerías. Hermanita Idiota escucha bien lo que te voy a decir por qué no quiero que te vuelvas a meter en problemas con la familia. La negra María (mamá de Aracely) tuvo un miedo terrible de que Pedro matara a su única hija Aracely. La negra fue a los pantanos de la selva, y con el permiso del espíritu arranco una Rosa Roja Del Pantano, machaco bien la Rosa Roja, hasta que le saco la sangre. Por nueve días le hiso la oración pertinente al espíritu de la Rosa Roja Del pantano, y el espíritu le concedió su petición. Una mañana antes de que Sauri fuera a visitar a Domingo la negra María le dice a Sauri déjame untarte en tus labios un poquito de esta pomada para que todos los hombres se enamoren de ti. En todos los trabajos de Brujería siempre hay que decir la mentira primero antes de echar la Brujería. Sauri no sabía y cuando ella y Domingo se besaron el Maleficio de la Rosa Roja Del Pantano trabajo en Sauri, pero no en Domingo por qué Dios ya había unido Aracely y a Domingo en un Amor verdadero. Entonces Sauri al sentirse rechazada por Domingo creyendo que Aracely era la culpable fue a ver al brujo de Casimiro y Casimiro le aconsejo que le pusiera una prenda a Domingo para que lo defendiera de cualquier mujer, y Casimiro le enseño a Sauri como preparar el Maleficio del Gavilán para que se lo echara a Domingo, pero ya Casimiro sabía que Domingo ya era un hombre prohibido para Sauri. En todo este tiempo pasado, las únicas mujeres que le han echado Maleficio al Gavilán.

LA NEGRA MARÍA. Que le echo el Maleficio de la Rosa Roja Del Pantano. Y Sauri. Que le preparo la prenda del Gavilán. Y a Aracely solamente se le puede acusar de asesina, por haber matado a la mamá del Tío Florencio, que viene a ser nuestra Abuela paterna, y por haber matado a Crisol, la mamá de Domingo, pero nunca podrán acusarla de Bruja, por qué no lo es. ¿Y tú porque la defiendes tanto, acaso tienes algún interés en Aracely? Hermanita solamente estoy tratando de abrirte la mente para que te des cuenta que en todo esto que te ha estado afectando por muchos años ha sido provocado por tu hermanita Sauri, que de verdad ella si es una bruja completa que tuvo como maestros a la negra María, y al brujo Casimiro, y que la enseñaron muy bien en el arte de echar un Maleficio a quien ella le diera la ganas. Ya te lo dije todo. Ahora ya sabes quién es tu enemiga y de quien tienes que cuidar tú espaldas. ¡Hasta mañana, y que duermas tranquila! A pasos suaves y sin darle la espalda a Raquel para no perderla de su vista, Andrés salió de la habitación cerrando la puerta suavemente, camino el corto pasillo hasta la escalera, cruzo la oscura sala llegando a la cocina y se llegó al sótano bajando por una pequeña escalera que se encuentra detrás de la alacena. Entro en un pequeño cuarto se quitó las Botas Negras, también se quitó su camisa mostrando en sus hombros los tatuajes de un

Puñal, y un negro Africano se acostó y enseguida el cuarto se llenó de neblina apareciendo a sus pies dos enormes Panteras Negras que lo cuidaban mientras él dormía. Mientras que Raquel revuelta en su amargura, mantenía su mente ocupada solamente en su venganza}}}. Maldita Sauri yo te voy a matar. Ningún miembro de mi familia se va a burlar de mí. Me van a tener que respetar. Yo también voy a ir al África, y voy aprender sus Religiones, y le voy a dar vida a mi prenda para que me defienda de Sauri. ¡Malditos a todos los voy a matar! Pero el cansancio, y el sueño son enemigos dulces del cuerpo y Raquel quedo dormida en un profundo sueño que no se dio cuenta de la Culebra que la cuidaba en su tierno dormir.

Buen día señor Luna. Buen día tenga usted señorita Sauri. ¿Durmió bien anoche? No señor Luna. Hace ya varias noches que no duermo tranquila, ya falta menos para el casorio de Yanyi y todo eso me tiene muy preocupada. No se le olvide lo que usted me prometió. Señorita Sauri. Ya todo está arreglado para cuando ustedes lleguen a Puerto Nuevo. Una habitación con dos camas en el mejor Hotel de la ciudad, almuerzo y cena para tres por tres noches hasta el martes tres boletos en el Barco, que parte para la isla de Cuba el Miércoles por la tarde con un Camarote de primera clase. Es usted una buena persona señor Luna, perdóneme si me he comportado muy mal con usted. Señorita Sauri nuestra religión todavía no es bien comprendida en el mundo, pero en la isla de Cuba hay más tolerancia. Yo estoy seguro que en cualquier momento bueno que se me presente yo también me voy a vivir por esos lares. Ya todo el equipaje, y sus pertenencias están en la bodega del Barco, tenga usted el recibo del costo.

MIRE SEÑOR LUNA. ¿Sabe usted para que es este pequeño Cofre? Me imagino que es para guardar monedas de Oro. Y yo le digo a usted que en este Cofre hay suficiente moneda de Oro para que su esposa, y usted se puedan ir con nosotros para la Isla de Cuba. Y yo le prometo que a ya nada les va a faltar y van a vivir bien. ¿Se da cuenta usted lo que me está ofreciendo? Si yo losé, pero también comprendo el riesgo que usted está corriendo por ayudarme. Señor Luna, un miembro de mi familia ha llegado a Bahía Chica con intenciones de eliminar a toda la familia Fontana. Y ese señor es su hermano que se ha convertido en un Madamo, es un Brujo con poderes que nosotros no poseemos. ¡Ya usted lo sabía! Si. Lo mío ya me lo había dicho. Y lo mío quiere que yo me vaya de la Casa Vieja, pero yo les dije que cuando la señorita Yanyi termine su casorio entonces nosotros nos vamos y dejamos a este señor que quiere ser el dueño y amo de Bahía Chica. Por ahora le digo que sí, que acepto su ofrecimiento, pero también quiero consultarlo con mi querida esposa. Mire usted que desde ahora en adelante no le digo señor, solamente tío Luna. ¿Cuándo regresa Marlina con su hijo? Mañana en la tarde tienen que llegar. Ahora con su permiso tío Luna, pero tengo que ver si ya la cocinera preparo el desayuno y tengo que pagar a todos los empleados de la Hacienda su salario. Muy contenta con la conversación tenida con el señor Luna Sauri salió del Jardín y entro en la casa dejando al señor Luna muy pensativo}}}. Bonita mañana señor Luna. Para mí todas las mañanas son bonitas cuando despierto y respiro profundo me doy cuenta que mi Dios es muy generoso conmigo cuando me da otro día de vida. Ya puedo darme cuenta que no se sorprende en verme hoy tan temprano. En nada señor Andrés, un Madamo tiene el poder de estar en un lugar rápido solamente con desearlos, es un poder que nosotros los espiritistas no tenemos. Le pido de favor señor Andrés que mantenga su Prenda retirada de mi persona porque la mía ya se siente un poco incomoda con su presencia. Dígame a que vino a verme y retírese. Acabe ya su trabajo en la Casa Vieja, y lárguese hoy mismo. Deje a Sauri tranquila. No sé porque usted se molestó en venir a decirme eso cuando usted muy bien sabe que todos nosotros le vamos a dejar el camino libre después que se termine el casorio de Yanyi. Señor Luna usted sabe muy bien que yo tengo tanto derecho de estar aquí igual que ellos, pero ellos tuvieron la osadía de olvidarse que yo también soy hijo de Pedro. Señor Andrés usted me da lástima que siendo ahora un Madamo quiera usted tomar venganza contra su propia familia, naturalmente no me sorprende en su caso ya que la mayoría de los Madamos que yo conozco siempre viven solos, y caminan solos por este mundo. Y en su caso no hay nada diferente. Lárguese de aquí o soy capaz de matarlo. Ya usted ve ahora si estoy pendiente de usted porque el Madamo es un ser que nunca le avisa a sus víctimas que lo va a matar porque no tiene sentimientos propios para lamentarse. La verdad que sería lamentable para usted si me tiene miedo, porque yo tengo el derecho de defenderme.

TUVE CONSIDERACIÓN CON usted en avisarle. Ya veo que cometí un error que no va a suceder otra vez. La figura del señor Andrés se fue desapareciendo frente a los ojos del señor Luna que sin darle mucha importancia regreso a sus qué aceres en el Jardín. Ya casi todos los invitados se habían despertados, y el que no estaba desayunando, se estaba bañándose}}}. ¿En qué puedo servirle señorita Carmín? En nada señor Luna, pero puedo darme cuenta que usted tiene muy buena percepción al darse cuenta que yo estaba detrás de usted. En lo espiritual señorita Carmín usted y yo somos iguales, lo único que nos diferencia es que usted es mujer, y yo soy hombre. No me mire así señorita es cierto lo que usted está pensando, que yo tuve una visita no muy agradable. Entonces es verdad lo que me han dicho. Si es verdad su primo lo preparo todo con ayuda de la señorita Raquel. Pero parece que ella se le adelanto a los acontecimientos, y su visita me dice que ha tenido que modificar sus planes aún que sigue pensando en eliminar a todo miembro de la familia que le sea un estorbo para su ambición. Su primo no es un Babalao. Él es un principiante de Madamo y esta es su primera conquista y para no defraudar a su Amo está en potencia para matar a cualquiera que le lleve la contraria. Desde hoy en adelante yo le aconsejo señorita Carmín que tenga mucho cuidado de todo lo que se lleve a su boca porque puede estar adulterado. Cuando usted beba licor no se emborrache, y trate siempre de mantener su mente limpia y serena. Y tan pronto termine el casorio enseguida se regresa a Puerto Nuevo con sus amigos. El día del casorio el Madamo no se va atrever hacer nada por qué él sabe muy bien que ese es un día cuando el Espíritu Santo va estar pendiente de los novios. A menos que tú prima Raquel por su poca experiencia quiera volver a matar. ¿Señor Luna usted está seguro que ella se atreva otra vez? Cuando una persona no tiene control de su mente, tampoco tiene control de las cosas que no debe de hacer y las hace. Y su prima Raquel los acontecimientos del domingo los puede adelantar para el sábado. El Madamo es un ser muy limpio que le gusta hacer sus trabajos con flores, perfumes, con polvos de varios colores, y con plantas aromáticas, pero su arma predilecta es el veneno y la daga china, ya que algunas veces tiene a su lado un Brujo Chino que le ayuda en algunos trabajos sucios en los que él tiene que hacer, pero no quiere ensuciarse las manos. Señorita Carmín, cuando algunos de nosotros logramos a transformarnos en un Madamo, obtenemos poderes espirituales muy fuertes que pueden ser utilizados para hacer el mal, o el bien. Ponga en alerta a toda la familia y diga quien en realidad es su primo, y no piense que algunas monedas de Oro van a ser suficiente para tranquilizarlo. Para un Madamo estar en la segunda posición eso nunca, ellos siempre quieren ser los primeros. Ni usted ni yo tenemos suficiente fuerza espiritual para hacerle el frente y derrotarlo, sin embargó el siente que su hermana Sauri es el único peligro en su camino, y por eso vino a pedirme que me fuera y que no estuviera en el medio. Eso me demostró su poca experiencia como Madamo.

PERO AUN ASÍ su primo Andrés, y su prima Raquel siguen siendo un grave peligro para todo aquel que lleva el apellido Fontana Arrrieta. Le juro señor Luna que no olvidare sus buenos consejos y voy a tomar mí precaución materialmente, y espiritualmente, pero venga conmigo y vamos a desayunar todos en la cocina. No puedo ir con usted señorita Carmín. Como usted puede ver yo también he sido amenazado y tengo que prepararme espiritualmente. Es mejor que usted entre en la casa y acompañe a su prima Sauri por que acaban de decirme que Raquel ha llegado y quiere hablar con Sauri. Si señor Luna, con su permiso. Casi corriendo Carmín se llegó hasta el viejo portal de la Casa Vieja donde se encontraban Sauri y Raquel enfrascadas en una conversación muy conocida por las dos}}}. ¿A qué has venido Carmín, yo no te llame a ti? Tranquila Raquel que lo que le tengas que decir a Sauri, también a mí me concierne no se te olvide que todos somos familia. A mí me parece que a Sauri se le olvido que yo soy su hermana y para quitarme al hombre que yo quiero recurrió a sus Maleficios de Bruja fracasada. Estás loca Raquel, yo no le he hecho a Domingo, ningún Maleficio con intenciones de quitártelo, pero si le hice uno solo. Me di el gusto de ponerle como prenda un Gavilán para que lo defendiera de mujeres diabólicas como tú y Aracely. Maldita como te atreviste hacerme eso si yo soy tu hermana. Quítate del medio quítate del medio Carmín, que voy a matar a esta sinvergüenza. Sacando un Puñal de su bolsa Raquel amenazaba a Sauri, pero Carmín no le permitía que se acercara}}}. Ese Puñal ese es el Puñal de Tío Florencio, desgraciada tú fuiste quien mato a Juan con ese Puñal. Pero Raquel rápidamente volvió a guardar el Puñal en su bolsa y le contesta. Este Puñal hace años que yo lo compre, y tú a mí no puedes acusarme de nada. Pero el cuerpo de Juan fue encontrado cerca de la Casa Vieja donde tú vives. Tenlo por seguro Sauri que muy pronto nos volveremos a ver, y es muy probable que sea cuando se termine tu Maleficio. Hermanita Raquel, piensa esto que te voy a decir. La negra María hace años que ella murió y no puede renovar su Maleficio, pero yo sí puedo renovar mi maleficio si quiero, por qué estoy viva. Naturalmente no lo voy hacer por qué el Gavilán ya no me interesa como hombre. Pero el Gavilán me dio el placer de parirle un hijo, cosa que no hiso contigo porque no te quiere como mujer, pero yo reconozco que la única mujer que el Gavilán siempre ha Amado más que a ti Raquel, y más que a mí. Esa mujer es Aracely. Y Aracely no se atrevió a parirle un hijo porque tenía miedo que saliera negro como su madre la negra María, pero Aracely por ese lado no comprendió que Domingo la hubiera querido lo mismo por qué el Amor de ellos dos es eterno. ¡¡Mentiras, mentiras, eso es mentiras tuyas!! Todos ustedes se han empeñado en hacerme creer tal cosa, pero es mentiras. El único Amor eterno que tiene Domingo es el que yo le tengo, él no va a tener otra mujer que lo quiera como yo siempre lo he Amado. Raquel doblo sus rodillas y agachándose lloraba por su hombre amado. Entonces Carmín trato de abrazarla para consolarla}}}.

¡NO ME TOQUES! No quiero que se acerquen a mí no quiero que ningunas de las dos me tengan lastima. Pero Raquel, tú eres mi hermana. ¿Por qué tú no puedes ver las cosas tan claras, y transparente como nosotras la vemos? Él Gavilán nunca va ser tuyo, tampoco mío. Ya me voy, pero eso está por verse este sábado después del casorio. Rápidamente Raquel arranco su auto y volvió a tomar el camino hacia el Puente del indio. Mientras que Carmín, le dice a Sauri}}}. Escuchas esa música tan bonita. Si parece que viene de la sala a lo mejor todos tus amigos ya están despiertos vamos a verlos. Las dos corrieron hacia la sala, pero al entrar no vieron a nadie y dejaron de oír el sonido de la música}}}. Qué raro yo hubiera jurado que la algarabía de la música era de aquí en la sala, pero todo está en silencio y se siente un vació muy grande. ¿Sauri en que estás pensando? En que algunos trabajadores de la Hacienda me han dicho que ellos también han oído la música desde lejos, y cuando se acercan a la Casa Vieja ya no se oye la música, y solamente queda como un vació profundo, pero es primera vez que me pasa a mí. Yo también la he oído algunas veces cuando me pongo a trabajar. Por favor señor Luna, no nos asuste así parado en la puerta sin avisar. Perdonen ustedes señorita, pero para mí no es la primera vez, ya la he oído otras dos veces. Usted que es un buen vidente diga que quiere decir todo esto. Señoritas todos los muertos de su familia que son pecadores y también los que no son ya están festejando que a ellos ya se les acerca el juicio final, por qué después del casorio de Yanyi terminan los Maleficios hechos y la verdad que se ha mantenido cubierta por los Maleficios hechos, y también por las maldiciones echadas, esa verdad va a salir a la luz en victoria sobre la grande mentira que es un Maleficio. Entonces todos serán salvo. No señorita Carmina, no se le olvide que todos vamos para el mismo lugar, pero no todos somos corderos mansos, hay algunos que somos peores que las bestias salvajes y que no están dispuestos arrepentirse por qué no quieren reconocer que desde que tuvieron uso de razón han vivido pecando continuamente. Después del casorio nosotros vamos a salir huyendo de la maldad, pero la justicia divina tiene una mano larga y solamente con un dedo tocara al que tiene muchos y al que tiene pocos pecados. Por qué la justicia de Dios no discrimina. Señorita Carmín, ahora si le acepto la invitación para desayunar. Tío Luna vamos para el comedor que a mí me gusta en la forma como usted explica cada pregunta que le hacemos de nuestra creencia. Las dos muchachas escoltaron al tío Luna hasta el comedor mientras que Raquel detenía su carro frente a la cantina}}}. ¿Andrés que haces aquí en la cantina, y estos hombres quiénes son? Hermanita más te vale que te acostumbres a verme aquí en la cantina. Las habitaciones que hay vacía las voy a preparar para hacer mis trabajos espirituales, y estos hombres trabajan para mí. Ellos van a cuidar a todos mis clientes. ¿Te sucede algo hermanita? No sé qué me pasa desde que entre en la cantina estoy sintiendo una presión en mi pecho muy rara, es mejor que me vaya de aquí.

ES LO MEJOR que puedes hacer y no vuelvas a regresar más nunca a esta cantina. Tú no me puedes prohibir que venga aquí, esta es mi propiedad. Es muy posible que yo no pueda hacerlo, pero lo que está a mi lado no te quiere aquí. Ahora que estas afuera de la cantina te sientes bien, y puedes respirar mucho mejor. Raquel tienes que darte cuenta cuando tú estorbas en algún lugar donde no se te quiere, y que tú no tienes por qué estar. ¿Te espero para que Cenemos juntos? Raquel yo nunca más volveré a Cenar en tu casa, y tampoco volveré a dormir dentro de tu casa. Tú eres igual que Danilo Malverde, los dos me prometieron muchas cosas si los ayudaba, y lo que han hecho los dos es traicionarme. Todo lo que dices es mentiras, tu misma te creíste qué eras una Viuda Negra. Pero el espíritu de la Rosa Roja Del Pantano conoce muy bien a sus hijas. Te volviste desobediente con el espíritu, y te atreviste ir al Pantano y cortar una Rosa Roja, y eso que hiciste no le gusto al espíritu y te ha condenado a nunca ser espiritista. Ahora si quieres tener algún poder tienes que ver al Príncipe de la oscuridad, por qué yo no te conozco y tampoco te quiero a mi lado. Tu eres igual que Sauri, pero no importa yo no los quiero a ninguno de los dos total yo sola sé cómo hacer mis cosas. Y tú no trates de ocultarte que ya todos ellos saben quién tú eres. Claro que lo saben si la culpa la tuviste tú cuando empezaste a matar a quien no tenía por qué morir. Ahora mis planes son otros y tú no estás incluida. Así que no te vuelvas un estorbo para mis nuevos planes por qué te mato. Todos ustedes son una familia de Gitanos que no agradecen nada. Tan pronto me lleve a Domingo de estás tierra me voy a quitar hasta el apellido Fontana, todos ustedes se creen son Dioses, y sin embargo también se mueren. Raquel ten mucho cuidado con lo que dices, por qué si estas amenazándome lo mío no es sordo, y pueden oír todo lo que tú estás hablando por ser tan necia. Con el miedo reflejado en la cara Raquel con mucha rapidez se metió en su carro y se alejó de la cantina hablando sola}}}. Y pensar que yo creí que de verdad ellos eran mi familia. ¡Maldito Pedro! Por qué tuviste que preñar a mi madre para que yo naciera. Me alegro que te hayan matado de dos balazos y que te encuentres en el fuego eterno, pero no te preocupes que en cualquier momento tu querida mujercita te va hacer una larga visita donde tu estas. La media noche del sábado yo voy a ser muy feliz cuando Domingo despierte de su letanía y me digas qué yo soy la mujer que él siempre ha Amado. Ahora voy a preparar el trabajo de la Rosa Roja Del Pantano. ¡Estúpidos que todos son, ellos se creen que yo no sé ese secreto! Cuando pasen las doce de la media noche entonces yo besare a Domingo, y él dejara de ser un Gavilán para convertirse en mi eterno Amor. De un solo frenazo Raquel detuvo su carro a solo pulgadas del carro de Danilo Malverde, que muy tranquilamente la esperaba sentado en el portal de la casa}}}. ¿Traidor que quieres, a que vienes a mi casa? Por favor Raquel tienes que escucharme. Yo en ningún momento no te he traicionado. Hasta ahora yo he hecho todo lo que me has dicho que hiciera.

ME PEDISTE QUE comprara la casa y que buscara Aracely, y que se la rentara. Y lo hice. Me pediste que le hiciera creer a todos que yo pensaba tener casorio con Aracely, y lo hice. Raquel no rompas esta amistad que tenemos desde nuestra niñez. Vete Danilo, y no vuelvas a visitarme más. Muy bien Raquel si tú lo tienes decidido así te hago saber que después del casorio de esa Gitana, yo me voy para Europa y no tengo intenciones de regresar. Pero si te tengo que decir algo. Yo estuve registrándoles los documentos Aracely, y entre los documentos encontré un certificado de bendición firmado por el padre Fermín. Y los nombres de los bendecidos son Aracely Urueta y Domingo Fontana. En el certificado consta que el padre Fermín bendice el juramento que Aracely y Domingo hicieron en la iglesia frente al señor cura que los declara Amor eterno. Aracely se dio cuenta que yo estaba leyendo el certificado y me dijo que el padre Fermín se enteró de antemano que el viejo Fontana, y su hijo Pedro es decir tu papá. Cállate la boca Danilo. El fin de todo es que él señor cura se enteró y antes de que la compraran los bendijo en Amor eterno. Danilo te vas de mi casa, o te mato. Por favor Raquel guarda ese Puñal mira que eso es muy peligroso, ya me voy. Sin decir ni una palabra más Danilo se metió en su carro y se fue camino al Mar, dejando a Raquel llorando y con el Puñal en la mano}}}. Maldito padre Fermín, por eso Ismael y yo te matamos y si vuelves a nacer te mato otra vez tu no tenías por qué bendecirlos. Maldito yo te dije un montón de veces que el único hombre que yo quería como marido era y es Domingo, por eso te maté por qué no me hiciste caso ninguno. Ya puedo darme cuenta que en este maldito pueblo nadie me quiere, pero yo no me voy de aquí hasta que yo éste segura que Domingo se va ir conmigo. Sollozando Raquel entro en su casa, y enseguida sintió un frio inmenso, y se dio cuenta que dentro de su casa todo estaba en penumbras (sombras-neblinas) y hablando en voz alta decía}}}. No te escondas yo sé que estas aquí tú eres igual que Andrés, y Danilo me dijiste que muy pronto el Gavilán iba a ser mío, y mira todavía me tienes esperando que eso suceda. Como ayudante no me sirves para nada, yo solita tengo que hacer las cosas. ¡Háblame no te quedes callada! Raquel sintió un silencio profundo y se tiró en la cómoda de la sala y poco a poco fue cerrando sus ojos, mientras que cerca de sus pies pasaba suavemente arrastrándose una culebra con cabeza de mujer. Mientras que Raquel le hace frente a su futuro, Danilo en su casa conversa con Aracely}}}. Te vuelvo a repetir ella me amenazo con un Puñal, yo estoy seguro que estaba dispuesta a matarme. Aracely si yo fuera tú, no asistía a ese casorio y me iba para Puerto Nuevo. Danilo ya te dije que yo no me voy de este mugroso Pueblo sin Domingo. Si tú quieres irte, puedes largarte ya, no te preocupes por mi yo sé cómo ir sola a la Casa Vieja. Pues yo si me voy ahora mismo, para mí toda la familia Fontana se han vuelto locos-as. Toma este Vale, ahí está la suma de todo lo que te debo. Tan pronto llegues a Puerto Nuevo, lo puedes presentar en el Banco Español, y te lo pagan en efectivo.

CON UN SIMPLE beso en la mejilla de Aracely, y un Adiós. Danilo Malverde se despidió y manejando su carro rápidamente cruzo el Puente Del indio, y dejando atrás a Bahía Chica tomo el camino hacia Puerto Nuevo. Suavemente y con mucha tranquilidad Aracely se sentó en la silla que esta frente a un largo espejo y mirando su cara empezó hablándose tiernamente y sin ningún apuro por terminar}}}. Todos ellos creen que me han engañado, pero solamente Sauri y yo sabemos todo lo que le han hecho a Domingo, y tú que eres mi Dios eres el único que tienes poder sobre mi cuerpo, y también sobre mi espíritu. Si es verdad yo llegue a matar, pero mate para defender mi Amor, por mi hombre. Ellos son los únicos que han querido separarme de Domingo, y nunca les importo si tu habías bendecido nuestro Amor. Flor fue la primera, y después Sauri, pero tu Raquel, tu osadía es penetrante y muy peligrosa, pero yo no te tengo miedo y sé muy bien que este encuentro no puede ser evitable. Yo voy a pelear a mi hombre con la verdad. Si yo mate por él, pero nunca yo no le hecho ningún Maleficio porque no soy Bruja, y tampoco no sé nada de Brujería. Pero tu Raquel estás loca. Tú te niegas a comprender la palabra no, no puede ser. Porque siempre has querido que sea como tú dices. Es por eso que cuantas porquerías le has echado a Domingo, todavía él sigue siendo mí hombre, y su Amor nunca va a ser tuyo. Raquel tu nunca vas a ser inteligente como tu hermana Sauri, que enseguida comprendió todo, y sufriendo por Amor le puso a Domingo como prenda un Gavilán para que lo defendiera de ti, y de tus Diabluras. Es cierto que este sábado termina el Maleficio que mi madre le puso, pero yo voy a estar a su lado para que él y todos vean que nuestro Amor es eterno. La fiesta y el licor hacían que muchos de los invitados no se dieran cuenta como el tiempo corría, y el día acompañado por la noche pasaban rápido, ya eran las cinco de la tarde del viernes, y el camino que da al puente estaba adornado de globos y campanitas brillantes con letreros anunciando el casorio de la Gitana Yanyi, con su hombre Felipe. Todo el frente de la Casa Vieja estaba bien adornada con flores Rojas y Amarillas y cintas color oro y Plateadas}}}. ¿Señorita Sauri cuando es que llegan a la Casa Vieja la india Marlina con su hijo? Uno de sus hermanos me dijo que dentro media hora ya está aquí. ¿Por qué usted está tan preocupado señor Luna? Es que su hermano Andrés está afuera sentado en el Columpio del Portal, preguntando por usted. Por favor señor Luna acompáñeme. Yo voy a estar pendiente de usted, pero en este momento con quien él quiere hablar es contigo. No le tengas miedo él sabe muy bien que tú tienes lo tuyo que te defiende, además ya tú tienes todos los documentos firmados por toda la familia entrégaselo todo, y también el pequeño Cofre con monedas de Oro, aunque no son muchas como él hubiera querido, pero él se va a conformar con todo lo que le han dado. Tu hermano no es estúpido. Sabe muy bien qué si quiere más que lo que le estas dando, entonces tiene que pelear con toda la familia. Con toda sinceridad señor Luna, si alguna vez me toca pelear que no sea con un familiar.

POR FIN ESTAS aquí, por un momento pensé que tendría que ir a verte. Hermanita no te afanes tanto en complacerme. Yo sé que ningún miembro de mi familia me quiere. ¿No te parece que si tú nos demuestras que eres más sociable con nosotros podría haber un cambio? Hermanita ya han pasado demasiadas cosas y ya no podemos empezar otra vez a recordar la misma historia vivida. Toma aquí están todos los títulos de propiedad de la Hacienda y de la empacadora, y este certificado está firmado por todos los Fontanas en el cual dice que tú eres el único dueño de las propiedades mencionadas. Toma este pequeño Cofre, está lleno de Monedas de Oro. Lo suficiente para que te des una buena vida siendo el amo y señor de Bahía Chica. Mañana tan pronto se termine el casorio menos tú y nuestra hermana Raquel, el resto de los Fontana nos vamos de Bahía Chica con intenciones de más nunca regresar. Te voy a pedir un favor querida hermanita, mejor digo a todos los presentes les pido el favor que mañana cuando terminen de festejar el casorio de esa Gitana antes de irse pegarle fuego a la maldita Casa Vieja. De esa forma nuestros malditos antepasados no tienen por qué regresar a sus malditas orgias. Yo no me atrevo hacer eso. Tú no te atreves, pero tu maestro el señor Luna si lo va hacer por qué él sí sabe la razón de porque tiene que prenderle fuego a la

Casa Vieja. Pregúntaselo a él. Si todo lo que tú me has dado está en regla, y no hay ningún percance, entonces hermanita no hay ninguna necesidad que tú y yo nos volvamos a ver las caras en este mundo que de por sí ha sido tan complicados para los dos, pero como el último Adiós te hago saber que escogiste un buen maestro. El señor Luna es una eminencia en las enseñanzas espirituales, es una lástima que el pobre escogió el Dios equivocado, hubiera sido un buen guerrero en nuestras filas. Sin un adiós el señor Andrés subió a su carro y tomo rumbo a Bahía Chica. Enseguida salieron de la casa Flor, Carmín, y el señor Luna}}}. ¿Yo quiero que usted señor Luna me diga por qué hay que quemar la Casa Vieja cuando se termine la fiesta, y antes de nosotros irnos? Tu hermano es un Madamo muy inteligente. Pero Sauri no te preocupes mis hombres y yo ya tenemos las antorchas preparadas. Yo quiero que me conteste lo que le pregunte. Mira Sauri la Casa Vieja hay que quemarla por que tus antepasados aquí disfrutaron su vida, y también cometieron sus pecados, además también en la Casa Vieja, murieron y sufrieron muchas personas que todavía su sangre derramada están pidiendo que se les haga justicia espiritual, quién reparte la justicia divina es el Espíritu Santo, y solamente él sabe cuándo es el momento indicado para hacer la justicia espiritual. Mientras los espíritus esperan esa justicia, si la casa Vieja se mantiene firme y erguida, seguirá sirviendo como nido de escondite para todos esos espíritus, y algunos tendrán la osadía de molestarnos. Pero si no tienen a la Casa Vieja como nido. Lo único que pueden hacer es quedarse cerca de sus tumbas para esperar su juicio divino como lo hacen muchos de ellos. Nunca se van a cansar de esperar, ellos ya no tienen cuerpo que les duela,

ELLOS NADA MÁS son pura energía, que muchas veces tenemos que controlar porque ya no pertenecen a nuestro mundo material. Bueno señorita Sauri mire quien viene por el camino. ¡Pero si es mi hijo, Cirio con Marlina! Montados en un carretón y halado por un burrito, la india Marlina fue la primera que se bajó, seguida por él niño Cirio. ¿Qué te sucede Marlina que te noto muy agitada? Señorita Sauri a mí no me paso nada, pero a Cirio sí. En el camino nos topamos al Marino Andrés, muy bien vestido. Se bajó de su carro y se nos acercó le agarro la mano derecha a Cirio y le hablo. ¿Pero mujer acaba de decir que le dijo? Le paso su mano izquierda por la cabeza y mientras le acariciaba el pelo le dijo. Tu no me tengas miedo yo nunca te hare nada malo desde hoy te hago saber que tú eres mi sobrino favorito, el único sobrino que tengo. Cuando yo muera mi herencia espiritual tú la vas a heredar, y ninguna mujer te va a gobernar, por qué yo siempre voy a estar cerca de ti cuidándote por que tú eres mi sobrino querido. Desde hoy en adelante tu prenda animal va a ser el Gavilán que tiene tu padre porque desde mañana ya tu padre no lo necesita. Entonces el marino Andrés con sus dos manos sujeto la mano derecha de Cirio, y dijo unas palabras raras y de las manos empezó a salir un humito él lo beso en la frente y regreso a su carro y se fue, pero mire la marca que le dejo a

Cirio arriba de la mano derecha. Todos enseguida miraron la mano derecha de Cirio, y el señor Luna dice}}}. Esa es la marca del Gavilán. Dios de todo señor Luna que pretende mi hermano. Por asuntos personales ya sea que usted es su hermana, o por alguna cosa que nosotros no sabemos. El señor Andrés para no hacerle un mal directamente, pero para que quede demostrado que él si es un Madamo con poderes dejo sin protección a Domingo, quitándole el Gavilán que lo protegía, y con mucha inteligencia esa prenda animal se la puso a su sobrino para que lo protegiera toda su vida. No puede ser si yo muy bien que le puse esa prenda a Domingo para que lo protegiera de la Diabla de Raquel. Sauri según parece hay otras fuerzas que quieren que Domingo le dé el frente a Raquel sin la ayuda de nadie, y ni tú tampoco yo podemos hacer nada. ¿Entonces todo mi trabajo en que quedo? Esas fuerzas que desconocemos tienen el poder de terminar tú trabajo hoy en el momento que Andrés conoció a su sobrino, a la misma vez le dieron la orden al señor Andrés de pasarle sus poderes a su sobrino poco a poco con el venir de los años. Pero eso quiere decir. Señorita Sauri, usted siempre va a ser la mamá de Cirio, pero mientras Andrés este vivo espiritualmente siempre tendrá control de tu hijo. No puede ser si yo me lo voy a llevar lejos de él. Señorita Sauri si el señor Andrés tiene el poder para para quitarle el Gavilán a Domingo, y ponérselo a Cirio como prenda propia. Ese Gavilán toda la vida le dirá al señor Andrés donde se encuentra Cirio, cuando él le pregunte. Reconozco que mi hermano tiene muy buena imaginación para vengarse de mí. Sin embargo, señorita Sauri yo estoy seguro que su hermano el Madamo la prefiere a usted como hermana, y no quiere a Raquel por ser muy desobediente.

TODAVÍA USTED PUEDE hacer la paz con su único hermano, mañana cuando todos estemos en la iglesia usted hable con su hermano, sea cariñosa y sociable con él. Dígale para donde se van a vivir, y hágale una invitación para que los visite. ¿Y usted cree que él acepte mi invitación? No. Todavía no, pero se va a sentir un poco feliz al saber que todavía le queda una hermana que por interés siempre va estar pendiente de él. ¿Tío Luna lo noto un poco alegre a qué se debe su cambio? Señorita Sauri, siempre se ha dicho que la Diplomacia es mejor que pelear contra un enemigo que no conoces. Y usted, tampoco ninguno de su familia, y también yo, ninguno de nosotros conocemos el poder espiritual que pueda tener su hermano. Y si él ha decidido que su sobrino, y usted Sauri, pasen a ser los únicos familiares que él tiene eso es una buena señal que su prenda (dos panteras negras) solamente atacan cuando su amo está en peligro. Y yo no tengo ninguna intención de ser su enemigo. Esa es la razón por la cual le pido que hable con su hermano que es el único familiar que siempre va estar pendientes de ustedes dos. Sauri enseguida comprendió lo que le quiso a dar entender su tío Luna que siendo ella una Bruja Blanca, va estar mejor protegida al lado de su hermano aunque La Loba, y Las Panteras Negras no se gustan en el reino animal, pero en lo espiritual existe la Diplomacia, "Hoy yo te cuido tu espalda, mañana tu cuidas mi espalda" la noche del viernes con sus mismas horas parecía que pasaba rápido para los residentes de la Casa Vieja, que a las diez de la mañana del sábado ya estaban subiendo en sus carros para asistir a la ceremonia en la iglesia}}}. Cirio mira que bien te ves vestido todo de Blanco. Así que quiero que te estés tranquilo y no te ensucies porque tú eres quien va a llevar los aros (de Oro) del casorio, y no debemos de qué el señor Cura se enoje si te ve sucio. ¿Cómo me ves primita? Carmín estás hermosa, siéntate al lado de Cirio y no protestes. Señorita Sauri ayúdeme con el vestido. Pero Marlina, si estas engordando otra vez, este vestido no te sirve, vas a tener que ponerte uno de los tuyos y es seguro que cuando el señor Cura te vea te va a regañar. ¿Señorita Sauri y usted no se va a poner vestido nuevo? Si Marlina, cuando lleguemos a la cantina yo me pongo mi vestido nuevo. Oye como esos hombres gritan desde los carros y el Tío Luna no los controla. El tío Luna hace rato que se fue en un camión y se llevó con él algunos de mis amigos, me dijo que él estaba muy viejo para controlar esta partía de Jóvenes y que se sentía seco y necesitaba un trago de Aguardiente. ¡Huy que todos los hombres son iguales! Marlina te traes contigo un poco de perfume para la boca, no quiero que los hombres apesten a Licor cuando entren a la iglesia. Vamos primo que tu madre se está portando como esas señoras de la alta Sociedad. Por favor Carmín para dónde vas con Cirio. Nos vamos para la casa de tío Florencio, pareces una tirana con ese genio no vas a encontrar ningún hombre que se case contigo. Vamos primito que a nosotros dos nos gusta la Libertad. Marlina déjalos que todos se vayan, nos vamos en esa camioneta, mira que tengo que ver a mi hermano.

YA TE ASEGURASTE que no quedo nadie borracho en las habitaciones, si señorita Sauri, no quedo nadie dentro de la Casa Vieja. La camioneta tomo su camino hacia el puente y a cortas distancia de la casa Sauri detiene la camioneta y le dice a Marlina}}}. ¿Puedes oír la música? Si señorita Sauri, también se pueden oír algunos gritos todo viene de la Casa Vieja. Marlina esos no son gritos, son gemidos como cuando muchas parejas están teniendo sexo. ¿Marlina porque tú me miras así, es que tú sabes algo que yo no sé? Mi niña Sauri siga usted guiando la camioneta camino al puente, y no tenga ningún pendiente que nada nos va a suceder. Sauri volvió a manejar la camioneta rumbo al puente, pero pronto se volvió a detenerse asombrada por lo que sus ojos estaban viendo, y le vuelve a preguntar a la india Marlina}}}. ¿Marlina que hacen tu tribu aquí, y porque tus hermanos llevan antorchas prendidas, que es lo que van hacer? Mi niña Sauri ellos están esperando que nosotros estemos bastante lejos. Este es el fin de la Casa Vieja, usted no se da cuenta que quemando la Casa Vieja se termina con todos los Maleficios que usted, y sus Abuelos, y sus tíos hicieron. De esta forma ellos van a pagar por todo el mal que les hicieron a mis hermanos indios-as en el tiempo que tuvieron viviendo. Ahora que estamos lejos usted podrá ver las llamas que vienen de la Casa

Vieja, y ahora si puede oír los gritos de los que no tuvieron el permiso de elevarse donde está el grande espíritu. Esos que gritan fueron condenados a vivir en el fuego eterno. Ahora comprendo porque Yanyi quería que su fiesta fuese aquí en la Casa Vieja, y el apuro de arreglarla. Lo espiritual trajo al tío Luna para que pusiera bonita la Casa Vieja, si la puso bonita, pero también la convirtió en un nido, una trampa para que un día como hoy todos los espíritus implicados con pecados, y sin pecados, fuesen condenados algunos fueron perdonados, otros fueron condenados como tú dices al fuego eterno. ¿Y por qué tío Florencio, y yo no hemos sido Castigado? Mi niña Sauri, no comas ansias de pagar tu deuda, que ese Espíritu Santo no se ha olvidado de ti tampoco de tu tío Florencio. El Grande Espíritu sabe cuándo y que día ustedes dos van a pagar su deuda contraída con sus semejantes. Así que mi niña Sauri no preguntes más, y vamos a seguir viviendo. Si es mejor que me calle mi boca por qué tengo el presentimiento que tú sabes mucho más de lo que hasta ahora me has dicho. Sauri siguió manejado la camioneta, pero al llegar cerquita del puente se detiene}}}. Ahora estoy viendo las cosas más clara, la razón porque te quedaste conmigo pudiendo irte con tus hermanos lo espiritual te ordeno cuidar de Cirio, por qué mi hijo es alguien muy importante para lo espiritual. Mi niña Sauri usted se está imaginando cosas. No Marlina yo te estoy diciendo la verdad. Fíjate que ya no me llamas señorita, ahora me dice mi niña Sauri, y así era como me llamaba la negra María. Con mucha razón yo siempre te he visto conversando con el tío Luna. Y ahora me vas a contestar la verdad. ¿Quién carajo eres tú en tu tribu, para tener un Gorila plateado como prenda? La india Marlina no le contesto y se bajó de la camioneta,

Y MIRO HACIA el cielo tratando de divisar el humo que sube de la Casa Vieja, enseguida Sauri también se bajó de la camioneta y tranquilamente le habla}}}. Marlina perdóname si te he hablado demasiado fuerte, pero en estos días algunas veces me he sentido como que estoy en la oscuridad, y una fuerza extraña viene y me hala y mi cerebro otra vez ve la luz. Una leve sonrisa cruzo por el rostro de Marlina}}}. Mi niña Sauri entre mi gente yo soy una Chaman, yo me considero una Bruja Blanca como dicen ustedes. Yo nunca le he hecho nada malo a nadie, aunque mi entendimiento está bien abierto para todo. Aunque soy india, todos mis seres (muertos y espíritus) son negros, si es verdad que como prenda tengo a mi lado y que me defiende un Gorila Plateado, de un tamaño Gigante. Hasta ahora solamente el tío Luna, y tú lo han podido ver. Hace varios años lo espiritual se acercó a mí y me dijo que yo tenía que quedarme contigo cuidar de ti, y de tu hijo Cirio porque el niño Cirio va a ser un Varón grande entre nosotros y tenemos que respetarlo. Yo le conteste al Ángel Espiritual que sí, pero le pregunte. ¿Por qué tenía que cuidarte a ti cuando tú eres una Bruja que sabes quitar, y poner prendas a quien te de las ganas? Entonces el Ángel Espiritual me contesto. O debo tomarlo cómo una rebeldía desobediente de tu parte, o tú quieres saber lo que a mí no es permitido decir. Yo pedí perdón por mi comportamiento y jure que los cuidaría a los dos. Mi niña en todos estos años no ha sido fácil cuidarte para que no cayeras en pecado mortal. Entonces hace cerca de un año, el mismo Ángel Espiritual me dijo que yo no tenía que cuidar el niño Cirio, que desde ese momento el tío se haría cargo de él. Por miedo a que el Ángel Espiritual se enojara no me atreví a preguntar quién es el tío del niño. Por un tiempo pensé que el tío Luna era la persona indicada, pero él personalmente me dijo que su misión era otra, una tarde estoy recogiendo Leña seca para el Fogón cuando siento a mi prenda (Gorila Plateado) de tras de mí protegiéndome cuando miro no muy distante estaba el señor Andrés, acompañado por sus dos prendas (dos Panteras Negras) y me dice eres una Chaman muy buena y tu prenda te quiere mucho. Yo soy el tío de Cirio y desde este momento yo voy a cuidar de él. Todavía no digas que yo estoy aquí. Y desapareció enseguida. Ahora que ya sabe quién soy, usted decide si me quiere a su lado, o me regreso con mi tribu. Sollozando y casi temblando Sauri abraza a Marlinda, y sin poder aguantar las lágrimas le dice con mucho cariño}}}. Por favor Marlinda quédate conmigo, aunque yo sé que soy una pecadora hay veces que en este mundo me siento muy sola y tú eres mi único apoyo, yo siento que te quiero como una hermana, y no quiero perderte. Yo me estoy dando cuenta que mi castigo es perder el Amor de mi hijo, pero a ese Ángel Espiritual le voy a demostrar con el tiempo que yo soy buena madre, y que se cómo cuidar a mi hijo, porque es mío, porque el Altísimo me lo dio y ningún Ángel me lo puede quitar. Mi niña Sauri no hables así, mejor nos vamos porque ese Ángel Espiritual puede oírte y entonces puede enojarse contigo y conmigo también. Mejor nos vamos.

LAS DOS JURADAS hermanas, volvieron a entrar en la camioneta sin darse de cuenta que desde abajo de un Árbol un hombre todo vestido de blanco había visto y escuchado a las dos Brujitas. Y sonriendo poco a poco se fue elevando hasta desaparecer en el infinito del cielo}}}. Marlina ven conmigo, no quiero que te separes de mí. No mi niña Sauri, si ustedes dos van a tener una conversación entre hermanos. Es muy importante que los demás sigan creyendo que Marlina es la india que cuida a su hijo. Debido a los muchos invitados al casorio, él señor Andrés había ordenado acomodar varias mesas y sillas. Afuera de la cantina y cerca de la orilla del rio. A puros empujones, y algunas bofetadas dadas Sauri pudo llegar al cuarto donde su hermano Andrés contaba algunas monedas de Oro, y Plata}}}. ¿Por qué se demoraron tanto, mira la hora que es y todavía no estás vestida? Eso nada más me faltaba que el Altísimo me diera un hermano regañón. Una leve sonrisa se cruzó por la cara de Andrés, que levantándose de su silla agarra una caja blanca y se la ofrece a Sauri. Toma ponte este vestido es un regalo mío para ti. Cuídalo que es muy fino, es hecho en Francia con hilo verde. Anda corre la cortina y pruébalo a ver si es tu talla. Muy asombrada, y a la vez contenta Sauri corrió la cortina y rápidamente se puso su vestido, y muy feliz dice en voz alta}}}. Gracias mi hermano este es un regalo que nunca voy olvidar. De nuevo corre la cortina y una conocida voz le dice}}}. Pero mi niña, que linda te ves con ese vestido que algunas veces parece que cambia de color verde, a morado. Tu hermano si tiene muy buen gusto para los colores, ni más ni menos escogió los colores de un Gavilán. ¿Y mi hermano donde está? Se fue atender a los invitados. No le dije que los indios quemaron la Casa Vieja. No tengas ningún pendiente por qué yo se lo dije, pero él ya lo sabía de ante mano. No me extraña que todos ustedes sepan las cosas antes que sucedan, pero tú vas a ver Marlina, que empezando mañana mis seres (espíritus) de luz que están conmigo van a tener que decirme, y enseñarme todas las cosas que yo no sé de lo espiritual. Para eso tienes que hablar con el tío Luna, así que conmigo no cuentes para eso, mira que yo soy de otra corriente espiritual diferente a la tuya. ¿Marlina por favor, y ahora para dónde vas? Mi niña Sauri ahora voy a ver un trabajador del tío Luna, que me dijo que mis piernas son muy bonitas. ¿Tienes algún problema con eso? No. Naturalmente que puedes irte a ver a tu hombre. Yo misma me puedo acomodar el vestido. Saliendo Marlina del cuarto y entrando Carmín con Flor}}}. ¿Para dónde va esa Chaman tan feliz? Imagínate que Marlina le echo un ojo a un trabajador de él tío Luna. Hace muy bien, nosotras las mujeres no podemos perder a nuestros hombres. Dime una cosa Carmín. ¿Desde cuándo tú sabes que Marlina es una Chaman? Toda mi vida. Si tú no lo sabes ha de ser porque tú eres una Bruja que te crees que lo sabes todo, y no le preguntas nada a tus seres espirituales. Ven que te voy arreglar un poco el vestido, y tu Flor a ver si puedes peinarle esa melena de León que tiene en la cabeza. Por favor Flor, no me peines tan fuerte que me duele.

¿CARMÍN DÓNDE ESTÁ mi hijo? Él ya está en la iglesia nosotras estamos aquí porque el novio ya quería ver a la novia, y tuvimos que traerlos a la cantina, además tía Jacinta, y la esposa de tío Manino, no permiten que nadie se acerque a Yanyi. Apúrense conmigo que tenemos que evitar que estos tragones emborrachen al novio. ¿Flor y ese sombrero tan lindo de donde lo sacaste? Yo me imagino que es tuyo, por qué estaban en la caja con este Pañuelo morado. Haber ponte el Sombrero, y el pañuelo en el Cuello. Mira Sauri aquí también hay un abanico gravado con piedras de Esmeraldas. Flor por favor termina ya de registrar esa caja, que ya me tienes nerviosa. Mira Carmín solamente quedan estos zapatos que son del mismo color del vestido. Las primas se quedaron mirando a Sauri con un grande asombro}}}. ¿Y ahora porque me miran en esa forma? Sauri, primita o fue tu hermano el que lo hiso, o fue un poder espiritual el que dio la orden de que te cambiaran físicamente y mental. Boba yo soy la misma de siempre. No. Mírate en el espejo, y tan pronto abres tu abanico y lo abaniques tu vida completa va a cambiar. Despacito Sauri se acercó al espejo y se vio lo bonita que es ella. Con aquel vestido ancho que si movía sus caderas el vestido cambiaba de color verde a morado se acomodó el sombrero morado de alas grandes, y se dijo que se veía muy bien agarro en sus manos el abanico, y lo abre suavemente y se dio cuenta que rápidamente las piedra de Esmeralda se movieron formando un trianguló en el abanico, y rápidamente empezó a abanicarse produciendo que todo el cuarto se llenara de neblina, y que su belleza brillara entre las sombras haciendo aparecer la Loba que agachando su cabeza le brinda honores, y sus primas hicieron lo mismo doblando sus rodillas en forma de respeto. Pero Sauri volvió a mover el abanico haciendo desaparecer aquel encantó y le dice a sus primas}}}. Vamos muchachas que afuera todavía quedan muchos hombres para conquistar. Flor y Carmín se miraron, y sonriendo se levantaron un poco sus vestidos anchos y corrieron detrás de la nueva Sauri la Conquistadora. A pasos rápidos y empujando un poquito Sauri y sus primas se abrieron paso hasta donde se encontraba el señor Andrés, él la mira muy sonriente. Y Sauri muy elocuente por su nueva imagen le dice delante de todos}}}. Mi hermano Andrés, tú eres un buen Madamo espiritual cuando te propones algo lo logras. Querida hermana Sauri desde este momento dejas de ser una Bruja Blanca, y lo espiritual te convierte en una Ninfa. Tu trabajo desde ahora es cuidar de las viudas jóvenes, esas que el ser humano se ha acostumbrado a llamar "La Viuda Negra" pero que todos los hombres están dispuesto a dar su vida por tener una "Viuda Negra". Es tu trabajo protegerlas de los hombres que la codician por ser tan Bellas, y de las mujeres malvadas que las envidian por qué son Hermosas mucho más que ellas, son más astutas que ellas, y tienen mucho talento, más que ellas. "La Viuda Negra" es una mujer completa igual que tú, pero tu trabajo como Ninfa es cuidar a todas tus hijas que no les suceda nada. Y a enseñarles el arte de la conquista que es

EL SECRETO DE "La Rosa Roja Del Pantano". Mira Andrés Ya es hora que todos estemos en la Iglesia. ¿Dónde están Aracely y Domingo, y también donde esta Raquel? no me preguntes a mi yo solamente estoy encargado de la fiesta, ya que la Casa Vieja no está, la fiesta del casorio se va a dar aquí en mi cantina. Pero ya es hora de que todos estemos en la iglesia, tenemos que evitar que el novio se emborrache. Mira Ninfa yo no estoy interesado que ellos se vayan, me están dejando muchas monedas, pero si tú quieres puedes mover tu abanico y vas a ver como el arte de tu Magia funciona y todos te obedecen. Sin pensarlo mucho Sauri abre su Abanico con piedras de Esmeraldas que moviéndose rápidamente formaron un trianguló y empezó a abanicarse produciendo que toda la clientela, y los invitados salieran de la cantina hacia la iglesia}}}. Muchas gracias hermano todavía tengo que aprender mucho de ti. Pero muchachas vamos. Rápido tu Flor, sujeta el novio que tenemos que ponerle perfume en su boca. Hay Dios mío donde esta Marlina. Sauri es mejor que no preguntes por ella, cuando estas indias se enamoran nadie las encuentra. Ya la iglesia se encontraba llena de fieles, y también de muchos invitados, ya casi de últimos llegaron Aracely de mano con Domingo, sentándose a un lado de la fila derecha. Mientras que el padre Aurelio muy serio y con la Biblia en la mano esperaba impacientemente que Don Florencio entregara a la novia. Entonces el padre le susurra a Sauri}}}. Por el Amor a Dios señorita Sauri dígame a qué hora usted cree que yo pueda oficiar este casorio, y usted personalmente la declaro culpable si su tío Florencio entra Borracho a mi iglesia. Y usted tenga mucho cuidado con atreverse hacer alguna de sus Magia dentro de este recinto sagrado, por qué soy capaz de acusarla ante el tribunal divino. Ya el señor Cura no susurraba, ya regañaba a Sauri en voz alta, cuando de pronto se siente un silencio en la iglesia, y el señor Cura levanta su mano derecha, y las dos monjitas empezaron a entonar el himno Matrimonial en un órgano nuevo recién comprado. Por el pasillo mayor de la iglesia ya viene la novia agarrada del brazo del hombre que la va entregar. Mi niña Yanyi parece un Ángel caído del cielo exclamaba Jacinta llena de felicidad la pareja se detuvo frente al altar, y el señor cura levanta su brazo derecho pidiendo un silencio completo}}}. ¿Quién es el hombre que entrega a la novia? Soy su primo y mi nombre es "Andrés Fontana Genaro" alcalde de Bahía Chica. El padre levantó su vista y miro al señor Andrés, y después miro a Sauri, y ella rápidamente miro hacia otro lado. Pero el señor Cura siguió con su ceremonia}}}. Señor Andrés, según su nombre dado, yo doy constancia de su presencia en esta Ceremonia. Estando todos los presentes interesados doy comienzo a este casorio. Ya la ceremonia había terminado, y más de una pareja o dos se habían jurado un Amor inexplicable por el Licor y la pasión que en ese momento está corriendo por la sangre de todos}}}. Señor Cura vengo a darle las gracias por haberme permitido asistir en la Ceremonia. Señor Andrés no lo hice por usted, lo que sucede es que Bahía Chica necesita un hombre joven como usted,

... PERO YO siempre voy a estar pendiente que la ley de Dios se respete en toda Bahía Chica. No es mi intención ser su contrario, pero parece que la necesidad de muchos nos ha puesto en el mismo camino, pero con diferentes ideas espirituales. Padres Aurelio, le prometo que vamos a ser buenos contrarios, por qué en la vida tiene que haber competencia y casi siempre la última ficha es la ganadora, cuídese padre porque yo no tengo intenciones de perder. El señor cura termino de acomodar su vestimenta en la gaveta y busco con la mirada al señor alcalde y se dio cuenta que ya no estaba en la habitación}}}. ¿Estaba usted hablando solo padre Aurelio? Si hermana, me parece que vamos a tener mucho trabajo en Bahía Chica. La fiesta en la cantina seguía y el Cordero Asado, acompañado con licor sabe mejor. Ya casi eran las dos de la tarde y los novios se preparaban para irse a su largo viaje de Luna de miel, siendo ayudados por las primas para que se metieran dentro del carro}}}. Ahora le toca a tío Florencio, y a tía Jacinta, búsquenlo rápido. Caramba Marlina es un milagro verte otra vez. ¿Dónde está tu Tribu? Están acampados cerca del puente. Espero que le hayas dicho que si algo sucede en el puente que le avisen al señor alcalde. Si mi niña como usted lo ordeno. ¿Y tú enamorado donde lo dejaste? Esta con el tío Luna, los dos están ya dentro del camión esperando por usted. Ve al cuarto de mi hermano y dile Andrés que ya de una vez se despida de mi hijo, y tráelo que ya nos vamos. Marlina rápidamente fue en busca de Cirio, mientras que Flor, y Carmín ya traían a Don Florencio, casi borracho, y a la fuerza lograron que se sentara en la parte de atrás del carro}}}. Tío Manino usted va a viajar en el otro carro, por qué dos tíos tomados de Aguardiente no pueden viajar juntos. Patrona como usted ordene, pero primero me despido de mi hermano Leonardo. Señor Leonardo ya usted sabe me avisa. Déjame sentarme por qué me caigo. No tío Manino en esa piedra no puede sentarse tiene que ser dentro del carro. Ayudados por las primas para que no se cayera el señor Manino pudo sentarse dentro del carro. Y la señora Jacinta le grita a su sirvienta Colima}}}. Ven Colima que aquí todavía hay un espacio para ti. No señora Jacinta, muchas gracias, pero yo no me voy con usted. Yo me quedo aquí con el señor Leonardo que me necesita. ¡Pero qué falta de respeto es este, ahora resulta que nosotros los patrones somos los últimos que nos enteramos! Vamos ustedes arranquen lo carros y se pueden ir. Obedeciendo la orden de Sauri los choferes tomaron el camino hacia el puente buscando la salida de Bahía Chica. Y a pesar que ya los carros estaban lejos todavía se podía oír la voz de Jacinta que protestaba que Colima se queda, y Sauri tranquilamente le dice a Colima}}}. Caramba Colima esto si es sorpresa. Te gusta comer callado. Mi niña Sauri. Marlina, por fin regresaste. ¿Por qué se demoraron tanto? Mire lo que su hermano me puso en mi brazo derecho. Es un tatuaje de un Sol. Si. Y me dijo que cuando yo tuviera en algún problema cuidando a Cirio que lo soplara tres veces y me ayudaba. También me dijo que yo era la elegida para regresar a Bahía Chica, con Cirio.

Y ME DIJO que no me preocupara por usted que usted muy pronto se va para un mundo encantado donde hay una escuela muy grande para usted. No te preocupes Marlina que yo siempre voy a estar pendiente de ustedes. Bueno flor, Carmín ahora viene la parte más dura y es sacar a todos tus invitados de la cantina, pero Sauri eso no es ningún problema mueves tu abanico y todo resuelto. Carmín eso no funciona así la magia es una cosa que se usa para resolver un problema, o necesidad superior y no para cosas necias. Sauri mira para la orilla del rio, ellos son Aracely y Domingo, parecen dos pajaritos recién casados. Vamos a llamarlos para que nos ayuden. No Carmín. Es mejor que dejarlos tranquilos que disfruten su momento nosotros ahora tenemos otras cosas que hacer. Agarrados de la mano y paseando por la orilla del rio, Aracely y Domingo recordaban su niñez vivida}}}. Quiero que sepas que todavía yo me acuerdo cuando nos bañamos por primera vez desnudos en el rio. Aracely yo también me acuerdo, pero en ese entonces no comprendíamos muchas cosas, las que hoy sabemos. Domingo yo no tengo miedo, yo me atrevo bañarme desnuda como antes lo hacíamos. Para que tu veas yo me voy a quitar toda la ropa, y voy a nadar desnuda. Si quieres quedarte, pues quédate. No lo hagas Aracely, mira que hay mucha gente mirando. Sin pensarlo mucho y sin hacerle caso a Domingo. Aracely se desnudó por completo y corriendo se metió en el rio del indio, y nadando con mucha sexualidad le gritaba a Domingo que hiciera lo mismo. Sin pensarlo mucho y un poco turbado por el apuro Domingo se desnudó y también se metió en el rio. Mientras que desde la cantina, Flor y Carmín le hacían señas a Sauri para que se acercara a la orilla del rio y viera mejor como el Gavilán besaba a su hembra, despacito Sauri se acercó a Carmín y por un segundo una brisa fugaz detuvo el tiempo frente a ella y una Mariposa grande se le acercó y le dijo}}}. Mi niña Sauri no te preocupes tanto, es que el rio tiene que hacerle una limpia antes que ellos lleguen a su destino final. Pero Sauri contéstame que te estoy hablando, pareces un muerto en vida. Perdóname Carmín es que acabo de tener una revelación. La señora Mariposa se acercó a mí y me dijo que el rio le hiso una limpieza antes que ellos lleguen a su destino final. Carmín se llevó la mano a su boca en una expresión de asombro. Y le dice a Sauri}}}. Yo me voy ahora mismo si alguno de mis amigos se queda que el lunes tome el Bus de regreso a Puerto Nuevo. Vamos Sauri, mira para el cielo ya son las cinco de la tarde y la Luna llena ya está afuera desafiando al Sol por qué quiere su lugar en el firmamento. Pero Sauri cambio su mirada hacia Colima y el señor Leonardo, que la miraban en forma de despedida, mientras que a pasitos lentos se acerca Andrés que le habla a Sauri en un idioma que solamente ella comprende}}}. La ley del Universo y sus reglas nosotros los espirituales no podemos cambiarlas, el destino de cada persona no podemos cambiarlo, solamente podemos modificarlo si nos es permitido hacerlo. Vete y no mires lo que dejas atrás. Y nunca seas desobediente con el Universo, y yo te juro que tú y los tuyos van a ser feliz.

COMO SIEMPRE OTRA vez había caído la noche en Bahía Chica, y solamente la Luna Llena alumbraba el pueblo, mientras que los moradores se disponían a dormir, y en la casa de Aracely solamente quedaban su dueña y Domingo recogiendo lo que podían llevarse para el viaje}}}. ¿Y tú vas a dejar tu casa sola? Amorcito ya te dije que tenemos suficiente monedas de oro para comprarnos otra mejor que está. Por favor sube al carro y vámonos ya de Bahía Chica, ya le dijiste a Marino que se hiciera a cargo de tu Barco. Con regaños de Aracely domingo se sentó al frente, al lado de Aracely. Ya eran casi las nueve de la noche cuando el carro tomo por la calle principal que da al Puente del indio. Al entrar en el Puente ya soplaba una fría brisa que venía del rio acompañada por una fina neblina, casi llegando el carro para salir del puente Aracely detiene el carro bruscamente}}}. ¿Qué te pasa, por qué te detienes en esa forma? Domingo mira para el frente que hay un carro en nuestro camino sin moverse. Ese es el carro de Raquel, maneja por el lado y podemos seguir. Ahora no podemos, mira se acaba de bajar Raquel, y nos está haciendo señas. No Aracely no te bajes del carro, mi prima siempre ha querido que yo tenga sexo con ella, pero yo siempre la he rechazado, y por eso ella siempre te echa la culpa a ti. Yo voy hablar con esa estúpida, total yo no la voy a volver a ver otra vez. Aracely se bajó del carro seguida por Domingo que le pedía que regresara}}}. ¿Raquel que es lo que tú quieres a estas horas de la noche? por favor mueve tu carro que yo quiero seguir mi camino. Mira Aracely yo venía a despedirme de ti en muy buenas formas, pero como me entere que tú te llevas algo que es mío eso no te lo puedo permitir. Raquel tú estás loca. Puedes mirar mi carro, yo no me llevo nada tulló. Ahora quítate del medio que quiero seguir, mi viaje es muy largo. Aracely tú no te puedes llevar a Domingo él es mío. Ahora me pertenece. ¿Pero Raquel todavía tú sigues con esa misma estupidez de que Domingo es tulló? Aracely a ti se te olvido que jugamos a quien le tocaba primero Amar a Domingo, y tú ganaste y después gano Sauri, tú y Sauri lo tuvieron primero que yo, imagínate que ahora me toca a mí ser la dueña del Gavilán. ¿Aracely es verdad que tu jugaste ese juego? Mejor pregúntale a la loca por qué yo no me acuerdo de todo lo que ella está diciendo. ¿Raquel cuando fue que ustedes jugaron ese tipo de juego? Cuando éramos niñas. ¿Estás loca Raquel? Para ese entonces los cuatros nos bañábamos desnudos en el rio. Gavilán no me vuelvas a llamar loca. Porque muy bien que te acostaste con Aracely primero y después te acostaste con Sauri y la preñaste. Raquel en ese entonces ya somos adultos, y sabíamos lo que hacíamos. Te equivocas Gavilán el día del juego las tres sabíamos muy bien lo que estábamos haciendo, yo fui la última por eso es justo que ahora tú me pertenece, y quiero que te quedes conmigo para siempre. Sin pensarlo mucho Raquel saco de su bolso el Puñal}}}. ¿Estás loca Raquel, que tú haces con el puñal de mi papá? No tengas miedo Gavilán que a ti yo no te quiero matar eres mi único Amor. Ven Domingo regresemos al carro, y vámonos.

LA FRÍA NEBLINA se ponía más densa, y ninguno de ellos no habían visto a la Gigante Culebra enredada en las barandas del Puente en pleno acecho}}}. Ya te dije que no te vas a llevar al Gavilán porque es mío. Y no pienses que te voy a matar con el Puñal, yo te voy a matar con esto. Tirando el Puñal hacia la profundidad del rio Raquel volvió a meter su mano en el bolso y saco un pequeño revolver}}}. ¿Aracely querida por casualidad conoces este revolver? Es el mismo revolver que te dio Pedro para que mataras a Crisol, la mamá del Gavilán, ese día estábamos presente tío Florencio, mi papá Pedro, también tu Aracely, y yo. De última se apareció Ismael sin ser invitado. Y tú te diste gusto matando a Crisol, te reías cuando se revolcaba en su espasmo de muerte. Yo sé que todos tenemos que pagar por esos crímenes. Por favor Domingo no le creas nada mira que se ha vuelto loca. Si quizás yo estoy loca, pero siempre he deseado matarte y lo voy hacer de esa forma nunca podrás quitarme lo que es mío. Muérete Aracely muérete ya. Bangs... Bangs... Bangs. Tres balazos fueron más que suficiente para que Aracely muriera en su charco de sangre y Raquel se riera en la misma forma que Aracely lo hiso cuando mato a Crisol. Tranquilamente Raquel metió el revolver en su bolso mientras que domingo se sujetaba su cabeza con sus manos y le gritaba a Raquel}}}.

¡Estás loca, Raquel tú estás loca mira lo que le hiciste a mi Aracely! Suéltame Gavilán, no me sujetes los brazos, pero Gavilán que es lo que te sucede. ¿Por qué estas cambiando de esa manera? Pero Domingo no le hacía caso a las suplicas de Raquel, y como un misterio sus manos ya se habían convertido en Garras de un gavilán y sus largas uñas arañaban el cuello de Raquel que en su lucha por zafarse del Gavilán los dos resbalan y caen al suelo, pero las Garras del Gavilán ya apretaban el cuello de Raquel a la vez que ella le suplicaba}}}. Suéltame Gavilán mira que me estas lastimando. Pero las suplicas de Raquel eran más débiles hasta que dejo de mover su cuerpo, pero el Gavilán sentado arriba de ella seguía apretando su cuello ensangrentado, hasta que cuatro manos extrañas sujetaron sus brazos y una voz le hablaba}}}. Ya está muerta, déjala Gavilán y vamos para la selva. Ya el maleficio se cumplió, y en el único lugar donde el Gavilán tiene su nido es en la selva. Vamos que nosotros siempre te vamos a cuidar. Despacito y sin apuro Domingo fue obedeciendo y sin mirar hacia atrás la tribu de Marlina y él tomaron el camino hacia la selva, sin mirar que la Culebra se deslizaba suavemente buscando el caminito que da a la orilla del rio. Ya eran más de las doce de la noche cuando una persona toca con fuerza la puerta de la cantina. El señor Andrés abre la puerta con mucha precaución}}}. ¿indio que quieres a estas horas de la noche? Señor alcalde en el puente ha sucedido una tragedia muy grande. Entra indio para que me expliques mejor. Mira que la noche está muy helada. El indio obedeció y entro en la cantina, y le dijo Andrés todo lo sucedido en el puente. Mira indio yo quiero que tú y tus hermanos acomoden los carros como si hubieran chocados de frente, meten los cuerpos de las mujeres muertas dentro de los carros

TE LLEVAS UN tanque de bencina (gasolina) y le riegas toda la bencina arriba de los cuerpos de las mujeres y le prenden fuego a los carros que no quede nada visible solamente cenizas. Si señor alcalde así lo haremos. Toma treinta monedas eso es lo que pide el espíritu de la "Rosa Roja Del Pantano al terminar su Maleficio. Tienen que asegurarse que el Gavilán muere en la selva y nunca más regrese a Bahía Chica. Si no hacen lo que les digo ese espíritu los va a castigar toda su vida. No se preocupe señor alcalde nosotros vamos hacer lo que usted ordene. La noche fue interrumpida por el fuego que procedía del puente, y los curiosos (personas inepto que no duermen, y que se dedican el mayor tiempo al chisme). Pero el chisme igual que el chismoso no quiso esperar la mañana de domingo y ya en toda Bahía Chica se comentaba en esta forma "Si no aparece el Gavilán, de seguro que fue él quien las mato"}}}. Pero padre Aurelio eso es lo que la gente está hablando. Hermanas yo les prohíbo que ustedes repitan lo que esa gente necia repite. Así que ahora mismo las dos se van a ver al señor alcalde y le dice que yo digo que hay que recoger los restos, para darle cristiana sepultura. ¿Usted quiere que nosotras entremos a esa cantina? Si. Y se hacen la señal de la cruz al entrar, y también para salir. Y apúrense que tienen que ayudarme miren que hoy tenemos misa y velatorio. Mientras que el señor cura preparaba a los residentes de Bahía Chica para la Misa y dos Velatorio, en el lujoso Hotel de Puerto Nuevo Sauri intranquila le hace preguntas a su tío Luna}}}. ¿Por favor dígame si hay alguna noticia de Bahía Chica? Lo único que se habla es que Raquel y Aracely murieron quemadas en un accidente de carros. ¿Y Gavilán donde esta? Nadie sabe. Yo he tratado de localizarlo con lo mío y la única contesta que tengo es que la deuda ya está paga. Tuvo que haber sido mi hermano Andrés el que pago la deuda para que el espíritu se quedara tranquilo. También se dice que los únicos testigos de lo sucedido en el Puente fueron los indios que quemaron la Casa Vieja. Y tú sabes niña Sauri que el indio puede ver, pero no habla. Así que los únicos testigos son los indios. Marlina, Marlina despiértate y ven aquí rápido. ¿Mi niña Sauri que es lo que te pasa? Pero mira si hasta tu color has perdido. ¿Marlina porque dices que yo he perdido mi color? Mejor que el tío Luna te lo diga. Niña Sauri, en este momento usted es el color de una Mariposa, amarillo tirando a rosado. Ya está bueno de hablar, lo que yo quiero saber es donde está el Gavilán, y tu Marlina me lo vas a decir. Mi niña Sauri yo solamente te diré lo que se me está permitido. Tú me vas a decir lo que yo quiero saber o te convierto en una rata. Mi niña Sauri compórtese bien, mire usted el espejo como se ha puesto. Por favor cierre usted su abanico. Sauri cerró su abanico y mirándose en el espejo se dio cuenta que su color de piel había cambiado, y que su espalda en la posterior del hombro estaba inflamada. Mi niña Sauri tranquila que en cualquier momento usted ya pertenece a su nuevo mundo. Yo le voy a decir dónde está el Gavilán.

MI NIÑA SAURI el Gavilán está en su nido, y se está muriendo y nadie puede hacer nada para evitarlo. ¿Pero Marlina por qué tú dices que se está muriendo? Mi niña en el Maleficio de la Rosa Roja Del Pantano al que se lo echan siempre se muere de Amor, joven o viejo, y el Gavilán en su enfermedad sufre mucho la ausencia del Amor de Aracely. Perdóname Marlina por haberte amenazado. Te juro que no lo volveré hacer. Mi niña Sauri tú vas a ser la Ninfa más linda que vamos a tener. Y tú siempre vas a ser mi niña querida. Tío Luna, usted vino a decirme algo importante. Niña Sauri la salida del Barco se adelantó para mañana lunes, por qué el Barco necesita abastecerse de agua, y Carbón en el muelle de la Habana, por qué su viaje a Europa es largo. ¿Y quiénes son los que vamos a viajar? El señor Malverde regresa a Francia, su prima Flor se queda en España, su tía Jacinta va para España donde sus hijas la están esperando su tío Don Florencio también se va para España, pero lo espiritual no lo va a dejar llegar le va a cortar su tiempo antes que llegue el Barco a Puerto Español. En el puerto de la Habana, nos vamos a quedar la señorita Carmín que en el último momento ha decidido viajar para la Habana. Marlina, Sauri, Cirio, mi esposa y yo. Todos vamos a viajar en primera clase. Es mejor que descansemos porque mañana tenemos que embarcar a las diez de la mañana. Y tú Sauri sería mejor para ti no tratar de cambiar el curso de la vida de tu tío Florencio, porque puedes ser castigada duramente. Sin embargo si te digo una cosa yo veo sangre en las manos de tu tío Don Florencio, pero si él fue un participante activo de las Orgias que se daban en "La Casa Vieja". La alegría se podía notar en la cara de los viajeros cuando después de siete días de viaje el Barco hacia puerto en la ciudad Embrujada de la Habana. Todos los familiares de Sauri ya se encontraban en tierra firme en la Aduana Habanera. Haber señora deme su Pasaporte y sus documentos legales, un momento tiene que ser uno a uno ya puedo darme cuenta que todos ustedes son familia, y ese niño es suyo. Si señor oficial él es mi hijo y se llama Cirio Fontana. Muy bien señora, pero permítame a mi preguntárselo. Si señor como usted diga. Mira niño ven acá y dime cómo te llamas. Y quien tú eres. Señor Yo soy el hijo del Gavilán. ¡Señora oiga bien lo que contesta su hijo! Pero Cirio, que forma es esa de contestarle al señor inspector de Aduana. Pero mami tú siempre me has dicho que yo soy "EL HIJO DEL GAVILÁN".

FIN